ناول

کنجری کا پُل

یونس جاوید

جمہوری پبلیکیشنز

Independent & Progressive Books

JUMHOORI

• نام کتاب۔ کنجری کا پل	• مصنف: یونس جاوید
• اشاعت اول۔ جولائی 2011ء	• سرورق: مصباح سرفراز
• ناشر۔ جمہوری پبلیکیشنز لاہور	• جملہ حقوق بحق ناشر محفوظ

ISBN:978-969-8455-77-4

قیمت-/340 روپے

اہتمام:
فرخ سہیل گوئندی

www.jumhoori.webs.com

Jumhoori Publications Fan Page

JUMHOORI PUBLICATIONS

2-Aiwan-e-Tijarat Road Lahore, Pakistan
Tel # 042-36314140 Fax # 042-36306939
E-mail:jumhoori@yahoo.com

اپنے امی اور آپ کے
اظہر جاوید کے نام

ایک تو خواب لیے پھرتے ہو گلیوں گلیوں
اس پہ تکرار بھی کرتے ہو خریدار کے ساتھ

فہرست

زندگی ہے یا کوئی طوفان ہے
دیارِ دل کے کلس پر ستارہ جُو ترا غم
مثالِ قطرۂ شبنم رہے نہ رہے
لوحِ جہاں پہ حرفِ مکرر نہیں ہوں میں
مگر ایک شاخِ نہالِ غم جسے دل کہیں سو ہری رہی
پڑیے گر بیمار تو کوئی نہ ہو بیماردار

ڈاکٹر سلیم اختر

کنجری کا پل اور یونس جاوید

''مجھے ہر روز کہانی کی جستجو رہتی ہے۔ میں آج بھی کہانی ہی کی تلاش میں یہاں تک آ گیا ہوں۔''

یونس جاوید نے ناول ''کنجری کا پل'' کا جن الفاظ سے آغاز کیا ایک طرح سے وہ اس کا فنی آدرش قرار پاتا ہے۔

آج ماضی پر نگاہِ بازگشت ڈالنے پر احساس ہوتا ہے کہ یونس جاوید میرے قدیم ترین ادبی دوستوں میں ہے۔ گذشتہ صدی کی چھٹی دہائی میں ہم دونوں ادب میں نووارد تھے اور ''ادب لطیف'' کے دفتر میں میرزا ادیب کی زلفِ گرہ گیر کے اسیر، حق تو یہ ہے کہ اس وقت تک خود بھی یہ علم نہ تھا کہ ہمیں کیا کرنا ہے۔ بس لکھنے کی تمنا تھی۔

یونس جاوید نے فکشن اور ڈراما میں نام کمایا اور افسانوں کے متعدد مجموعوں نے اسے معاصر افسانہ نگاروں میں معتبر بنا دیا...... ان مجموعوں میں ''تیز ہوا کا شور''، ''آوازیں''، ''میں ایک زندہ عورت ہوں'' اور ''ربا سچیا، ربّ قدیر'' آج بھی ایک مقام رکھتے ہیں جبکہ میں تنقید کے خارزار میں جا نکلا اور عُمر خواری میں بسر کی۔

یونس جاوید نے جب ڈراما نگاری کا آغاز کیا تو اس وقت اشفاق احمد، بانو قدسیہ، منو

بھائی، انور مقصود، امجد اسلام امجد اور حسینہ معین جیسے ڈراما نگاروں کا راج تھا، مگر یونس جاوید نے ان سب کی موجودگی میں، اپنے پہلے طویل دورانیے کے ڈرامے ''کانچ کا پُل'' سے ہی اپنے لیے مقام بنالیا۔ پی ٹی وی کی تاریخ میں یہ پہلا طویل دورانیے کا کھیل تھا جس نے ڈراما ۸۱، ڈراما ۸۲، ڈراما ۸۳...... سے ڈراما ۸۸ کی بنیاد رکھی۔ اس کے یادگار ڈراموں میں کانچ کا پل کے علاوہ ''دھوپ دیوار ۸۲۔ ساون روپ ۸۳ وادیِ پرخار ۸۳، پھولوں والا راستہ ۸۳ اور اس کے بعد ''رگوں میں اندھیرا'' کی حیثیت سنگ میل قرار پائی۔ اس کے بعد بھی ''ایک محبت کی کہانی''، ''تکمیل''، زادِ راہ، ''سٹیٹس''، ''صبحِ جمال''، ''عشق سے تیرا وجود''، ''دیار عشق'' اور ''عہدِ وفا'' جیسے ڈراموں سے ڈرامے کو سنجیدہ ادب کا حصہ بنا دیا۔ ''کانچ کا پل'' تو چین میں بیجنگ یونیورسٹی کے نصاب میں ابھی تک شامل ہے یہ معیاری اور مقبول ڈرامے تھے کہ ''اندھیرا اجالا'' جیسی سیریز بھی لکھی۔ جو آج بھی نہ صرف لوگوں کو یاد ہے بلکہ یونس جاوید کی شناخت بھی ہے۔

فکشن اور ڈراموں کے ساتھ ساتھ اس نے احباب کے خاکے بھی قلم بند کیے۔ متوازن انداز میں۔ یونس جاوید، منٹو کی طرح واشگاف انداز میں شخصیت کا پوسٹ مارٹم نہیں کرتا، خاکہ نگاری میں اس کا اپنا اسلوب خاص ہے حالانکہ افسانہ نگار ہونے کی بنا پر اسے خاکہ کو افسانے میں تبدیل کرنے کی سہولت بھی حاصل ہے۔

یونس جاوید نے اگر ایک طرف احمد بشیر کے منتشر خاکے تلاش کر کے ''جو ملے تھے راستے میں'' کے نام سے خاکوں کا مجموعہ مرتب کیا وہیں اس نے ''کلیات ناسخ'' کی تدوین تین جلدوں میں کر کے اس پر محققانہ مقدمہ بھی قلم بند کیا اور پھر ہم جیسے ڈاکٹروں کو دیکھ کر اس نے سوچا کہ ڈاکٹر بننا کیا مشکل ہے۔ چنانچہ حلقۂ ارباب ذوق پر تحقیقی مقالہ لکھ کر ڈاکٹریٹ کی ڈگری بھی حاصل کر لی۔

یونس جاوید کی متنوع جہات کی حامل تخلیقی شخصیت میں فکشن صرف ایک جہت

ہے اوراب تو خیر سے وہ شاعری بھی کر رہا ہے۔

یونس جاوید کی شخصیت میں جو ٹھہراؤ ہے، س کے باعث وہ کھڑ کا دڑ کا کیے بغیر خاموش لگن سے خامہ فرسائی کرتا رہتا ہے۔اس لیے شہرت اس کے لیے کبھی بھی کمپلیکس نہ بنی، اسے بولنے کی ضرورت نہیں، اس کا قلم بولتا ہے۔

ناول ''کنجری کا پُل'' کی صورت میں اس نے ایسا آئینہ تیار کیا ہے جو معاصر معاشرہ کے مسخ شدہ نقوش دکھاتے ہوئے Distorting Mirror میں تبدیل ہو جاتا ہے۔ ناول کے کردار کسی طلسماتی دنیا میں سانس نہیں لیتے وہ میرے آپ کے جانے پہچانے ہیں۔ کسی سڑک پر، کسی گلی میں، کسی کوٹھی کے خوبصورت دروازے کے ساتھ، کہیں نہ کہیں سامنا ہو جاتا ہے۔ یہ الگ بات ہے کہ ہم انہیں پہچان نہ سکیں..... ان کے باطن میں جھانک نہ سکیں اوران کی زیست کے تضاد در تضادات کو سمجھ نہ سکیں.....ان کی شناخت کے لیے کسی یونس جاوید کی ضرورت ہوتی ہے جبکہ میں اور آپ یونس جاوید نہیں۔

یونس جاوید ڈراما نگار ہے اس لیے اس نے غیر شعوری طور پر ناول کو ڈراما کے انداز پر قلم بند کیا، خصوصاً ناول کا پہلا حصہ ''کن فیکون'' تو سکرین پلے محسوس ہوتا ہے وہ Cut to Cut فریم تبدیل کرتا جاتا ہے۔

'سوٹے لگاتا مشتاق مالی، اس کی بیوی ظہرہ کے ذکر کے ساتھ' کسی VVIP کی کار کے لیے روکی گئی ٹریفک کے باعث عوام کی ناراضگی، غصے اور خشونت کا اظہار صرف ایک آدھ مکالمہ سے بُنا گیا ہے۔ پھر ازبکستان کے ہنگاموں میں ہلاک ہونے والے پاکستانی طالب علم علی رضا کی ایمبولینس میں رکھی لاش۔ ویگن سے نکل کر سڑک پر کھڑی پریشان لڑکی، سڑک کراس کرنے کی منتظر اور ہوسناک نگاہوں کا مرکز ہے، ویگن سے نکلی پریشان لڑکی اور لش لش کرتی کار سے برآمد ہونے والی فہمیدہ فیروزے اور پرائیویٹ ہوسپٹل میں رات کی ڈیوٹی دینے والی زرینہ..... یونس جاوید سکرپٹ کے اسلوب میں ان سب سے متعارف کراتا جاتا

ہے۔ یوں کے لمبی چوڑی تفصیلات میں جائے بغیر ان سب کی شخصیت ہویدا ہو جاتی ہے Miniatures کی صورت میں!

''کنجری کا پُل'' اس منطقہ کی کہانی ہے جہاں تک جانے کے لیے، جس پاسپورٹ کی ضرورت ہے وہ نہ میرے پاس ہے نہ آپ کے پاس۔ یہ منطقہ جنس ہے جہاں ماڈلز کے روپ میں کال گرلز ہیں۔ پوش علاقہ کی وہ شاندار کوٹھیاں جہاں رات کو جنس کے شکاری دادِ شجاعت دیتے ہوئے (یونس جاوید کی پسندیدہ تشبیہ) پتھریلی چھاتیوں اور کسَے جسموں سے رس کشید کرتے ہیں اور یہاں وہ مرد بھی ہیں جو مجازی خدا ہوتے ہوئے بھی بیوی کے شبستان کے دروازہ پر دُم ہلاتے ہیں...... یقیناً مجھے اور آپ کو اس منطقہ جنس میں داخلہ نہیں مل سکتا۔ ہمیں کُھل جا سم سم کہنا نہیں آتا۔

یہ وہ کوٹھیاں ہیں جہاں ظہرہ کا پرانا عاشق اس کی چودہ سالہ بیٹی کا سودا کرتے ہوئے معاوضہ میں ایلچی اور کینو کے دو ایکڑ کے باغات دینے کا اعلان کرتا ہے تو دونوں میں یہ گفتگو ہوتی ہے:۔

''کچھ زیادہ مہربان نہیں ہو رہے آپ؟ اتنا تو اُن دنوں میں بھی نہ ہوا جب ہم آپ ایک ساتھ رہا کرتے تھے۔''

''اصل میں...... '' دیوان عاشق حسین کچھ لمحے خود کو یکجا کرتے رہے اور پھر بے دھڑک کہہ دیا ''ہم مہر النساء کے عاشق ہیں۔''

فلموں میں ایسی سچویشن کے تاثر میں شدّت پیدا کرنے کے لیے پس منظر میں زور سے آرکسٹرا بجتا ہے۔ مگر یہ کوٹھی حقیقی ہے۔ فلم کا سیٹ نہیں ہے۔ افراد حقیقی ہیں فلم کے کردار نہیں۔ لہٰذا...... ''دل کے ہیروشیما پہ پہلا ایٹم بم گرنے کے باوجود...... اور جس کا ''زہر، نازک ترین شریانوں میں'' پھیلنے کے باوجود بھی گفتگو رواں رہتی ہے۔

''آپ نے کب دیکھا تھا اس کو؟'' ظہرہ کو کچھ بھی سوجھ نہیں رہا تھا۔

''ہم نے تھری بیلز کلب (Three Bells Club) کی کیٹ واکس میں اُسے دیکھا اور فیصلہ دے دیا تھا'' رُک کر انہوں نے کہا ''اپنا سب کچھ قربان کرنے کا فیصلہ''

یہ دوسرا جملہ تھا جس نے ظہرہ مشتاق کے سارے لہو کی حرارت سلب کر لی تھی۔

''وہ تو...... وہ تو چودہ سال سے بھی دو ماہ کم کی ہے دیوان صاحب۔'' وہ کسمسائی

''اِسی لیے تو'' وہ اصرار سے بولے ''یہی تو وہ نو بہار ہے جو جنت کے دروازے کی کنجی ہے......اور ہمیں پسند ہے۔''

اس منطقہ کے باشندوں کے لیے ناک مسئلہ نہیں بنتی کہ ناک تلے تو سودے طے ہوتے ہیں کیونکہ یہ ''پروفیشنلز'' ہیں۔

''کنجری کا پُل'' بنیادی طور پر نسوانی کرداروں کا ناول ہے اس میں مرد برائے نام ہیں۔ یا پالتو شوہر (مشتاق) کے طور پر یا جسموں کی پرکھ کرنے والے امیر مرد (دیوان عاشق حسین) کہ اچانک حضرت بابا جی عطار کی صورت میں ایسے مرد سے تعارف ہوتا ہے، ظہرہ مشتاق جس کی عقیدت مند ہے، جو استخارہ بھی کرتا ہے مگر اسی ظہرہ کی بھرپور اور سنہری چھاتیوں کے ساتھ جس کی نگاہ چپک بھی جاتی ہے...... بہت بڑی مسجد کی تعمیر کے لیے خطیر رقم ظہرہ سے لیتا ہے مگر تحائف قبول نہیں کرتا کہ اس کے سالم جسم کی طلب ہے۔

جسم کی دلدل میں دھنسی ظہرہ، قلبِ ماہیت کے عمل سے گزر رہی ہے۔ اس لیے وہ حضرت بابا جی عطار کو روحانیت کا شجرِ سایہ دار سمجھتے ہوئے کومل بیل کی طرح اس کے سہارے کی متلاشی ہے۔ روپے پیسے کی اس کے پاس کمی نہیں اور اِسی کے ذریعے سے وہ سکونِ قلب کی متلاشی ہے۔

''میں بغیر کسی پتھر کے، کسی شہرت کے بغیر...... مسجد کے علاوہ ہوسٹل اور نیا مدرسہ جیسا کہ آپ سے تفصیلاً طے ہوا تھا اور جہاں بچوں کو کمپیوٹر کی تعلیم دی جائے گی۔'' رُک کر اُس نے کہا ''حضرت...... میں وہ سب کچھ کرنا چاہتی ہوں جس سے میرا ربّ مجھ سے خوش

ہو جائے، جس سے میرا بوجھ کم ہو جائے، پشیمانیوں کا، گناہوں کا، آلائشوں کا۔ میں اپنی نیت کو شفاف لے کر آئی ہوں حضرت جی...... اور نیتوں کا بھید ربِ کریم ہی جانتا ہے اور اسی پر تمام اعمال کی بنیاد ہے جیسا کہ آپ نے مجھے تعلیم دی ہے۔''

یہاں ظہرہ اس طبقہ کی نمائندگی کر رہی ہے جن کے پاس بہت کچھ ہوتے ہوئے بھی کچھ نہیں ہوتا لہٰذا بے روح کھوکھلی زندگی میں کاذب روحانیت سے ''ترفع'' پیدا کرنے کی سعی کی جاتی ہے۔ پچاس ہزار کے قالین پر بیٹھ کر تصوف، اخلاق، روحانیت اور مذہب کی باتیں کی جاتی ہیں۔ مزاروں کا رخ کرتے ہیں اور جھوٹے پیروں کے مرید بن کر دین و دنیا کی ''فلاح'' تلاش کرتے ہیں۔ یہاں وہ عورتیں ملتی ہیں جن کی زندگی چمکیلی کاروں، مہنگے ہوٹلوں اور پُرتعیش بیڈ رومز میں بسر ہوتی ہے۔ ان کے جسم پر جتنے شب خون مارے جائیں وہ اتنی ہی نکھرتی ہیں۔ جنس کے خودکش حملے ان کی جنسی برداشت میں اضافہ کا موجب بنتے ہیں۔

ظہرہ، حضرت عطار کو جسم تو نہیں دے سکتی لیکن جسم کی کمائی نیک کاموں کے لیے بے دریغ خرچ کرنے کو تیار......

ظہرہ نیک کاموں میں مصروف تھی کہ پرانے عاشق دیوان عاشق حسین کے صاحبزادہ سے لندن میں بیٹی (مہر النساء) کی شادی کے ارادہ کا علم ہوتا ہے، جس کے باپ سے بچانے کی خاطر بیٹی کو لندن روانہ کیا تھا۔ اُسی کا بیٹا اب اس مہر النساء کا خواستگار تھا۔

ظہرہ کے متوازی فیروزے کا کردار ہے جسے جام مصدق نے ''مصنوعی مہربانوں کے لیے جواہرات میں تول کر پابند کر رکھا تھا، وہ جام صاحب کی ضیافتوں کی سب سے بنیادی ڈش تھی ''جس کی فرمائش اکثر میزبانوں کی طرف سے ہوتی تھی......'' لیکن ''پروفیشنل'' ہونے کے باوجود بھی فیروزے...... سلمان گوہر کی محبت میں گرفتار ہو کر سب کچھ ہارنے کو تلی بیٹھی ہے جس کے نتیجہ میں ''شراب کے ساتھ میں نے اسے وہ میڈیسن بھی

دے دی جو مرد کے لیے چار گنا زیادہ مشقت سے بھی نہ تھکنے کی ضمانت تھی......بس دو طوفان تھے، جو دو مختلف سمتوں سے امنڈ امنڈ کر ایک دوسرے میں مل رہے تھے، گھل رہے تھے اور عجب ہے کہ دو طوفانوں میں تیسری بھی میں ہی تھی جو عاشق تھی۔"

یہی فیروزے جام مصدق کے لیے دشمن کو ختم کرنے کا جنسی ہتھیار ثابت ہوتی ہے کہ عین وصال کے دوران میں، دشمن اس کے جسم پر ڈھیر ہو جاتا۔

ایک دشمن نہیں بلکہ کئی دشمن فیروزے کی تیز جنسی بھٹی میں راکھ ہو کر نابود ہوئے کہ سب کے سب دل کے مریض تھے۔

ناول کا یہ باب خاصہ خوفناک ہے اور یونس جاوید نے بڑی مہارت سے فیروزے کے حوالے سے جام مصدق جیسے وڈیروں کی چالوں کو بے نقاب کیا ہے۔ جام مصدق اس لحاظ سے دیگر وڈیروں کے مقابلے میں نسبتاً زیادہ بہتر سمجھا جا سکتا ہے کہ وہ دشمن کو لذیذ موت دیتا ہے۔ بہیمانہ طریقے سے قتل نہیں کراتا۔ لیکن پھر یہ جنسی آلہ/ہتھیار فیروزے تائب ہو کر روپوش ہو جاتی ہے۔

صبا زادی البتہ مختلف ثابت ہوتی ہے جو کاشف کے منہ پر پورے زور سے تھپڑ مار کر "پھٹی نائٹی، لیرو لیر نائٹی اٹھا کر کندھے پر ڈال کر، دروازہ کھول کر الف ننگی باہر نکل جاتی ہے۔"

عزت صبا زادی کے مقدر میں ہے جو خودکشی کی صورت میں حاصل ہوتی ہے۔

ناول "کنجری کا پل" دراصل اس جیسی کئی عورتوں کی روداد ہے۔ سلمٰی، خالدہ، زرینہ، آمنہ، نیلوفر، الفت......ان کے نام کچھ ہی کیوں نہ ہوں مگر مقدر سب کا ایک ہی ہے۔ ایک رات کی دلہن، کمرہ نمبر 413، اصل حقیقت ہے۔ باقی سب باتیں، افسانے، حکایات یا پھر المناک انجام۔

"ایک پھٹی ہوئی نائٹی سمیت......ہوٹل کے مرکزی لاؤنج کے عین درمیان وہ

پورے زور سے چلاّتی ہوئی گری، ہڈیاں چٹخ ہونے کی آواز کے ساتھ ہی ...... اُس کی اپنی آواز بند ہوگئی۔ چمکتے ہوئے پالش شدہ شفاف فرش پر اس کی ہڈیاں ریزوں میں بدل گئی تھیں اور لہو کی لکیریں، چیونٹیوں کی طرح فرش پر رینگنے لگی تھیں، سب سے نمایاں کنپٹی سے بہنے والی لہو کی لکیر تھی جو فرش پر ایک ''انکار'' کو رقم کرتی چلی جا رہی تھی۔''

ناول کا یہ حصہ اداس کر دینے کو کافی ہے۔ کہ جس لڑکی کو عزت کی نیلامی مقصود نہ ہو وہ جان دیکر عزت کا تحفظ کرلے۔

جبکہ کاشف کے روپ میں اس کا گمشدہ سگا بھائی بھی اس کی عزت اور عصمت کا خریدار بن کر اس کے سامنے برہنہ کھڑا تھا۔

یوں بہ حیثیت کردار صبا زادی، ناول میں کم جگہ پانے کے باوجود بھی قاری کے دل پر گہرا نقش چھوڑ جاتی ہے۔

یونس جاوید قاری کو اس وقت بھی جھٹکا دیکر گنگ کر دیتا ہے جب ظہرہ کی مرضی کے خلاف اس کی بیٹی مہرالنساء شادی کر لیتی ہے۔ عالمِ کرب میں ظہرہ سوچ رہی ہے۔

''میں اس تصوّر سے، عمر بھر گناہوں میں ڈوبے رہنے کے باوجود لرزنے لگتی ہوں کہ دیدار حسین ولد دیوان عاشق حسین نے میری ہی کوکھ سے جنم لے کر جڑواں بہن سے شادی کر لی ہے۔ شاید میری سزاؤں میں یہ سب سے کڑی اور تلخ سزا ہے جو ایک تسلسل سے مجھے مل رہی ہے۔''

Incest جو جنسی گناہوں میں سب سے گھناؤنا اور قبیح فعل ہے۔

ناول میں گناہ کے پودے کا سب سے کڑوا ثمر ہے لیکن اس سے نہ زلزلہ آتا ہے نہ سرخ آندھی چڑھتی ہے اور نہ قہر کی بجلی گرتی ہے۔ سب کچھ ویسا ہی رہتا ہے جیسا کہ تھا۔

ظہرہ کی مانند قاری کو بھی اُس وقت ایک زوردار جھٹکا لگتا ہے جب حضرت عطار یہ اعلان کرتے ہیں۔

"ہم تجھے اپنے عقد میں لینا چاہتے ہیں۔"

نیک آدمی، بدکار عورت کی مدد کرتے کرتے خود اس کے جسم کا خواستگار ہو جاتا ہے۔ مجھے تو یہ عالمی وقوعہ محسوس ہوتا ہے کیونکہ کئی اور زبانوں میں اس تھیم پر شاہکار ناول، افسانے تحریر کیے گئے ہیں کہ خراب عورت کو راہ راست پر لانے کے عمل میں مرد خود سیدھے راستے سے بھٹک جاتا ہے۔

دراصل...... جنسی زندگی بسر کرنے والی/ بدمعاش/ فاحشہ/ جسم فروش عورت کی جنس اس میں جو کشش پیدا کر دیتی ہے اور اس کا جسم جس طرح سے ترغیب کی لذت کے دعوت نامے میں تبدیل ہو جاتا ہے اس سے بچ نکلنا آسان نہیں ہوتا۔ اُدھر نیکوکار کی نیکی کی جڑیں، اگر ذات میں پیوست نہ ہوں اور زہد و تقویٰ اس کی شخصیت کا اساسی جزو نہ ہو تو ایسا مرد جنس کی تیز آنچ کے سامنے تنکے کا مرد ثابت ہوتا ہے۔ لہٰذا عطار بھی جنس سے مغلوب ہو جاتا ہے کہ اِس کے پند و نصائح محض اندازِ گفتار ہیں۔ یوں نیک اعمال ظاہری اعمال کے مترادف قرار پاتے ہیں۔ اسی لیے ظاہر داری کا لبادہ اترتے ہی اندر سے ویسا ہی منقسم مرد برآمد ہوتا ہے جیسا کہ جنسی بھوک کا مارا کوئی مرد ہو سکتا ہے۔ سوانکار سننے کے بعد عطار وہی غدر برپا کرتا ہے جو اس طبقہ کے لوگ کیا کرتے ہیں۔ اس کی جوشیلی تقریر کے زیر اثر لوگ جسم کی کمائی سے تعمیر کردہ مسجد ڈھا دیتے ہیں اور درسگاہ کو آگ لگا دی جاتی ہے۔ تب بپھرا ہجوم ظہرہ کی گاڑی کا رخ کرتا ہے جو گاڑی کے اندر مقید اپنے رب کو یاد کر رہی ہے

"ایک نے آگے بڑھ کر کہا

"کنجری"

سب چیخنے لگے...... "کنجری...... کنجری...... کنجری" اس دوران میں حضرت عطار اپنے عمامے کے ساتھ نمودار ہوا۔

ظہرہ کو بچانے کے لیے جب احمد خاں (اس کا ڈرائیور) آیا تو مشتعل ہجوم اسے

قتل کر دیتا ہے۔ بابا عطار نے نوجوانوں کو بلایا اور احمد خاں کی چیتھڑے لاش کی طرف اشارہ کرتے ہوئے بولا ''اسے جلد اٹھا دو نماز کا وقت نکلا جا رہا ہے'' ظہرہ کو پولیس بہ مشکل بچا لے جاتی ہے۔ تب اسکی گاڑی جلا دی جاتی ہے۔

ناول کا اختتام کئی برس بعد کے زمانے میں ہوتا ہے جب ظہرہ جلی ہوئی مسجد کی سیڑھیوں پر بیٹھی موم بتیاں جلا کر اپنے خدا کو یاد کر رہی ہے اس کا جسم کھنڈر میں تبدیل ہو چکا ہے، دل کی مریض ہے، بلڈ پریشر بھی ہے۔

اداس کر دینے والا یہ ناول لکھ کر یونس جاوید نے ہمیں احساس کرانے کی کوشش کی ہے کہ ہمارا معاشرہ جنگل میں تبدیل ہو چکا ہے۔ حُسن کے شکاری مرد اور شکار بننے والی وہ عورتیں جنھیں ہر ممکن طریقے سے سنگسار کیا جاتا ہے۔

عطار ایسے طبقہ کی نمائندگی کر رہا ہے، منافقت جن کا شعار زیست اور تکفیر سب سے بڑا ہتھیار ہے۔

کہنہ مشق افسانہ نگار ہونے کی بنا پر یونس جاوید اس امر سے آگاہ ہے کہ کس واقعہ یا کردار کو کیسے اور کتنے الفاظ میں بیان کرنا ہے اسی لیے وہ غیر ضروری تفصیلات میں جائے بغیر جزئیات نگاری کے ذریعے کرداروں اور مناظر کو زندہ کر دیتا ہے۔

''کنجری کا پُل'' میں بہت زیادہ کردار نہیں ملتے۔ چند مرد، چند عورتیں اور ایک حضرت عطار۔ لیکن یونس جاوید نے ان چند کرداروں کو جنسی معاشرے کے زندہ استعاروں میں تبدل کر دیا ہے۔

یونس جاوید کی ایک اضافی خوبی یہ ہے کہ وہ جذباتی ہوئے بغیر، جذباتی مواقع کے فنی تقاضوں سے عہدہ برا ہو جاتا ہے اِسی لیے نہ وہ کرداروں کو مطعون کرتا ہے نہ ان سے نفرت پیدا کرتا ہے اور نہ ہی ان پر ترس کھاتا ہے...... بس حقیقت نگاری کے اسلوب میں کردار نگاری کرتا ہے لیکن اس کے باوجود وہ لیبارٹری کے سائنس دان کی مانند لاتعلق بھی

نہیں رہتا۔ اسے ان جسم فروش عورتوں سے محبت ہے وہ اپنی محبت کا اظہار ان کے المیوں سے کرتا ہے جس سے شدت تاثر جنم لیتی ہے۔

مجھے توقع ہے کہ یونس جاوید کا "کنجری کا پل" معاصر ناولوں میں اچھا اضافہ ثابت ہوگا قاری اسے قبولیت کی سند عطا کریں گے اور ناقدین اس کے فنی محاسن اجاگر کریں گے۔

لاہور

11 مارچ 2011ء

جسے رات لے اڑی ہوا وہ ورق تھا دل کی کتاب کا
کہیں خونِ دل سے لکھا ہوا کہیں آنسوؤں سے دھلا ہوا

پہلا حصہ

کُن......فیکون

مجھے ہر روز کہانی کی جستجو رہتی ہے۔ میں آج بھی کہانی ہی کی تلاش میں یہاں تک آ گیا ہوں، یہ چوراہا امارات کی ریاستوں میں مزدوری کرنے والوں سے منسوب ہے۔ اس لیے کہ اس کے آس پاس نیلی، پیلی، ہری، لال کوٹھیاں جو سالوں میں نہیں...... مہینوں میں یوں اُگتی چلی گئی ہیں جیسے خودرو گھاس۔

جو بھی سال چھ ماہ کے بعد چھٹی پر یہاں آتا ہے فوراً گھر خرید لیتا ہے جبکہ اس کی بیوی، بچے کے جنم کی تیاری میں ہوتی ہے۔

میں نے دبئی پلٹ مشتاق مالی سے پوچھا بھی تھا کہ وہ کرائے پہ گھر لینے کے بجائے خرید کیوں لیتے ہیں؟

مشتاق مالی نے تن کر سگریٹ کا سوٹا لگایا اور برابری کے لہجے میں بولا تھا:

''یہ دور کا نشانہ ہے جوناب'' ہر چند کہ وہ روپے کی طاقت ساتھ لایا تھا جو آدمی کو برابری کی سطح پر لاتی ہے مگر میں نے اسے رد کر دیا اور کہا ''دور کا نشانہ تو قرض ہوتا ہے۔''

اس نے ایک اور سوٹا لگایا......اور کہا ''بھا جی...... جائیداد، سونا، زمین اپنی قیمت دُگنی کر کے جدا ہوتے ہیں۔ یہ میرا تجربہ ہے۔ آپ دیکھنا میرا چالی لکھ کا گھر...... کتنے لاکھ میں جائے گا۔'' وہ مکمل یقین سے ہنسا تھا۔ اس نے سوٹا نمائش لے کر اپنے یقین پر ایک تہہ

اور چڑھادی اور بولا ''روپیہ ٹکے کے برابر نہیں ہوا؟ حکومت کے پاس ستا کرنے کے لیے یہی تو ایک شے ہے۔'' پھر اس نے اپنے بائیں ہاتھ کی انگلیوں کو پھیلا کر گنوانا شروع کر دیا۔ پٹرول اک، بجلی دو، ڈالر تن اور کھان پین کا نِک شک چار، سب کا اتار چڑھاؤ۔ معاف کرنا چڑھاؤ ہی چڑھاؤ، اتار کو اس صدی میں بھول جائیں کہ یہ قیامتی صدی ہے، ایسے میں جائیداد کا رُخ کدھر ہو گا؟'' مشتاق مالی...... کے مالی تجزیے میں وزن تھا، وہ چٹا ان پڑھ، اکانومی کے بارے میں مجھ سے بہتر جانتا تھا۔ اور واقعی اس نے جانے سے پہلے اپنے بارہ مرلے کے کوٹھی نما مکان کو گیارہ لاکھ چوالیس ہزار منافع پر بیچ کر ایک کنال کی نئی کوٹھی خرید لی۔ اور خود دبئی واپس چلا گیا۔

اس کے جانے کے ایک ماہ بعد ہی اس کی بیوی ظہرہ مشتاق نے بوتیک کھول لی۔ وہ خود بھی کپڑوں کی کانٹ چھانٹ اور ڈیزائن میں مہارت رکھتی تھی۔ اس نے بوتیک کا نام بھی ''ڈیزائن گھر'' رکھا۔ بوتیک کی خوبی یہ ہے کہ وہ اپنے ساتھ نت نئے ڈیزائن، فیشن پریڈیں اور کیٹ واکس بھی لاتی ہے اور کیٹ واک...... نئی فیشن پرست لڑکیوں اور جنس پرست عورتوں کو ایک جگہ اکٹھا کرنے کی بنیاد ٹھہرتی ہے۔

فیشن کو بھیڑ چال بھی کہا گیا مگر اس کے متوالوں کی ہمیشہ جیت رہی۔ سو اگر کہا جائے کہ شہرِ بے اماں کی ساری بستیوں کا حُسن چھن کر ڈیزائن گھر میں آ جمع ہوا تو یہ غلط نہ ہو گا۔

ظہرہ کا چہرہ مہرہ عامیانہ سہی، مگر اس کی منہ زور جوانی، قائم بالذات چھاتیوں اور پتھریلے بدن نے خود اس کے اندر طوفان اٹھا دیئے تھے۔ تب اس نے خود کو ماڈل کے روپ میں پہلی مرتبہ دیکھا۔ شروع جوانی سے ہی یہ خواب تو اِس کے دوپٹے میں بندھا تھا...... لہو کے اندر جوار بھاٹا نے اسے کیا کچھ سمجھا دیا۔ اس نے چولہے سے اتری غذاؤں کو خود پر حرام کیا۔ دودھ، جوس اور پانی اور شہد پر اکتفا کر کے کچی سبزیوں اور پکے پھلوں کے ساتھ کچے پکے لڑکوں کو ماڈل بنانے کی کلاس بھی کھول لی۔

یہ ایک نیا رنگ تھا جو ظہرہ پہ چوکھا چڑھا اور عامیانہ صورت کی ظہرہ مشتاق، دنوں میں پری چہرہ اور جوان ہو گئی۔ ڈیزائن گھر کے ساتھ بیوٹی پارلر اور مساج کی کلاس نے سارے کھیل کو چار چاند لگا کر کسٹمرز کی تعداد دگنی اور فیس چو گنا تک بڑھا دی۔ اور میرے سننے میں تو یہ بھی آیا تھا کہ ظہرہ مشتاق ہفتے میں تین مرتبہ سوئمنگ بھی کرنے لگی ہے اور فائیو سٹار ہوٹلز کے سوئمنگ پول سے لڑکوں کے سامنے باہر آنے سے اسے ذرا بھی ہچکچاہٹ نہیں ہوتی، بلکہ پانی میں آگ لگا کر اسے وہ سکون ملنے لگا ہے جس کے لیے عورت، عمر بھر ترستی، سسکتی، بڑھاپے کی ڈھلوان اُتر جاتی ہے۔

ظہرہ جیسی زیرک گریجویٹ لڑکی کو مشتاق مالی سے اس لیے بیاہ دیا گیا تھا کہ مشتاق دبئی میں ملازم تھا۔ اور اس کی ڈب میں نوٹ تھے۔ ان نوٹوں نے تو اس کے سانولے رنگ ہی کو نہ چھپایا تھا، چیچک کے داغوں پہ بھی پردہ ڈال دیا تھا کہ دبئی کی کرنسی نے ہی ان داغوں کا علاج کر کے انہیں دھندلا دیا تھا۔

ظہرہ نے مجبور، بے زبان عورت کے ناتے دو سال تو یہ سب سہا مگر جونہی تازہ ہوا کے لیے جھروکہ کھلا تو قسمت ہی پلٹ گئی۔ جب تیز نشیلی ہواؤں نے روایت کے دبیز پردوں کو ہمیشہ کے لیے تار تار کر دیا تھا۔

ہر چند کہ عورت کے چلتّر اور مرد کے مقدر کو انسان تو کیا دیوتا بھی نہیں سمجھ سکے۔ مگر اس مرتبہ چلتّر بھی ظہرہ مشتاق کے تھے اور مقدر بھی۔ ایسے کمال اور تر و تازہ جمال کی رعنائیوں نے راستے اتنے کشادہ کر دیے تھے کہ اس انوکھی دنیا میں فاتحانہ انداز میں داخل ہوتے ہوئے ظہرہ سرشار ہو ہو گئی مگر اس نے تحیّر کی آنکھ کو بند رکھا اور عورت پن کی جرأت اور جلترنگ جیسی چال سے ایسی ایسی چال چلی کہ ہر محاذ اس کی دسترس میں آتا چلا گیا۔

ظہرہ مشتاق ...... ماڈل لڑکوں کی کلاس کو خود ہینڈل کرتی۔ ان سے گفتگو...... اور اسے ادھورا چھوڑ کر لڑکوں کے تجسس کو بھڑکانے کا ہنر اسی کلاس سے سیکھا اور اسے اپنی طاقت

کا صحیح اندازہ ہوتا چلا گیا۔اسی طاقت کو سپر بنانے کے لیے ہی وہ لڑکوں سے بہت زیادہ گھلنے ملنے لگی بلکہ ان نوخیز اور تازہ لڑکوں کے رسپانس پر تو وہ جی جی اٹھتی تھی۔اور اب تو وہ ان لڑکوں کے ساتھ ڈنر بھی کر لیتی تھی اپنے پورے لوازمات کے ساتھ۔

پہلے سوفٹ ڈرنکس اور پھر ڈرنکس اس کا معمول بنا۔تب اس نے اس انوکھی دنیا کی گہرائی تک کو اپنی روح میں اتار لیا۔ یہاں تک کہ دولت کے انبار، جڑاؤ زیورات کے ڈبے، دوستوں کی تعداد، معمول بنے ......جن کا ایک نشست میں حساب رکھنا مشکل ہوتا۔

دوسرے برس......ریٹائر ہونے والے سینئر بیوروکریٹس دوستوں تک رسائی اور تعداد بڑھنے لگی۔تب پوش علاقے کی بڑی کوٹھی کے پورچ میں اپنی اور دوست مہمانوں کی گاڑیوں کے لیے جگہ تنگ پڑنے لگی تو ساتھ کی دونوں کوٹھیاں ظہرہ کے نام منتقل ہو کر اندرونی راستوں کی بھول بھلیوں سے جکڑ لی گئی تھیں۔کیسا معجزہ تھا کہ ابھی صرف بائیس ماہ اور چودہ دن ہی گزرے تھے کہ زمین، آسمان بن گئی تھی۔

مشتاق مالی دوسال چار ماہ بعد پلٹا تو گھر پہچان نہ سکا نہ گھر والی کو۔وہ سارا دن اندر باہر کے اضطراب کو چھپاتا رہا کہ اس کے نوٹوں سے بھرے بریف کیس کو کسی نے آنکھ اٹھا کر دیکھا تھا نہ کوئی سوال کیا تھا۔وہ بہت دیر تک تحیر میں رہا اور پھر پہلی ہی رات کو اندازہ کر لیا کہ اس کی حیثیت اب پاکستان میں بھی مالی یا سوالی سے زیادہ کی نہیں رہی۔اس کے بھیجے ہوئے ڈرافٹ کسی قابل تھے نہ وہ خود نہ اس کا دولت سے بھرا بریف کیس۔مشتاق مالی پہلے تو جلا کڑھا اور کھولتا رہا۔رات کو ظہرہ پر ہاتھ چلانے کی کوشش مستردہونے پر کڑکا بھی، مگر بیس منٹ بعد ہی اسے اپنی حیثیت کی پہچان ہوگئی تھی اور یہ مالی......رکھوالا بننے پر متفق دکھائی دینے لگا تھا۔

پردیس، صعوبتیں، جدائی اور کڑے موسم اُسے وہ سب نہ دے سکے تھے جو اس کی ظہرہ نے مہینوں میں حاصل ہی نہیں کیا تھا، ڈھیر بھی لگا دیے تھے۔دن بھر نئے سے نیا چہرہ

اور ایک سے ایک بدن، ڈیزائن گھر میں آتا۔ لباس تیار ہوتے۔ فیشن شو کے لیے کیٹ واک اور ان میں رال ٹپکاتے بڑے پیٹوں والے جویوروز اور ڈیالرز میں لین دین کرتے تھے اور جن کے پاس ہر اچھے بدن اور فیشن کو خرید لینے کی طاقت بھی تھی جستجو بھی۔ ایسی پریڈوں کو چار چاند لگنے لگے تو مشتاق مالی کی حیران آنکھیں اُبل کر پتھرا گئیں۔ تب اس نے کندھے سے پرنا اتار کر سر پر قراقلی ٹوپی پہن لی اور معتبر انداز میں کہنا شروع کر دیا۔

مولا کے رنگ نرالے ہیں بھاجی...... وہ پتھر میں چھپے کیڑے اور مجھ ایسے حقیر مالی کو نوازتا ہے...... اس کے نوازنے کے اپنے طریقے ہیں...... میاں صاحب۔"

سپر پوش علاقے میں ڈیزائن گھر کے ساتھ پارلر کا اضافہ کیا ہوا تھا کہ فیس ایک مرتبہ پھر دگنی اور گاہک چوگنے ہو گئے تھے۔ ہفتوں پہلے بکنگ لازمی ٹھہری۔

میں کہانی کی تلاش میں کئی مرتبہ اس پارکنگ تک آچکا ہوں اور آج بھی تماشا دیکھ رہا ہوں۔ اس پارکنگ میں نئے ماڈل کی ساری گاڑیاں صرف ڈیزائن گھر یا پارلر میں مصروف نازک اندام حسیناؤں کی ہیں یا ان کے لیے کھڑی ہیں۔ البتہ مشتاق مالی کی حیثیت محض ایک نگران کی ہے جو مہمانوں کے استقبال کے لیے کھڑے وردی پوش نوجوانوں اور خوبرو لڑکوں پر نظر رکھے بار بار اعلیٰ قسم کے سگریٹ سلگاتا اور بجھاتا رہتا ہے۔

میں ہر روز دیکھتا ہوں۔ میرے لیے منظر بھی وہی رہتا ہے کردار بھی۔ صرف لباس بدلتے ہیں یا گاڑیاں۔ میں یہ سب جانتا ہوں اس لیے اُکتا چکا ہوں۔ میرے لیے ان تمام واقعات میں کہانی کے لیے پاورفل اور مضبوط مواد اس لیے نہیں ہے کہ یہاں اب کاروبار ہی دو طرح کا ہے۔ اسّی فیصد کا تو پیٹ بھرتا ہی نہیں۔ پیٹ بھرتا ہے تو سر پر چھت ٹپکنے لگتی ہے۔ اور کسی نہ کسی کمرے سے وقفے وقفے سے کھانسی کی آواز اُبھرتی رہتی ہے۔

دوسرا دھندا، جو صرف پیٹ سے نیچے کا ہے۔ زیادہ پھل لایا ہے، اب تو نچلے متوسط اور غریب ترین طبقے کے لوگوں میں بھی خوش حالی اُترنے لگی ہے اور جگہ جگہ مشتاق

مالیوں کی مطمئن تعداورب قدیر، کے شکر گزار ہونے کا اعلان کرنے کیلئے کسی نہ کسی مزار پر حاضر ہوتی اور نیازیں تقسیم کرتی دکھائی پڑتی ہے۔

یہ نئی ہنڈا میں کون پری ہے جس نے پہلے گیئر میں ہی گاڑی ریورس کی ہے کہ بریکیں بھی چرچرا اٹھی ہیں۔ظہرہ؟ مجھے حیرت ہو رہی ہے وہ اس قدر حسین کیسے ہو گئی ہے۔ بے آواز گاڑی بھی لمحے بھر کو ہونکنے لگی ہے۔سامنے مشتاق کھڑا سگریٹ کا کش، جی نہیں سوٹا لگاتا اور مسکراتا جارہا ہے۔ظہرہ کی نگاہ جانتی ہے کہ وہ کس مصرف کیلئے ہے۔اسی لیے مشتاق پہ ٹھہرتی ہی نہیں۔لمبا ہنکارا اور ''ہونڈا'' زن سے نکل گئی ہے، سامنے بڑی سڑک پر جب ظہرہ کی گاڑی نے موڑ کاٹ لیا ہے تو پیچھے ویگن دکھائی دیتی ہے جو رکی ہوئی ہے۔ابھی ابھی کون اس سے اُترا ہے؟ جوان سی لڑکی ہے، مگر کالج یونیفارم میں......ایک موٹی عورت اور کلرک نما بھوکا پیاسا چالیس پنتالیس سالہ آدمی......سڑک کراس کر کے......دائیں بائیں الگ الگ راستوں پر چلے گئے ہیں مگر لڑکی وہیں کھڑی ہے اس نے کتابوں سے خود کو جیسے ڈھانپ رکھا ہو۔کندھے پر چمکتا بیگ ہونے کے باوجود کتابیں اور ایک فائل جو کثرت استعمال سے میلی چیکٹ ہے، سینے سے لگا کر بُت بنی ہے۔ایک، دو، تین، چوتھے منٹ کے گزرتے ہی، گزرتی گاڑیوں سے لمبی گردنیں باہر کو جھانکتی ہیں۔نگاہ کے تار کے ساتھ...... مسکراہٹ لپٹی ہے، مگر وہ لڑکی ٹس سے مس نہیں ہو رہی۔شاید وہ زمانہ ساز ہے......اپنی قدر و قیمت سمجھتی ہے اور اپنی منہ زور اور پتھریلی چھاتیوں کی بھی جو ویگن سے اترتے سمے لمحے بھر کو تھلتھلائی تھیں اور غضب ڈھا گئی تھیں۔ مجھے نفرت ہے ایسی خوبصورت جوان اور وجیہہ لڑکیوں سے جو یونیفارم کا سہارا لے کر اپنی غربت چھپاتی اور عزت کماتی ہیں۔میں نے غور سے دیکھا ہے وہ واقعی حسین ہے اگر اس کی یونیفارم میلی نہ ہوتی یا اس کا انداز سادہ گھریلو سا نہ ہوتا تو وہ پہلی گاڑی میں لفٹ لے چکی ہوتی۔کم از کم موٹر سائیکل روک کر اِسے دعوت دینے والے کالے بھیڑیے کو تو یہ جرأت نہ ہوتی کہ بار بار اس سے تکرار کرتا۔بیٹھنے کی دعوت

دینے کے لیے اس نے موٹر سائیکل کا رخ پھیر لیا ہے مگر لڑکی شاید اپنا مقام اور قیمت جانتی ہے۔ وہ اس کالے کتّے کی طرف دیکھتی بھی نہیں۔

میں لاشعوری طور پر کئی قدم آگے بڑھ چکا ہوں کہ مجھے لڑکی کی سبزی مائل بڑی آنکھوں کی ایک جھلک بھی دکھائی دے کر، دل کی ایک بیٹ مس کرا چکی ہے۔

کوئی اناڑی لگتی ہے۔ میرا دل گواہی دینے لگا ہے یا پھر بے وقوف ہے۔ ایسی بدبختیں کوڑیوں کے مول بلکہ بے مول ہی اِدھر اُدھر ہو جاتی ہیں۔ آئس کریم کا کپ...... کوفی کا پیالہ اور گرم کھانا ان کے تعلق داروں میں ہر روز ایک کا اضافہ کرتا چلا جاتا ہے۔

مگر میں یہ بھی جانتا ہوں کہ بھوک بڑی ظالم چیز ہے یہ آدمی کو کافر بنا سکتی ہے۔ بچے بکوا سکتی ہے۔ دو چھٹانک چاول کے بدلے بنگال کے 1943ء کے قحط کو یاد کر لیں۔ انگریزوں کا مصنوعی قحط جس میں عورت، ننگی، زمین پر ریزہ ریزہ ہوئی اور بچے ریل کی پٹڑیوں پہ لہولہان۔ لیکن آج کا یہ زمانہ تنگی کا سہی، قحط کا نہیں ہے اور اس طرح سستے داموں بکنے کا بھی نہیں۔ قحط ابھی دور ہے۔ ہمارے دریاؤں کے خشک ہوتے دھانے، ابھی اس قحط کا عنوان لکھ رہے ہیں۔ ابھی سبزہ وگل، جنگل میں بھی دکھائی دے رہا ہے۔

مگر پتہ نہیں کیوں؟ قحط کی چاپ میرے کانوں میں سنسناتی رہتی ہے، میں تڑپتا ہوں۔ اس کے باوجود کہ میری زندگی بہت قیمتی ہے نہ بہت زیادہ۔ میں تو نئے لوگوں کیلئے تڑپتا ہوں، نئی نسل کیلئے، آنے والے ذہین ترین بچوں کیلئے۔ جن کا آئی کیو ہم سے، ہم سے پہلے والی نسل سے بہت زیادہ اور اہم ہے۔

شاید یہ سوال ہے یا شرمندگی کہ ہم انہیں کیا دے سکے ہیں؟ کانٹا پیاس؟ گندہ پانی؟ ویرانی اور اجاڑ پن؟ بیماریاں، بھوک اور مجبوری، ہر سطح کی مجبوری، ہر قسم کی بھوک، پیٹ کی جنس کی، علم کی، عقل کی بھوک اور ان کی جوانیوں کے ساتھ اُترنے والا شدید ترین قحط۔ جس میں ہر شے کا توازن بگڑ جاتا ہے۔ کوئی جمالیات رہتی ہے نہ اخلاقیات۔ مذہب،

عبادت، خدائی احکامات اور قوانین دھواں ہو جاتے ہیں۔ صرف پیٹ کی آگ احکامات صادر کرتی ہے اور سارے نظام کو بگاڑتی ہے۔

دیکھتے ہی دیکھتے گاڑیوں کا ریلا سا آ گیا ہے کہ قطاریں دور تک دکھائی دینے لگی ہیں۔ آج کے انسان کی سماجی برتری کی رنگ برنگی علامتیں۔ سارے شہر کی ٹریفک کا رُخ شاید اسی سڑک کی طرف موڑ دیا گیا ہے۔ رموزِ مملکت کی سمجھ مجھے تو کبھی آئی نہیں۔ گاڑیاں آہستہ ہو کر رُکنے لگی ہیں اور ٹریفک جیم ہو چکی ہے۔ پہلے ہارن بجائے گئے اور اب لوگوں نے سوئچ آف کر کے موبائل کھول لیے ہیں۔ وہ اپنے اپنے فون پر چیخ چیخ کر بول رہے ہیں، قہقہے لگا رہے ہیں، لڑ رہے ہیں، ڈانٹ رہے ہیں۔ وہ لڑکی گاڑیوں کی قطاروں میں کہیں چھپ چکی ہے...... دور کہیں پیچھے...... ایمبولینس کی چیختی، کراہتی، التجائیں کرتی کوک سنائی دینے لگی ہے۔ کبھی اپ، کبھی ڈاؤن، مگر سوائے میرے کسی نے اس کا نوٹس نہیں لیا۔ کیونکہ زیادہ تر لوگ موبائل پر ہی مصروف ہیں۔ جو شخص گاڑی سے اتر کر پیچھے جمی قطاروں کا اندازہ لگا رہا ہے اس نے بھی کان سے موبائل چپکا رکھا ہے۔

وہ نعرے کی صورت میں چلایا۔ ''VVIP...... کی ایسی کی تیسی......''

اس نے غصے سے تھوک دیا اور موبائل پر ہی سوال پوچھا ہے؟

''کتنا ٹیم لگے گا؟...... آدھا گھنٹہ؟؟'' موبائل بند کرتے ہوئے وہ چنگاڑتا ہے ''در فٹے منہ خانہ ٹنگ...... کہیں کے۔''

سب زور زور سے بول رہے ہیں۔

''کیا شور سا اٹھا ہے کہ اک حشر بپا ہے۔''

یہ قوم کی آواز ہے...... یا ہجوم کا شور؟ ہاں شاید ہم ہجوم ہی تو ہیں سب کچھ گڈمڈ ہو رہا ہے۔ برداشت نام کی چڑیا اُڑ چکی ہے۔ انا کے پتھر ہر ہاتھ میں ہیں۔

''اوئے گڈی پچھے کر......''

"تجھے بچ ہو رہی ہے؟"

"ہو تو سکتی ہے...... نامہ نیم ...... پچھے کر گڈی!"

"سڑک تیرے باپ کی ہے؟"

"اوئے باپ کے پتر...... دانت توڑ دوں گا تمہارے۔"

"میں تمہارا پیٹ پھاڑ دوں گا۔"

"میں تمہاری گچی مل دوں گا۔"

"میں تمہاری آنکھیں نکال کر ہاتھ پہ رکھ دوں گا۔"

"بس اوے...... بس بس...... بس بس بس۔"

شاید کوئی چھڑا رہا ہو "ہٹو ہٹو ہٹو...... ہٹ جاؤ۔"

موبائل والا زور زور سے بڑبڑا رہا ہے۔ "کب گزرے گی یہ وی وی آئی پی......
کب گزرے گی قیامت؟"

"اب تو مِسی لوتی بھی مشکل ہو رہی ہے۔"

"سب سیاست کا کھیل ہے میاں صاحب۔"

"کیا ہنیر ہے۔ بلال کو دن دنی چک کے لے گئے ہیں؟"

"کون...... کیوں؟"

"پاور گیم ہے بھاجی...... آہستہ بولو۔"

"میں چیف جسٹس کو لکھوں گا...... میں لکھ سکتا ہوں۔"

"یہ سڑکیں سارا سارا دن کون بند کرتا ہے؟"

"خدا جسے عاجز کرنا چاہتا ہے اُس سے عاجزی چھین لیتا ہے۔"

"سارا شہر بیمار ہے بھاجی...... ہے پی ٹائٹس، گٹر کا پانی۔"

"سنا ہے پٹرول بتی روپے ہونے والا ہے اور بجلی روپیہ یونٹ؟"

''زرداری صاحب نے کہا ہے کہ بے نظیر کو شیطان نے مارا ہے۔''

''چودہ دن کا ریمانڈ......ہمیش خاں کا۔''

''ایک سو اسی کروڑ کا قرضہ پنجاب بنک سے کس کے داماد نے معاف کرایا ہے۔ چاچا جی؟''

سوالوں کے گورکھ دھندے میں ایمبولینس چند گز بھی آگے نہیں بڑھ سکی۔ اس کا سائرن چیخ چیخ کر فریاد کر رہا ہے۔ مگر کسی نے مڑ کر بھی اس کی طرف نہیں دیکھا۔ سب اپنے حالوں مست ہیں۔

یہ ہر روز ہوتا ہے...... ہر گھنٹے بعد ہوتا ہے۔ اسی میرے شہر میں۔

کسی کا کیا رشتہ ہے ایمبولینس کے ساتھ۔

وی وی آئی پی کے ہوٹرز چلانے لگے ہیں۔ سپیشل سواری آنے کو ہے۔ ٹریفک انچ انچ رینگنے لگی ہے۔

مگر پیدل آدمی ٹریفک سے تیز چل رہا ہے۔ ابھی راستہ کھولنے کی اجازت نہیں ملی۔ تبھی تو گاڑیاں تھوڑی دور چل کر رُکنے لگی ہیں اور ایمبولینس بھی میرے بالکل سامنے آ کر رُک گئی ہے جس میں ایک تابوت رکھا ہے، اٹنڈنٹ نیچے اتر آیا ہے۔ کسی کے پوچھنے پر اس نے زور سے بتایا ہے ''علی رضا فرام کرغستان۔''

مجھے یاد آ گیا ہے......علی رضا کی لاش پہلے اسلام آباد اور اس کے بعد اس کے آبائی شہر لے جائی جانے والی تھی۔ شاید شورکوٹ۔ علی رضا پاکستانی سٹوڈنٹ تھا۔ وہ ازبکوں کے علاقے میں رہتا تھا۔ اور چار سال دو ماہ سے اپنا تعلیمی سفر طے کر کے اب اپنے خوابوں کو تعبیر دینے والا تھا مگر آخری چند ماہ کا پُل عبور نہ کر سکا۔ اسے پاکستانی نہیں ......ازبک سمجھ کر قتل کر دیا گیا۔ مگر میں سوچتا ہوں کیا ازبک انسان نہیں ہیں؟ انہیں کیوں چُن چُن کر گھروں سے نکال نکال کر قتل کیا جا رہا ہے۔ ایک انسان کا قتل کائنات کے حُسن کا قتل ہے۔ وہ

احمدیوں کی عبادت گاہوں میں ہو یا کرغستان میں۔ پوری انسانیت کا قتل ہے۔ ظلم ہے، دنیا کی سب سے بڑی ناانصافی ہے۔ گناہ عظیم ہے اگر گناہ عظیم ہے تو پاکستان سے لے کر پوری دنیا میں اس قدر آسانی سے کیوں ہو رہا ہے یہ گناہ عظیم؟ جبکہ انسان اکیسویں صدی تک آتے آتے اپنے ذہین ترین ہونے کا ثبوت دے چکا ہے۔ تو پھر دنیا کے شہ دماغوں نے خون بہانے کا لائسنس کیوں جاری کر رکھا ہے۔ کشمیر سے کرغستان تک یہ کیوں بہہ رہا ہے۔ بوسنیا سے فلسطین تک اور عراق سے افغانستان تک اور کراچی سے علی ہجویری کے مزار تک کتنا بہہ چکا ہے...... کہ آدھی غریب دنیا لہو رنگ دکھائی دیتی ہے۔ خون کا رنگ لال ہوتا ہے۔ وہ لال مسجد کی بچیوں کا ہو یا بوڑھے بھگتی کا...... حرام ہے اس کا بہانا...... مگر بہہ رہا ہے۔ کیوں بہہ رہا ہے؟...... کیا خون کو خون سے دھویا جا سکتا ہے؟ تو پھر کس لیے؟ اور آئندہ، لاکھوں انسانوں کو لمحے بھر میں راکھ کر دینے والا ایٹم بم چلانے کی کنجی کس کے ہاتھ میں ہے؟ کروڑوں ہنستے بستے، روتے مسکراتے انسان اپنے شہر کی تمام تر رعنائیوں سمیت ایک سانس میں دلدل بنا دیے جائیں کیونکہ وہ کمزور ہیں؟ نو۔ نو نو کسی ایک انسان، کسی صدر کسی وزیراعظم کو سو کالڈ یو این او (UNO) کو یہ اجازت کیسے دی جا سکتی ہے کہ وہ ہمماتی، مہکتی خوبصورت دنیا اور اس کے کروڑوں باسیوں کو ایک سانس سے دوسرے سانس کے درمیان ملیامیٹ کر دے۔ یہ ظلم ہے۔ یہ اندھی طاقت کی حماقت ہے۔ غیر انسانی اور غیر اخلاقی ہے یہ بم۔ حرام ہے۔ باقی تمام بم بھی اسی زمرے میں آتے ہیں مگر یہ چونکہ لمحوں میں انسانی نسل کشی، ہلاکتوں، صدیوں پر پھیلی صعوبتوں، بیماریوں، دکھوں، اذیتوں اور کبھی نہ ختم ہونے والی مصیبتوں کا منبع ہے۔ اس لیے مجھے اس سے شدید نفرت ہے۔ اسی احتجاج پر ''ارون دتی رائے'' جیل چلی گئی۔ میں اُسے سلام کرتا ہوں...... اس بم کو ایران کے ثقہ علما نے متفقہ طور پر حرام قرار دیا ہے۔ میں انہیں بھی سلیوٹ کرتا ہوں۔ مگر طاقت کے نشے میں مدہوش طاقتوں نے اسے اخلاق پر مبنی، حلال اور جائز قرار دے رکھا ہے کہ طاقت ہی قانون

ہے۔ان ملکوں نے...... دنیا کے سینکڑوں ملکوں سے ویٹو کرنے کا اختیار چھین کر صرف اپنے گروہ کی پانچ چھاتیوں پر یہ تمغہ سجا رکھا ہے۔ دنیا بھر میں صرف پانچ کا گروہ!

''تازہ اخبار'' ہاکر کی آواز پہ لمبا تڑنگا آدمی بھاگ کر آیا اور اخبار پھینک کر چیخا۔

''اوے شیدے...... یہ اخبار ہے؟'' شیدا حیرت سے تکنے لگا تو لمبا آدمی دوبارہ چیخا۔

''کوئی دھماکہ نہ ایکسیڈنٹ...... نہ بم'' وہ بدمزہ منہ بنا کر بولا۔ ''پھکّا پھاک''

شیدے کی سمجھ میں کچھ نہ آیا تھا...... اس نے اخبار یوں اُٹھا لیا جیسے کوئی بھیک دے کر واپس لے رہا ہو۔

''دبڑ دبڑ دبڑ...... پیچھے سے کئی نوجوان بھاگتے ہوئے آگے کو نکل گئے۔ سب بول رہے تھے۔ چیخ رہے تھے۔ گڈمڈ...... ہلکان...... یہ وی وی آئی پی کب مغروں لتھے گی؟''

''پٹھورے گرم...... مصالحے والے......''

''جن چمبڑ جائے تو کسی عامل کو بلاتے ہیں بھاجی......''

''چالی تے دو بتالی منٹ چٹکی میں گزرے ہیں۔''

''ہمارا پٹرول بھی جلتا ہے...... خون بھی۔''

''ہور چوپو......''

''جیسی روح ویسے فرشتے۔''

کون کس سے بول رہا تھا...... سوال کس کا تھا...... جواب کس کا؟

سب بیزار تھے۔ تھک چکے تھے...... بے بس تھے...... وی وی آئی پی نے سب کو جکڑ رکھا تھا...... سوائے اس سائیکل والے کو جو فٹ پاتھ پر گاتا ہوا سائیکل چلاتا جا رہا تھا۔

''دو پترانا راں دے

ساڈا دکھ سُن سُن کے

روندے پتھر پہاڑاں دے......"

قطاریں لمبی ہوتی جا رہی تھیں اور ایمبولینس کی کوک اب دلوں میں چبھنے لگی تھی۔ تقریباً سبھی بول رہے تھے۔ صرف سبز آنکھوں والی لڑکی خاموش تھی جس کا نام مجھے نہیں معلوم...... مجھے تو علی رضا سے گلہ ہو رہا ہے۔ علی رضا...... تم ازبکوں کے محلے میں کیوں ٹھہرے تھے؟ تمہیں خبر نہ تھی کہ کرغستان میں ازبک صرف دس لاکھ ہیں...... اور کرغستانی ان سے دس گنا...... اسی باعث وہ ازبکوں کو قتل کر رہے ہیں، بوسنیا کی طرح...... گھروں سے کھینچ کھینچ کر۔ تمہیں تو معلوم تھا علی رضا...... طاقت ہی قانون ہے...... اکثریت ہی درست ہے پوری دنیا کی محکوم بستیاں اسی قانون کے تحت جلا دی جا رہی ہیں۔ علی رضا تم کتنے بھولے اور معصوم ہو۔ تم ان ساری سسکتی ہوئی بستیوں کی بے بسی بھی نہ دیکھ سکے؟ ان بستیوں کی اینٹ سے اینٹ بجا دی جائے یا لہو سڑکوں اور گلیوں میں بہا دیا جائے۔

مت پوچھو کہ انہیں اس کی اجازت کس نے دے رکھی ہے مت سوال کرو۔

مگر یہ تو وہی منظر ہے جو میرے بلوچستان میں ہے۔ ہر غیر بلوچی ٹارگٹ ہو رہا ہے۔ جس نے انہیں تعلیم دی۔ ان کی تہذب کی انسان بنانے کی کوشش کی۔ مہذب بنانے کی سعی کی۔ اُسے ہی قتل کر دیا جاتا ہے اور جو ڈاکٹر ان کا دکھ دور کرتا ہے علاج کرتا ہے اور ان کے بچوں کی جان بچاتا ہے اسے بھی۔

سنو سنو سنو...... یہی وبا اب میرے پیارے روشنیوں کے شہر کراچی میں پھیلائی جا رہی ہے۔

انا للہ وانا الیہ راجعون

کیا ہم دہشت گردی کے خلاف ہونے کے باوجود دہشت گرد نہیں؟ ساری دنیا دہشت گردوں سے کیوں اٹ گئی ہے؟؟ اندھے پن کی حماقت کے مقابلے کے لیے...... یا

طاقت کے اندھے پن کے خلاف ہم ایک ہو سکتے ہیں؟ کون کس کے خلاف یکجا ہوگا؟ کون دوست ہے؟ کون دشمن؟

پتہ نہیں یہ سوالات مجھے ہی کیوں ڈس رہے ہیں۔ ساری اذیتیں، سارے دکھ، لہو رنگ کی یہ ساری تصویریں، میرے ہی حصے میں کیوں ہیں؟ میرے پاس کوئی جواب ہے نہ کسی کے پاس۔ جواب بھی نہیں حل بھی نہیں۔ ہمارے قدم پاتال کی دلدل میں دھنس رہے ہیں۔ اور ہم قہقہے لگا رہے ہیں۔

لگتا ہے اپنے موبائلوں پر قہقہے لگاتا جلوس ٹریفک تیز ہونے سے تحلیل ہو رہا ہے۔ کیا میں ہذیان بک رہا ہوں؟؟

سر جھٹکنے کے بعد میں نے دیکھا ہے سامنے وہ لڑکی قدم اٹھانے کے بجائے پاؤں گھسیٹ کر پیچھے کی طرف ہٹ گئی ہے۔ موٹر سائیکل والا بدصورت کالا کتا...... جسے گاڑیوں والے غصے سے گھورتے ہوئے گزر رہے ہیں۔ اب کھسک جانے کی تیاری میں ہے۔ وہ پیدل اپنی موٹر بائیک سمیت راہ پر ہولیا ہے اور آگے بڑھ گیا ہے۔ لڑکی کی سبز آنکھوں میں بیزاری آچکی ہے۔ وہ پاؤں گھسیٹ کر چلتی ہوئی سڑک کراس کر آئی ہے۔ جس طرف میں کھڑا ہوں ہر چند کہ میں کہانی کی تلاش میں ہوں مگر لاشعوری طور پر میں نے اپنے بالوں کو سنوار لیا ہے اور نگاہ کو پھیلا کر اس لڑکی کا احاطہ کر لیا ہے۔ اس کے ایک جوتے کی ایڑی گر چکی ہے۔ وہ پاؤں اٹھا کر چلنے کی متحمل نہیں ہو سکتی۔ البتہ وہ سر اٹھا کر چل رہی ہے۔ وہ اپنی عزت نفس بچا لے جانا چاہتی ہے۔ میرے اور گاڑیوں والوں کے اندازے کس قدر غلط نکلے......اور اُس کالے کتے کا اندازہ تو اب بھی غلط ہوگا جو اگلے بس سٹاپ پر ابھی تک کھڑا منتظر ہے۔ ''حرام زادہ'' گالی کا زہر اندر ہی اندر میرے سینے میں پھیل گیا ہے۔ کوئی اور اس لڑکی کے بارے میں سوچے تو مجھے بُرا لگتا ہے مگر میرا اندازہ ہے کہ میں اس کے بارے میں سوچنے کو جائز سمجھ رہا ہوں۔ یقیناً...... وہ فسٹ ایئر کی سٹوڈنٹ ہے۔ اسی لیے اس کی بھرپور

جوانی میں تازگی ہے مگر اس بیزار کن کیفیت کی شرمندگی نے اس کے چہرے کو زرنگار بنا دیا ہے۔اسی لیے سبز آنکھوں میں کاجل بھی ہے نمی بھی۔ وہ بار بار پریشان ہو کر چاروں طرف صرف یہ دیکھتی ہے کہ کوئی اُسے دیکھتا تو نہیں؟ مجھے اُس سے ہمدردی ہونے لگی ہے مگر میں اس کا اظہار نہیں کرسکتا۔لڑکی ہو یا عورت۔اس کے اندر ایسے آلات نصب ہیں جو مردوں کی دردمندی کے پیچھے ان کے گندے پن کو ٹریس کر لیتے ہیں۔چھٹی حس کے علاوہ ایک حس اور بھی ہے۔ نچلے طبقے اور غریب گھر کی ذہین طالبہ۔اکیسویں صدی کی تازہ نسل جن کے لیے بیسویں صدی کے لوگ قحط بو رہے تھے۔اذیت کی کاشت ہونے کو ہے۔محرومیوں اور ناہمواریوں کا ایسا سلسلہ جو پچانوے فیصد لوگوں کے لیے ہمیشہ رہے گا۔سکھ، آرام، سکون، دولت اور آسانیاں ہزار میں ایک کے لیے......جنہیں سب اشرافیہ اور مراعات یافتہ کہتے ہیں جن کے قبضے میں میرے ملک کی تقدیر نہیں۔ پٹرول، گیس، گاڑیوں کے کارخانوں، سونے کی کانوں اور اناج کے گوداموں کی قسمت کا انحصار بھی ہے۔انہیں خبر ہی نہیں کہ برباد کر دینے والی، سونامی جیسی بغاوت کی یلغار کا رُخ انہیں بدترین لوگوں کی طرف ہے۔جنہیں......طوفانِ نوح جیسے ذرّہ ذرّہ بکھیر دینے والے سائیکلون کی پروا ہے نہ خوف۔ جو دن رات اپنے محلات کی دیواروں کو اونچا کر کے سمجھتے ہیں کہ وہ حفاظت میں ہیں۔

یہ میں کدھر نکل رہا ہوں۔وہ لڑکی ابھی تک کتابوں کے بوجھ کے باوجود وقار کے بوجھ سے لدی پھندی چلی جا رہی ہے۔

پاپڑ بیچنے والا اُس کی سبز آنکھ میں سے بھوک پہچان کر قریب جا چکا ہے۔وہ بولتی ہے نہ رسپانس دیتی ہے۔میں سمجھ رہا ہوں، بے وقوف پاپڑ والا لڑکی کی قیمت چند پاپڑ لگا رہا ہے کیونکہ وہ بھوکی ہے۔اسی لیے پاپڑ والے کے اندر کی سرگوشی مجھے سنائی دے گئی ہے۔ وہ ایک قدم اور آگے بڑھ آیا ہے۔

"پیسے پھر کبھی دے دینا...... ہیں مزے کے......دوں؟"

میں نے اپنے اندر کی سرگوشی تو نہیں سنی مگر کالے کٹے کے بعد اس حرام زادے کی بدمعاش مسکراہٹ میں لپٹی سرگوشی سن کر میرا جی چاہا ہے کہ اس کا منہ نوچ لوں اور دھکا دے کر اس کے سارے پاپڑ گرا دوں اور میں یہ کر سکتا ہوں مگر میرا جوش، غصہ اور خیال، مصلحت کے بوجھ تلے کراہ کر رہ گیا ہے۔ پاپڑ والا میری پروا کیے بغیر پاپڑ ہتھیلی پہ تیراتے ہوئے آگے بڑھاتا ہے۔ لڑکی نے رُک کر...... ایڑی ٹوٹا جوتا پاؤں سے نکال لیا ہے۔ پاپڑ بیچنے والا فوراً واپس مڑ گیا ہے...... اس نے اپنا راستہ ہی بدل لیا ہے۔ حالانکہ لڑکی نے جوتا اس پر حملہ کرنے کیلئے نہیں، بغل میں دبانے کے لیے اتارا تھا تاکہ سنبھل کر اپنی رفتار تیز کر سکے۔

مگر پاپڑ والے کی بدمعاشی کو میرے علاوہ گاڑی میں بیٹھا ظہرہ کی کسٹمر کا ڈرائیور بھی جان چکا ہے۔ وہ گاڑی سے اتر کر سیدھا میرے پاس آ گیا ہے۔

''اس کا حرامی پن دیکھا آپ نے؟''

مجھے غصہ اس لیے آ رہا ہے کہ یہ مجھ سے بے تکلف کیوں ہو رہا ہے؟ حالانکہ میں نے اس کا بھی حرامی پن دیکھا ہے، لوگوں کے ہونٹوں سے رال ٹپکتی ہے۔ اس خنزیر کی آنکھوں سے ٹپک رہی ہے۔ وہ میری تائید سے لڑکی کو لفٹ دینا چاہتا ہے۔ مگر میں نے جواب دیے بغیر رُخ پھیر لیا ہے۔ میں قدم بڑھا کر تھوڑا آگے نکل گیا ہوں۔ وہ حیرت سے مجھے تکتا ہے۔ اسے کیا معلوم میں کہانی کی تلاش میں سرگرداں ہوں۔ اور سب لوگ مجھے ڈسٹرب کر رہے ہیں۔

''چرررر چرر''

بریک اس بری طرح چرچرائے ہیں کہ سڑک پر کالی لکیریں کھچ آئی ہیں۔ ہر کسی نے مڑ کر نئی گاڑی کو دیکھا ہے۔ کسی نو دولتیے کی گاڑی لگتی ہے ''چھچھورا......ان کلچرڈ''

لگتا ہے ابھی ابھی لگژری ٹیکس دے کر گاڑی چھڑا کر لایا ہے مگر گاڑی بالکل میرے سامنے آ کر رُک گئی ہے اور فہمیدہ فیروزے، پورے جمال میں گندھی اُتری ہے مگر

یوں جیسے گاڑی نے اسے تھوک دیا ہو۔ وہ مصنوعی مسکراہٹ چہرے پر سجانے کی تگ ودو میں ہے لیکن گاڑی کو مالک نے بڑی رعونت سے ریورس میں پہلے دائیں...... پھر بائیں اس طرح کاٹا ہے کہ وہ ہونکتی ہوئی سنائی دی ہے اور پھر زن سے اوجھل ہو گئی ہے۔ اب وہ سامنے والے فلیٹ کی سیڑھیاں چڑھ رہی ہے۔ تھوڑی دیر پہلے اُس کے میرے، بے حد قریب سے گزرنے سے جو خوشبو پھیل گئی تھی وہ ابھی تک میرے آس پاس رُکی ہے۔ منظر لمحہ بھر کو رنگدار ہوا تھا اب دوبارہ تاریک ہو رہا ہے۔

میں شاید...... پھر بھٹک رہا ہوں...... ٹھیک ہے میں فہمیدہ فیروزے کو تھوڑا سا جانتا ہوں۔ اپنی گاڑی ہوتے ہوئے یہ ہمیشہ دوسروں کی گاڑی میں جاتی...... آتی ہے۔ اسے گاڑیوں سے عشق ہے مگر عشق...... صرف گاڑیوں سے تو نہیں ہو سکتا۔ اس میں اور بھی بہت سے رنگ...... بہت سے موسم اور دھنک جیسی دھاریاں ہوتی ہیں...... بہت سے امتحان بھی۔ مگر فیروزے کا اصرار ہے کہ اسے گاڑیاں بے حد پسند ہیں۔ جوانی کے نشے کے علاوہ اسے رفتار کا بھی نشہ بھی سرشار کرتا ہے۔ یہ درست ہے کہ اس کا لڑکپن اور جوانی...... ایک سائیکل کے پیچھے بیٹھ کر گزری ہے۔ یہ کھٹارا سائیکل اس کے شوہر زبیر خاں کی ہوا کرتی تھی۔ مگر فیروزے کی قسمت رنگ لے آئی۔ اگر قدرت کسی عورت کو سریلی آواز، حسن یا کشش اور جنسی اپیل رکھنے والا بدن عطا کر دے تو اس میں عورت کا کیا کمال، نہ سہی مگر قدرت نے فہمیدہ کو فیروزے بنانے سے پہلے ایسی ہی بلینک چیک بک عطا کر دی تھی جس نے ہر چیک پر بے پناہ بدن کی خوشبو رچی تھی جو دیکھنے والے کے لیے دعوت بھی تھا ترغیب بھی۔

وہ چیک پر جتنی چاہے رقم لکھ لے۔ اس کا یہ چیک کبھی باؤنس نہیں ہوتا۔ بس...... فیروزے نے اپنا جمال اور قدرت کا یہ لازوال کمال بھی تھوڑی دیر میں سمجھا تھا۔

کئی سال پہلے زبیر خاں اسے اپنے علاقے سے سیمبر سے جیت کر لایا تھا۔

باقاعدہ بیاہ کر کے۔ بقول زبیر خاں، فیروزے کے لیے اُس نے اپنی عمر بھر کا جمع جتھا...... فیروزے کے گھر والوں کو دے دیا تھا کہ رواج بھی یہی تھا روایت بھی۔ مگر جب حاکم خاں نے بھی فیروزے کے لیے اپنا سب کچھ لٹا دینے کا دعویٰ کر دیا تو دونوں میں ٹھن گئی۔ مگر فیروزے نے اپنا حصہ زبیر خاں کے پلڑے میں اس لیے ڈال دیا کہ زبیر نے اس کے باپ کی تمام شرائط تسلیم کر لی تھیں اور اس کی سب سے بڑی شرط یہ تھی کہ تین ہزار روپے کلو کے حساب سے فیروزے تُلے گی۔ سو وہ تُلی اور لاکھوں وصول کر کے ریت اور رواج کو باوقار کیا گیا اور خود کو بھی۔ اس کے بعد تو واپسی کے سارے راستے ہمیشہ کے لیے بند کر دیے جاتے ہیں۔ زبیر خاں لاکھوں ادا کر کے مقروض اور فقیر تو ہو گیا تھا مگر اپنی لاج اور شان بچا لایا تھا۔

ایک سال تک دونوں ایک کمرے کے یونٹ میں مطمئن سے تھے۔ ہر چند کہ زبیر خاں کسی بڑے ڈیپارٹمنٹل سٹور کا گن مین تھا۔ اس کی ڈیوٹی بدلتی رہتی تھی۔ کبھی دن کو کبھی رات کو، ایسے میں فیروزے اکیلی رہتی تھی۔ اکیلی تو خیر فیروزے کی وہ سکھی اور واحد سہیلی صبازادی بھی رہتی تھی اور اسی شہر میں، بلکہ صرف دو کلومیٹر دور۔ وہ تو زبیر خاں اپنی چھت پر بنائے ہوئے چھوٹے سے تنور کے لیے لکڑیاں لینے گندل خاں کے ٹال پر جاتا تھا۔ جہاں ٹال کے کنارے چھ فٹ بائی 9 فٹ کا گھروندا، جس کی دیوار میں باریک تنکوں جیسے سوراخ تھے جو شاید سانس لینے کو بنائے گئے تھے۔ سارے علاقے میں گندل خاں کی شادی مشہور تھی۔ وہ بھی ساڑھے تین لاکھ میں شادی کر کے دو سال پہلے صبازادی کو لایا تھا۔ ایک روز زبیر خاں کو لکڑیاں دیتے ہوئے گندل خاں نے صبازادی کے لیے قہوے کا ذکر کر دیا جو اینٹیں جوڑ کر بنائے گئے چولہے پر اُبل رہا تھا۔ گندل خاں نے آدھی ہتھیلی کے برابر قہوے کی پیالی بھر کر زبیر کو بھی دی۔ خود بھی پینے لگا۔ صبازادی کے بخار نے اُسے بھی دُکھی کر رکھا تھا...... اسی دُکھ اور پریشانی میں گندل خاں نے اس کا نام لے دیا۔ زندگی میں پہلی مرتبہ...... زبیر بولا تو کچھ نہیں مگر گھر آ کر فیروزے کو صبازادی کا بتایا تو وہ بھڑک اٹھی اور ضد کی کہ!

اسے ابھی اس کی سہیلی سے ملاقات کرائی جائے۔

زبیر خاں نے بہت سمجھایا کہ دنیا میں ایک ہی صبا زادی تو نہیں مگر وہ تن گئی تھی۔ مجبوراً زبیر خاں...... فیروزے کو عیادت کے بہانے ٹال پرلے گیا۔

گھر آ کر فیروزے اُداس تھی۔ صبازادی تھی تو بے حد حسین، جوان، خوبصورت اور بالکل اس کی دوست جیسی، پردہ نہ تھی۔ یہ صبازادی جس طرح ڈربے میں قید بیمار پڑی تھی......اور جس جبر اور مشقت میں گندل خاں اس کو ساری رات جگاتا تھا۔ ساری داستان سن کر فیروزے میں پہلی مرتبہ آزادی کا احساس جاگا تھا۔ اس سے پہلے اسے اپنی مظلومیت کا احساس تھا نہ محرومیت کا۔ لیکن اب اس کی زبان پر لفظ آ آ کر اٹکنے لگے تھے۔ وہ جو تمام دن دروازہ بند کر کے کمرے میں خودساختہ قید میں بھی خوش تھی۔ اب کھڑکی کھلی رکھنے لگی۔

جب کھڑکیاں کھلنے لگیں تو تازہ ہوائیں اپنا بسیرا بدلنے لگتی ہیں۔ سو باہر کی مہک اندر آنے لگی اور اندر کی پیاس ہوا میں گھلنے لگی۔ اور پھر کھڑکی ہی کے راستے آزادی کے پرچم کے طور پر اس کی مسکراہٹیں پہلی مرتبہ کسی خوش نصیب کو دان ہوئیں اور پھر باہر والوں پر برسنے لگیں اور ایک رات جب زبیر خاں کی ڈیوٹی رات کی تھی۔ جمال کھلی کھڑکی سے اندر کود گیا کہ دروازے پر کلو بھر کا تالہ پڑا تھا۔

جمال نے فیروزے کی روح میں ایسا صور پھونکا کہ وہ باغی ہوگئی۔ پہلے زبیر خاں سے کھچی کھچی رہنے لگی۔ پھر تو تکرار بڑھی، اور اس کے بعد اس نے زبیر کی زندگی اجیرن کر دی۔ وہ ہر ماہ اپنے میکے جانے پر اصرار کرنے لگی۔ فیروزے زبیر سے نجات چاہتی تھی یا آزادی۔ جب ان کی آوازیں نیچے گلی میں کریانے کی دکان تک آنے لگیں تو زبیر نے آزادی دے کر فیروزے سے سمجھوتہ کر لیا اور جمال کے دیے ہوئے کالے ریشمی سوٹوں کے بارے میں کچھ پوچھا نہ سنہری پرس کے بارے میں نہ ہی نت نئے سینڈلوں کے بارے میں۔

اُسے واقعی احساس ہونے لگا تھا کہ فیروزے چاند کا ٹکڑا ہے۔ مگر فیروزے کو میں

نے جب دیکھا تھا، اُس کا بدن سنگ مرمر جیسا ترشا ہوا اور الہڑ تھا۔ سیڑھیاں اُترتے ہوئے میری نگاہ ایک لمحے کے ہزارویں حصے میں تانبا ہو کر منجمد ہو گئی تھی اور پانی سے شرابور بدن میری آنکھوں میں ٹھہر گیا تھا۔ نہاتے نہاتے اس نے اوپر کیا دیکھا کہ ٹب کا سارا پانی جلنے لگا۔ اس نے حیا کی مسکراہٹ اور کہنیوں سے ترشی ہوئی سنہری چھاتیوں کو چھپانے کی کوشش کی تھی...... چھپایا نہ تھا، میں جب تک زندہ رہوں گا، اُس لمحے کے تصور سے آگ بنتا رہوں گا۔ میں نے خاندانی وضع داری کے سبب قدم، مسکراہٹوں کی ترغیب کے باوجود جنگل سے باہر ہی روک لیے مگر میرے علم میں یہ آ چکا تھا کہ ترشے ہوئے حُسن اور بے مثال جمال کو بڑا تالہ روک سکتا ہے نہ دیواریں۔ پہلے سات پردوں۔ کے باوجود بھی اس کی نمائش ہو ہو گئی کہ ہمارے آس پاس کے محلے میں حمد و ثنا کے طور پر رب کریم کی صنّاعی کے چرچے بکھرنے لگے، کسی نے بازو دیکھا، کسی نے آنکھیں، کوئی پاؤں کے انگوٹھے پہ عاشق ہوا اور کسی کو چال نے ڈھیر کر دیا اور پھر اس پرانی عمارت کے ایک کمرے کے فلیٹ سے...... زبیر خاں گندھارا ٹاورز کے لگژری فلیٹ میں چپ چاپ منتقل ہو گیا جسے میں نے سال بھر کی محنت کے بعد جا پکڑا تھا۔ زبیر خاں اب فیروزے کا معزز گن مین تھا۔ اعلیٰ ترین یونیفارم، عمدہ ترین لائسنس والی سپر گن۔ اب اُسے ڈیپارٹمنٹل سٹور کی ضرورت تھی نہ چاہت!!! اس کی شامیں ٹاورز کے سامنے بڑے سے پارکنگ میں رنگ رنگ کی کاروں کے دروازے کھولتے اور ڈالروں میں ٹپ وصول کرنے میں گزرنے لگیں...... اور دوسرے برس اس نے نئی ہنڈا بھی خرید لی...... جو اس کی ذاتی تھی۔ پھر دوسرے سال ہی تین مزید فلیٹ اندر ہی اندر سے جُڑ چکے تھے اور صبازادی بھی کسی جادو کے تحت چلی آئی تھی۔ گندل خاں نے ٹال ختم کر دیا تھا۔

زبیر خاں کی گاڑی میں کبھی کبھار کوئی نوخیز لڑکی اس کے ساتھ E514-E512 میں آ اترتی تو پھر اس کا آنا جانا مستقل ہو جاتا اور ٹھاٹھ باٹھ اس کا مستقبل۔

زبیر کے جوڑے مہنگے ترین ہونے لگے اور فیروزے کے چوغے ہیروں سے

مزّ ین......! وہ عورت جو اپنے علاقے کی زبان کے علاوہ کچھ نہ جانتی تھی اب انگریزی سیکھ رہی تھی کہ فیروزے سے پہلے اس کے نام کے ساتھ میڈم کا لفظ ایک باوقار اور با عتماد شخصیت کے طور پر جوڑ دیا گیا تھا۔

یہ بات میرے لیے البتہ حیرت کا باعث تھی کہ جب وہ غریب، سادہ، مفلوک الحال اور طاہر تھی، دوسرے فلیٹوں والے اس سے نفرت کرتے تھے، غریب، کمزور یا گن مین کی بیوی جان کر، مگر جب سے اس کا رہن سہن بدل گیا تھا اور وہ میڈم فیروزے ہو گئی تھی ہر کوئی اس کی عزت ہی نہیں کرتا تھا اسے اپنے لیے وجہِ عزت بھی خیال کرتا تھا۔ کسی کا کوئی کام کوئی مشکل کوئی مسئلہ ہو وہ میڈم سے ایک فون کی بھیک مانگنے چلا آتا اور ممنون لوٹتا اور اب عمر بھر شکر گزاری کے بوجھ سے دبا دبا میڈم کے لیے پاکیزگی کے سرٹیفکیٹ تقسیم کرتا پھرتا ہے۔ میڈم فیروزے دراصل ایک طاقت کا نام ہے۔ پتہ نہیں کیوں ہر کمزور بے سہارا کا واسطہ اگر میڈم سے ہے تو ہر با اختیار اور طاقتور شخص کا رابطہ بھی میڈم سے ہے۔ وہ تمام علاقے میں سب کے دُکھوں میں شریک ہے، وہ امرت دھارا ہے۔

خصوصاً اوپر والوں کو آسودہ راستوں تک لے آنے والی...... ایک راحت جان ایک نشانِ منزل کا روپ دھار چکی ہے۔ بڑے بڑے دبنگ آفیسر، بیوروکریٹ اور حکومتوں میں عمل دخل رکھنے والے، زبیر خاں سے خوش دلی سے ملنے میں عافیت سمجھتے تھے۔ ترقی، ٹرانسفر اور پسند کے عہدے یوں بھی بھلا بٹا کرتے ہیں؟ حیرت ہے، مگر میں فیروزے کے بارے میں کیوں سوچ رہا ہوں۔ میں نے صبا زادی کے بارے میں سوچنا کیوں چھوڑ دیا ہے۔ میں تو اس کا ذکر ہی بھول گیا تھا جو لکڑہارے کی بیوی سے میڈم کی دسترس میں ہونے والی بہت سی اپسراؤں میں شامل ہے...... مگر دونوں میرے لیے بے ضرر سی عورتیں ہیں اگر دونوں کی بدیاں اور نیکیاں ترازو کے الگ الگ پلڑوں میں ڈال دی جائیں تو مجھے یقین ہے اُن کی نیکیوں والا پلڑا جھک کر زمین سے آ لگے گا۔ ان کی بدی، گناہ، جرم...... شاید ان کی

ذات تک محدود ہو مگر نیکی اور بھلائی تمام انسانوں کے لیے ہے...... مگر پتہ نہیں کیوں بعض لوگ دونوں کو بدکردار، بے ہودہ......اور برائی کا سمبل سمجھتے ہیں۔ وہ انہیں سنگسار کر دینے کے نعرے بھی لگا چکے ہیں۔اس سلسلے میں انہوں نے خفیہ طور پر آئی جی سے وزیر اعلیٰ تک بہت سی گمنام درخواستیں پہنچا رکھی ہیں۔ مگر ساری درخواستیں بے اثر ہو چکی ہیں۔ شاید اس لیے کہ حقوق العباد سے بڑی عبادت کوئی نہیں جوان کے اثاثوں میں سرفہرست ہے۔

''اوہ!'' یہ رکھشہ کس کا ہے؟...... جو ابھی میرے سامنے آ کر رکا ہے۔ ہاں ہاں...... یہ تو زرینہ ہے جو پرائیویٹ ہوسپٹل میں رات کی ڈیوٹی دے کر لوٹی ہے مگر اس وقت جب دوپہر ڈھل چکی ہے۔ آج شاید ڈبل ڈیوٹی ہو...... یہ وہاں نرس بھی ہے۔ ریسپشنسٹ بھی اور ہوسپٹل کے مالک کی سیکرٹری بھی۔ اس کی آنکھیں نیند سے بوجھل ہیں اور جبر کے جگراتے سے لال ہو رہی ہیں۔ رکھشے والے نے اس سے کیا کہا ہے کہ وہ سوچ میں پڑ گئی ہے۔ رکھشے والے نے زیادہ نہیں صرف پانچ روپے چوک سے اندر آنے کے مانگ لیے ہیں۔ زرینہ تکرار سے پانچ روپے بچانا چاہتی ہے۔ اسی تکرار میں گھڑی کی سوئیاں پانچ منٹ آگے جا چکی ہیں۔ اگر وہ اپنے باس سے سمجھوتا کر لیتی تو یوں رکھشوں پر گھر آتی نہ پانچ پانچ روپوں کیلئے بھاؤ تاؤ میں وقت ضائع کرتی۔ زرینہ نے رکھشے والے کو مسکراہٹ بھی دان کر دی ہے۔ وہ کچھ نارمل ہو رہا تھا کہ نیند سے بوجھل زرینہ نے دوسری بار مسکرا کر اسے بھائی بھی کہہ دیا ہے۔ رکھشے والا دوبارہ سنجیدہ ہو گیا ہے۔ اس نے ایک روپیہ بھی کم نہیں کیا۔ اس نے پانچ روپے زیادہ مانگ لیے ہیں کہ اس کا وقت ضائع کر دیا ہے زرینہ نے۔ زرینہ کے لیے یہ سب کچھ ناقابل برداشت ہے۔ وہ گھر کی واحد کفیل ہے ہر چند کہ اس کی نیند میں ڈوبی جوانی لُس لُس کر رہی ہے اور چھاتیاں بند گلے کی قمیض کے باوجود قائم ہیں اور بدن ترشا ہوا سڈول ہے مگر اس کی کہانی میں نمک ہے نہ مرچ۔ کوئی ایسی بات ہی نہ ہو کہ آدمی سی سی یا سوں سوں کر سکے تو چٹخارہ کیسا؟ ار رکہانی کیسی؟ لہٰذا میں کہانی

کی تلاش کو آج پھر ختم کرتا ہوں کیونکہ میرے بددیانت اور رکیک باس کی طرح زرینہ بھی ایک رکیک باس کی زد میں ہے۔ وہ بار بار چھچھورے آدمی سے خود کو بچا چکی ہے جو اُسے اپنی گاڑی میں پک کرنے چلا آتا تھا۔ زرینہ نے اسے کھڑے کھڑے ''سوری'' کر دیا تھا۔ وہ دوبارہ آیا تو زرینہ نے چائے کی دعوت سے انکار کر دیا اور تیسری مرتبہ اسے گھر آنے سے منع کر دیا۔ لہٰذا زرینہ بھی میری طرح خاردار زمین پر ننگے پاؤں بھاگ رہی ہے۔ اس کا سانس کئی مرتبہ پھولا ہے مگر اس نے ہانپنا گوارا نہیں کیا۔ اس نے خود کو بے شمار زخموں سے بچا تو لیا ہے مگر دھوپ میں رکھی شراب کی طرح سرکہ ہو رہی ہے۔ پھل دار شجر کا سارا پھل شاخوں سے لٹکتا رہ کر بے رس ہو رہا ہے۔ جھریوں نے پھلوں کا روپ تک بگاڑ دیا ہے مگر شجر، وقار سے کھڑا ہے۔

میرا اس کا درد مشترک ہے۔ ہمارا آپس کا یہی رشتہ ہے جس پر کبھی اس نے اظہار نہیں کیا مگر میں جانتا ہوں کہ ہم دونوں کے باس حریص، کرپٹ، منافق اور بدمعاش ہیں۔ میرا باس تو دنیا کا سفاک ترین شخص ہے جو کم ظرف اور بے ہودہ بھی ہے۔ جو اپنے بڑھاپے کی خیانتوں کا صلہ بھی چاہتا ہے بلکہ وہ تو اپنی انسان دشمنی اور منافقتوں کا معاوضہ وصول بھی کر رہا ہے کہ مافیا کے ہاتھ بہت لمبے ہیں اور ناخن بے حد نوکیلے۔

میں نے سارا دن گہری شام تک کہانی کی تلاش میں سرگرداں گزارا ہے مگر کیا کیا جائے کہ، آج کا دن بھی لوڈ شیڈنگ کے دن کی طرح بیکار نکل رہا ہے اور شام بھیگ رہی ہے۔

افسوس آس پاس اس بھیگی سانولی شام کے سوا کچھ نہیں ہے۔ کوئی نوید...... کوئی خوبصورت تبدیلی کی کہانی، کوئی محبت کی کھٹاس مٹھاس سے اُبلتی جوانی...... کوئی رُت سہانی...... کچھ بھی تو نہیں...... گل و گلزار نہ مہک نہ چہک...... رب کریم! تجھ سے بڑا کون ہے کہانی کار...... مگر، پھر میری دنیا اس سے کیوں خالی ہو رہی ہے...... تو خبیر و علیم ہے کہ جب رنگ، روپ، خوشبو اور مہک نہ ہو...... تو کہانی کیوں کر اُترے گی...... اور کہاں سے

اترے گی اور اترے گی بھی، تو کون اس میں رنگ بھرے گا۔

رب قدیر! اگر سب کے لیے آسانیاں، رزق اور آسودگیاں برابر نہیں کی جا سکتیں تو پھر ان خوبصورت، محروم اور بے بس اور مجھ ایسے افراد کو پیدا کرنا بند کر دے، جبر اور جگراتوں سے لدی پھندی حسین چہروں اور توانا ترشے ہوئے بدنوں والی فیروزاؤں، صبا زادیوں اور زریناؤں کو اس حد سے کالی، بے عزت اور حاویہ دوزخ جیسی جلتی دنیا میں اب نہ بھیجنے کا حکم صادر فرما۔ اے قادر و عادل ''کُن'' کہہ دے...... ''فیکون'' ہو جانے دے۔

''کنجری کا پل''

ع آج ہر لمحہ، ہر اک پل ہے محبت کیلئے

ظہرہ مشتاق کے بیڈروم میں ہر کسی کا داخلہ بند ہونے کے باوجود، خصوصی دروازے سے سنبل کا اندر آ جانا اس بات کی نشاندہی کرتا تھا کہ بے حد اہم مسئلہ ہے۔ وہ رات بھر کے جگراتے اور معاملات کے بعد صبح چھ بجے ہی تو سونے کے لیے لیٹی تھی کہ یہ واقعہ ہو گیا۔

سرخ انگارہ آنکھوں کو ظہرہ نے حیرت اور تجسس سے کھول کر سنبل کو منجمد کر دیا تھا۔

''شاہ جی آئے ہیں۔'' سنبل کے پاس یہی چار لفظ تھے۔

''کون سے شاہ جی؟'' ظہرہ مشتاق ابھی کچی غنودگی اور غصے میں تھی۔

''دیوان عاشق حسین کہتے ہیں خود کو۔''

''دیوان صاحب؟؟'' زیادہ حیرت نے اسے چونکایا تو وہ یکلخت اٹھ بیٹھی...... بالوں پر ہاتھ پھیرا۔ سامنے پوری دیوار پہ قد آدم آئینے میں پہلے اپنا سراپا دیکھا اور پھر آنکھوں کو۔

''شیش نگر میں نے کھول دیا ہے...... منتظر ہیں۔''

''اکیلے ہیں؟''

''فیروزے آپا ان کے پاس ہیں...... کہہ رہی تھیں برسوں بعد بھی آپ کو پہچان گئی ہوں دیوان صاحب......''

''کولڈ ڈرنکس اور پھل رکھواؤ'' ...... تیز انگارہ نگاہوں کا ایک اشارہ سنبل کو ساری بات سمجھا گیا تھا...... جب وہ چلی گئی تو ظہرہ مشتاق کو چودہ برس بعد ایک ایسے چاہنے والے کا صبح ہی صبح آ جانا جو کبھی دین و دنیا تھا، جن کے ہاں دو سال سے زیادہ ظہرہ نے مستقل قیام کیا تھا۔ صرف انہیں کی ہو کر...... دیوان عاشق حسین تو اسے متعہ بھی کہتے تھے مگر متعہ ڈیرہ دارنیوں والا تھا۔ جس میں زیادہ لطف اور لذّت ہوتی ہے مگر بارہ برسوں بعد اچانک ...... وہ سوچنے لگی۔ پھر واش روم کی تیاری اور تھوڑے پرفیوم کے بعد اس نے خود کو دیکھا، تو دس برس بعد کی عمر رفتہ میں آن پہنچی تھی۔ نئی میک اپ کٹ بھی کیا شے تھی کہ لمحے بھر میں جوانی لوٹا دے خواہ گھنٹے بھر کے لیے۔

ظہرہ مشتاق نے انگڑائی لے کر تھکن دور کرنے کی کوشش میں بھی نشے جیسی سرشاری سے خود کو بھر لیا تھا...... وہ اپنے ہی سراپے کو دیکھ کر مسکرائی بھی مگر ایک پھانس نے لہو میں سے سر نکالا...... اور چبھن، دھڑکن دھڑکن میں سمانے لگی۔

اسے یاد آیا کہ شاہ جی کو اس کا چوڑی دار پاجامہ، جس پر قمیض کے چاک کمر تک چلے گئے ہوں، بہت، بے حد پسند تھا، انہیں تو ظہرہ مشتاق کے بالوں سے بھی عشق تھا جو گھٹنوں تک چلے جاتے تھے...... صراحی دار گردن کے نیچے چاند جیسا سفید رقبہ بھی انہیں پاگل کیے دیتا تھا...... سلیم شاہی جوتی تو انہوں نے اصرار سے اتر اوائی اور چوم لی تھی ...... اور ساتھ ہی بوسکی رنگ کی کسّی ہوئی پنڈلیاں، جن سے بقول ان کے آگ لگ جاتی تھی ...... اور ننگے پاؤں کے چاروں طرف مہندی کے بیل بوٹے اور اس کی خوشبو...... مگر سب سے زیادہ دہکانے والی پتھریلی چھاتیاں تھیں اس نے اپنے سراپے کا ایک مرتبہ پھر جائزہ لیا تو بہت کچھ اب اُس کے پاس نہیں تھا...... چوڑی دار پاجامے میں رانیں پھنس رہی تھیں نہ پنڈلیاں...... پاؤں کے اطراف مہندی تھی نہ بیل بوٹے ...... اور سب سے زیادہ تو اس کے بالوں کا جادو تھا جس پر پہلی مرتبہ دیوان عاشق حسین کی نگاہ پڑی تھی...... وہ کٹ کٹا کر

بالشت بھر سے زیادہ نہ تھے۔ دیوان صاحب اکثر پیار کے لمحوں میں برملا کہا کرتے تھے ''ظہرہ جان...... تمہارے بال اور تمہاری چال ہی نے تجھ پر فریفتہ کیا تھا...... چال ہو یا بال...... دونوں بغیر کسی تعارف کے مجھ ایسے کے لہو میں لَو دینے لگتے ہیں......''

مگراب کیا ہو...... ظہرہ نے میک اپ روم میں لٹکے ہر رنگ کے بال دیکھے...... نہایت اعلیٰ ترین وگز تھیں...... سنہری...... سیاہ...... گرے...... ظہرہ نے قد آدم آئینے کے سامنے ایک ایک کو آزمایا، اور فیصلہ سیاہ رنگ کے حق میں اس لیے دے دیا کہ شاہ جی کی جان یہی رنگ تھا۔ اس کے بعد سنبل کے لیے رکھا، اسکا چست پاجامہ، جسے جراب کی طرح پنڈلیوں پر چڑھاتے اسے خاصی مشکل پیش آئی تھی۔ مگر تنگ پاجامے میں ڈھیلی رانیں بھی پھنس گئیں تو وہ کھِل اٹھی کہ شاہ جی کی نگاہ میں ٹکتے ہوئے یہی اُس کے لیے سند تھی۔ چھاتیوں کو چودہ سال کا سفر منٹوں میں طے کرتے تھوڑی دیر تو لگنا ہی تھی، کیسے کیسے اوزار اور لوشن ایجاد ہو چکے تھے...... کہ پندرہ بیس سال کا فرق پیدا کر دینا انہیں کا جادو تھا......

دیوان عاشق حسین جیسا عاشق، جس کی نگاہ بال بال کا حساب رکھتی تھی۔ بدن کے سارے داغ انہیں ازبر تھے۔ ہر وہ نشان جو جسم کے کسی بھی حصے میں پیدائشی تھا ان کے ہونٹوں کی سیرابی سے شاداب رہتا تھا...... مگر یہ سب چودہ برس پہلے کے واقعات تھے۔

ظہرہ میک اپ اور حُسن کے درمیان ایک مشاق مشاط کی طرح ایک ایسے پل صراط پہ کھڑی تھی جس کا اندازہ اسے کبھی تھا ہی نہیں۔

دیوان عاشق، عاشق تو تھے...... معشوق بھی تھے...... اور اس راز کو ظہرہ نے شاہ جی سے چھپا کر رکھا تھا، اسے مرد ذات کے چھچھورے پن کا اندازہ تھا...... عورت ریجھ جائے تو محفلوں میں کیا کیا داستانیں پھیلنے لگتی ہیں۔ گردن جو اظہار عشق کے وقت نگوں سار رہتی تھی، تن کر اوپر کو اٹھنے لگتی ہے اور وہ سارے نذرانے...... جو آگ بھڑکنے کے شروع زمانے میں محبوبہ کے پاؤں میں رکھے تھے، ایک ایک کر کے واپس لے لیے جاتے ہیں......

مشتاق مالی کی گمشدگی نے اُسے کھل کر مرد کی نفسیات اور کمینے پن کے سارے اسرار سمجھا دیئے تھے۔ جس سے اس نے خود کو ہی نہیں اپنی تمام نوچیوں کو بھی ٹرینڈ کر دیا تھا۔ مگر سچ تو سچ ہے، عورت عاشق ہو تو جوگن بن بن سلگتی اور داسی بن کر بچھتی چلی جاتی ہے اور پیار کی جنوں سامانیوں میں صابن کی طرح بال بال پر پھسلتی اور سمندروں جیسی پھیلتی سپردگی میں اپنی ذات کو فنا کر دینے کی لذّت سے موت تک آشنا رہنا چاہتی ہے...... مگر دیوان عاشق تو خود ہی سیراب ہوئے اور سراب ہو گئے...... ظاہر ہے مرد سیراب ہوا تو سراب ہوا مگر عاشق ہو جانے والی عشق میں فنا ہونے ہی کو امتیاز سمجھتی ہے۔ کوئی سیراب ہو یا سراب۔ اُسے تو آپے رانجھا ہو کر ہی جینا یا کچے گھڑے پہ تیر جانا ہے۔

سو جتنا وقت دیوان عاشق کی صحبتوں میں کٹا۔ ظہرہ کے لیے وہی اس کا تھا، وہی زندگی کا حاصل اور وہی سال دو سال کی جنت اور اسکی یادیں اس کے سارے جیون کا احاطہ کیے اُسے گل و گلزار رکھتی تھیں...... اور آج، صبح ہی صبح کس قیامت کی خبر دی تھی سنبل نے کہ ظہرہ کے چودہ طبق تو روشن ہوئے ہی ہوئے، یادوں کی ایک جھالردار کہکشاں...... کبھی یہاں سے کبھی وہاں سے جگمگا جگمگا کر اسکی آنکھیں خیرہ کرنے کو کافی تھی۔ اس نے یادوں کو پھیلنے سے روکا اور سر جھٹک کر خود کو زندہ کر لیا۔ کہ اسکا محبوب برسوں بعد چل کر اس کے آنگن میں آ اترا تھا۔ اِس نے خود کو سپرد کرنے، کر دینے اور بچھ جانے کے کچھ نئے طور طریقوں کو اپنے اندر اجاگر کیا، یوں جیسے شبِ عروس میں کوئی نوخیز حسینہ اس پہلے سرخرو ہونے کے امتحان جیسے لمحات کے لیے خود کو تیار کرتی ہو۔ سولہ سترہ سنگھار تو سب کہنے کے لیے ہیں۔ ظہرہ نے خود کو جیولر کے شوکیس کی طرح جگر جگر کرتے ماحول میں گوندھ لیا تھا...... اسکی کجراری آنکھیں سبز ہونے کے باوجود کس کمال کے طوفان اٹھانے کی سطح تک آ پہنچی تھیں...... اسے کتنا یقین تھا کہ دیوان عاشق حسین اس سارے وفورِ حُسن کے سامنے دوسرا سانس بھی نہ لے سکیں گے...... وہ اٹھی تو اس کے اندر سے طلسماتی جھنکار نے خود اِسے بھی مسحور کر دیا۔

ع شعر کا حسن ہو نغموں کی جوانی ہو تم

''شیش نگر'' وہ ڈرائنگ روم تھا جس میں بیوروکریٹ، جاگیردار یا بہت ہی پسندیدہ افراد بٹھائے جاتے تھے، لمبے، پرنیاں جیسے، شفون کے گون میں سے ظہرہ مشتاق اپنے تمام جسمانی خطوط کو نمایاں کیے جب شیش نگر میں داخل ہوئی تو فیروز ے فوراً اٹھ کر نکل گئی...... یہ خلوت گاہ بڑے عاشقوں کا ڈیرہ تھا، ظہرہ نے پندرہ سولہ برس پرانی مسکراہٹ سے دیوان عاشق کو گرما دیا تھا، ہر چند کہ دیوان عاشق ڈھل چکے تھے۔ ان برسوں میں انہوں نے کیا کیا گل نہیں کھلائے ہوں گے۔ سب کی داستان چہرے پر لکھی تھی، وجاہت، غرور، جوانی اور نشہ جو کبھی ان میں یکجا ملتا تھا، آج ان میں پہلی تین چیزوں میں کمی تھی...... البتہ آنکھیں ابھی تک نشے میں مخمور تھیں۔

''بہت دنوں بعد خیال آ ہی گیا۔'' ظہرہ نے زبان کھولی۔ ''کیسے؟'' پھر وہ بڑبڑائی ''سولہ برس ہونے کو ہیں۔''

''ہمیں اپنا وعدہ بھی تو نبھانا تھا۔'' رک کر انہوں نے ایک فائل کو اٹھایا اور ذرا سا سرکاتے ہوئے کہا ''آموں کے باغات میں اچھا پھل اترنے میں بارہ سے سولہ ہی برس لگتے ہیں...... یہ اب تمہارے نام ہیں۔'' رک کر انہوں نے کہا ''دو ایکڑوں میں اپیچی بھی ہے اور کینو الگ......''

''کچھ زیادہ مہربان نہیں ہو رہے آپ؟ اتنا تو اُن دنوں بھی نہ ہوا جب ہم آپ ایک ساتھ رہا کرتے تھے۔''

''اصل میں'' دیوان عاشق حسین کچھ لمحے خود کو یکجا کرتے رہے اور پھر بے دھڑک کہہ دیا''ہم مہر النسا کے عاشق ہیں۔''

دیوان صاحب کا یہ جملہ نہ تھا...... دل کے ہیروشیما پہ پہلا ایٹم بم تھا جس کا زہر، نازک ترین شریانوں میں پھیلا اور اترتا چلا گیا۔ ظہرہ مشتاق کے سانسوں میں ریت اڑنے لگی۔ اسے صعوبتوں بھری اور آسائشوں سے لبالب زندگی کا یہ لمحہ، پوری زندگی کے غموں سے الگ تھلگ لگا۔ اُسے یہ تصور تو تھا کہ بیٹیاں جوان بھی ہو جاتی ہیں۔ بلکہ اُن کا، جوانی کی دہلیز پہ پہلا قدم ہی بڑے بڑے دھن دولت والوں کے دلوں کو ڈولنے پر مجبور کر دیتا ہے، اور کیٹ واکس اور فیشن شوز کی دنیا میں پروان چڑھنے وال مشہور زمانہ ماڈل کی...... ایسی بیٹی کی طرف، ایک سے زیادہ ہاتھ بڑھنے میں تیار اور دوسروں پر سبقت لے جانے کی کوشش میں ہوتے ہیں...... مگر دیوان عاشق حسین کے اس عشق نے ظہرہ مشتاق کو تقریباً ادھ موا کر دیا تھا۔

وہ گہرے سناٹوں میں دفن ہو چکی تھی۔ کان بند، آنکھیں خیرہ اور دل جیسے پتھر کی طرح منجمد ہو کر بیٹ مس کر کر جاتا ہوا، سارا بدن برف برف، یہ سب کم از کم اس سے پہلے ظہرہ مشتاق کی زندگی میں تو نہیں ہوا تھا...... جو ہو رہا تھا...... اس کا سارا غرور حُسن اور سپردگی کی چاہ اور اپنے محبوب کی خود پر مر مٹنے کی ادا کا خواب تو چکنا چور ہوا سو ہوا، اس انوکھے لاڈلے کا کھیلن کو چاند کا مانگنا اور...... چاند بھی وہ جو اس کے جگر کا ٹکڑا ہو،...... وہ لرز گئی تھی۔

''سنا نہیں......ہم مہر النسا کے عاشق ہیں۔'' دیوان عاشق نے خاموشی کو توڑ دیا۔ باغات کی فائل تقریباً ظہرہ کے سامنے پھینکتے ہوئے انہوں نے بڑے رعب سے کہا تھا۔

''ہم اُسے لے جانا چاہتے ہیں۔''

''آپ نے کب دیکھا تھا اسکو؟'' ظہرہ کو کچھ بھی سوجھ نہیں رہا تھا۔

''ہم نے تھری بیلز (Three Bells Club) میں کیٹ واکس میں دیکھا اور فیصلہ دے دیا تھا'' رک کر انہوں نے کہا ''اپنا سب کچھ قربان کرنے کا فیصلہ......''

یہ دوسرا جملہ تھا جس نے ظہرہ مشتاق کے سارے لہو کی حرارت سلب کر لی تھی۔

''وہ تو......وہ تو چودہ سال سے بھی دو ماہ کم کی ہے ابھی دیوان صاحب......'' وہ کسمسائی۔

''اسی لیے تو'' وہ اصرار سے بولے ''یہی تو وہ نو بہار ہے جو جنت کے دروازے کی کنجی ہے اور ہمیں پسند ہے۔''

ظہرہ کا دل دھک سے بند ہوتے ہوتے بچا۔ اس نے آج تک سینکڑوں لڑکیاں، جو تیرہ سال سے بھی چند دن کم تھیں، بڑے بڑے صاحب اختیار لوگوں پر یوں لٹا دی تھیں جیسے باراتوں میں پھول نچھاور کر دیے جاتے ہیں۔ مگر اسے کچھ احساس تک نہ ہوا تھا کہ آگے کی زندگی میں کیا ہوا ہوگا، بلکہ ان نوچیوں کی تہذیب کرتے سمے اور اس کے بعد خصوصاً ٹریننگ دینے میں ''ٹرپل ایکس'' کی اُن فلموں کا بھی مکمل دخل تھا جو تیرہ سال کی کمسن لڑکی کو جوان جہان بنا دیتی تھیں۔ مگر...... چودہ سال میں ساٹھ دن کم کی مہر النسا کی طرف بڑھنے والا ہاتھ...... کچھ ایسا خونخوار تھا کہ اُسے دل پہ جبر کر کے بھی برداشت کر لینا ظہرہ مشتاق کے لیے مشکل ہی نہیں ناممکن تھا...... یہ تو اس کے بس میں ہی نہ تھا ہر چند زندگی بھر اس میں اتنی ہمت ہمیشہ سے رہی کہ پہاڑ کا بوجھ دل پہ رکھ کر مسکرا لے مگر یہ کیسا صبر تھا جو اُس سے ہو نہیں رہا تھا، اُس نے دبی زبان سے دیوان عاشق حسین سے کہا......

''صاحب، مہر النسا آپ کے لائق نہیں ہے...... چھوڑیں۔'' وہ مسکرائی تو دیوان عاشق حسین کا چہرہ پتھر بننے لگا...... وہ کڑک دار آواز میں بولے۔

''جانتے ہوئے بھی کہ ہمارا اٹھا ہوا قدم واپس نہیں پلٹا کرتا...... پھر بھی؟''

''یہی جان کر عرض کرتی ہوں دیوان صاحب...... قدم مت اٹھایئے گا...... وہ اس قابل نہیں کہ آپ......''

''قابل نا قابل کا فیصلہ ہمیں کرنا ہے۔''

''اور مجھے گذارش کرنی ہے کہ......''

''گذارش نہیں...... تیاری کرنا ہے تمہیں بس۔'' وہ ذرا کی ذرا رکے اور پھر بولے ''ستمبر کے آخری دن تک...... ایک ماہ دس روز بنتے ہیں...... اسی میں سب ہونا چاہیے۔''

دیوان عاشق حسین...... زہریلے غصے میں لپٹا حکم سناتے اور پھنکارتے ہوئے اٹھ کر چلے گئے، فائل چھوڑ جانے کا مطلب یہی تھا کہ اب یہ سب طے ہے۔

دیوان عاشق حسین کی گاڑی نے فراٹہ بھرا اور وہ ظہرہ مشتاق کی محل نما کوٹھی سے نکلے تو ظہرہ مشتاق کو اپنا سانس زیادہ ناہموار محسوس ہونے لگا۔ اسے سولہ برس پہلے کا زمانہ ذہن کی سکرین پر پوری جزئیات کے ساتھ ابھرتا دکھائی دینے لگا۔

دو سال کے لیے کسی کا رکھیل ہونا تو یاد رہتا ہے، پوری جزئیات ایک سی ہونے کے باعث گڈمڈ ہونے لگتی ہیں۔ مگر یہاں خود بھی ظہرہ مشتاق کسی ایک کے لیے دل ہارے بیٹھی تھی، سو دیوان عاشق حسین کے ساتھ، ہر شب، شب برات کی طرح گزارتے ہوئے اپنے ارمان اور محرومیتیں سیراب ہونے کے تمام مناظر ابھی تک اسکی آنکھوں میں مصوّر پڑے تھے۔ یہ سارا زمانہ دو سال چار ماہ پر محیط تھا، عیش و عشرت، آرام، آسائشوں اور آسودہ ذہنی کا زمانہ...... ایک خواب کی طرح گزر رہا تھا کہ اچانک دیوان عاشق کا شدید عشق ماند پڑنے لگا۔ ہر چند کہ ظہرہ اس خواب کو عمر بھر تک طوالت دے سکتی تھی۔ مگر مرد ذات کے مزاج میں ہی تبدیلی کا سمندر ہر لحہ ابلنے کو تیار ملتا ہے۔ اس جوار بھاٹا کے لیے چاند کیسا ہو، کب طلوع ہو۔ اور ساحل کو سیراب کرنے والی موجیں کب کسی کو جذب کرلیں یہ سب مقدر کا کھیل ہے۔

مقدر کا یہ کھیل کھیلنے سے پہلے ہی وہ ہوش میں آ گئی تھی۔ مگر دل پر اس بوجھ کے ساتھ کہ کوکھ میں کوئی کلبلانا شروع کر چکا ہے...... عورت اپنی سب سے بڑی تخلیق پر دل و جان سے صدقے واری اور قربان تو ہے...... اور اسی تخلیق نے جب مہر النسا نام پایا تب اس کے ساتھ ایک راز بھی جڑا تھا کہ مہر النسا اکیلی نہ تھی جڑواں تھی۔ یہ کیسا راز تھا جسے ظہرہ کے سوا کوئی جانتا ہی نہ تھا اور جو فیشن کی دنیا میں انقلاب اور حُسن کا ملاپ بن کر سامنے آیا اور ظہرہ مشتاق جسے دیکھ دیکھ جیتی اور اپنا لڑکپن اپنے ہی لہو میں اتارتی اور اس نشے میں ڈوب ڈوب جاتی تھی جس کے چاروں اور جلترنگ بجتے تھے۔ تاہم اوجھل اوجھل...... رازوں کی گہرائی میں۔ مگر آج دیوان عاشق نے کیسی ضد کی تھی کہ مشتاق سولی پر لٹک رہی تھی۔ کیا کچھ چکنا چور ہونے والا تھا صرف وہی وہ جانتی تھی...... یا اسکا پروردگار۔ ایسی باتوں کا راز تو وہ کسی بہت اپنے سے بھی شیئر نہ کرتی تھی، فیروزے سے صبا زادی سے یا کسی بھی درجے کی نئی نوچیوں سے۔

عین اس عالم میں فیروزے نٹ کھٹ بنی اندر آئی۔ وہ مسکرا رہی تھی ''تمہاری قسمت کتنی اچھی ہے باجی، لکّی اور کسے کہتے ہیں۔'' وہ مسکراتی رہی، آنکھوں میں رنگ بھرتی رہی پھر ظہرہ کا ہاتھ تھام کر بولی۔ ''جسے تم نے ہزاروں میں سے چُنا تھا وہ بے وفا محبوب خود لوٹ آیا ہے...... دوبارہ، نسل در نسل چلنے والا والا عشق اِسے کہتے ہیں۔'' وہ چہکنے کو ذرا سا رکی تھی پھر قابل رشک نگاہوں سے ظہرہ کو تولتے ہوئے بولی۔

''جا گیر، باغات، جواہر سب تمہارے قدموں میں ڈھیر ہیں''

''ہاں'' ظہرہ آہستہ سے ایک آہ کی طرح بولی۔ ''اس کے بدلے میں جو کچھ وہ چاہتا ہے......''

''سن چکی ہوں، جان چکی ہوں۔ اور اس کے حق میں ہوں۔'' فیروزے نے بے دھڑک اس الجھن میں کود کر ظہرہ کو جھنجھوڑ دیا۔

''کاش تو ماں بنی ہوتی...... ممتا ہوتی ترے اندر۔'' ظہرہ نے اسے روکنے کے لیے دیوار اٹھائی ''تب تجھے میرے اندر کے دکھ کا اندازہ ہوتا......''

''بیٹیاں اپنے ہی گھر سجتی ہیں باجی۔'' بے ساختہ ٹکڑا لگاتی صبازادی اندرونی دروازے سے شیش نگر میں داخل ہوئی تھی۔ ظہرہ غصے سے بے جان ہونے لگی...... وہ حیرت میں ڈوبتی ڈولتی سوچنے لگی دیوان عاشق کے دل کی بات یوں کیسے پھیل گئی ہے؟

اس نے ضبط کر کے صبازادی سے پوچھا۔ ''تم دونوں کیا چاہتی ہو۔ اور یہ سب......''

''یہ ٹھیک کہتی ہے باجی......'' فیروزے نے صبازادی کی تائید کی۔ ''بیٹیاں اپنے ہی گھر سجتی ہیں۔ ورنہ وہی حال ہوتا ہے جو ہو رہا ہے ہر تیسری عورت کا۔ اس سے بہتر نہیں کہ......'' رک کر فیروزے نے اپنی ہی بات بدل لی۔ ''ٹھیک ہے دیوان عاشق حسین کی عمر مہر النسا سے چار گنا زیادہ ہے۔ یہ تو اور بھی اچھا ہے۔ ایسے لوگ جلد جان ہار جاتے ہیں۔''

''ہمارے ساتھ کیا کیا نہ ہوا تھا؟'' صبازادی کہنے لگی۔ ''کس عمر میں بیاہی گئی تھی میں۔ تمہیں تو سب یاد ہوگا؟''

''سب ٹھیک سہی۔ مگر تمہارے ساتھ تو میں دکھ بھی شیئر نہیں کر سکتی، تم نے دیوان عاشق سے ہر ہر بات سن لی۔ یہ بھی نہ سوچا کہ ظہرہ مشتاق کی بھی کوئی عزت ہے، اس کی بیٹی کی بھی ایک حرمت ہے۔ جس کے لئے مائیں نثار ہو جاتی ہیں''

''بجیا...... بجیا...... پلیز......'' فیروزے مسکرا کر قریب ہوئی، ''ہم نے کچھ نہیں سنا۔ صبح ''شیش نگر'' میں اُسے سرو کرنے آئی تو اس نے دل کھول دیا۔ باغات کی فائل تک مجھے دکھائی۔''

''اور جاتے ہوئے'' صبازادی نے پرس کھولتے ہوئے کہا ''دو لاکھ روپیہ سب ملازماؤں کی لاگ کے طور پر مجھے پکڑا گئے دیوان صاحب'' نوٹ ظہرہ کے سامنے رکھتے

ہوئے صبازادی نے کہا ''خود ہی کیجئے تقسیم۔''

''میرے اور فیروزے کے لیے، 30 ستمبر بتا گئے ہیں، سب کے لیے جڑاؤ سیٹ اور جوڑے اور تمہارے لیے......

''بند کرو یہ بکواس۔'' ظہرہ، زہرناک ہو رہی تھی اس کا جسم کانپ رہا تھا یا وہ خود ہانپ رہی تھی۔ چہرے کی رنگت میں جلالی تہہ ابھر کر روپ کو لال انگارہ کر رہی تھی، اس نے تقریباً سسکتے ہوئے بات بڑھائی۔ ''وہ کون ہوتا ہے ہماری قیمت لگانے والا؟ قسمت کے فیصلے میں اسکی مداخلت مجھے برداشت نہیں تو تمہیں کیونکر ہوئی؟''

''باجی...... آپ نارمل نہیں ہو۔'' فیروزے نے تحمل سے یاد دلایا۔

''میں ہوں نارمل۔'' ظہرہ اسی طرح چڑھی کمان تھی ''تمہاری آنکھیں وہ نہیں دیکھ رہیں جو میں دیکھ رہی ہوں۔ تمہارے پاس کیا نہیں'' اس نے نرم ہو کر فیروزے کو لپٹایا۔ ''کروڑوں کما کر پیٹ کیوں نہیں بھرا؟'' پھر اس نے صبازادی کی طرف دیکھ کر کہا ''اور تمہارا بھی صبازادی۔''

''یہ بات نہیں باجی۔'' فیروزے کہنے لگی۔ ''دیوان عاشق کے ہاتھ بڑے لمبے ہیں۔ قبر تک پیچھا نہیں چھوڑیں گے۔ وہ خونخوار بھی ہے، جابر بھی۔ اور مافیا کا ہیڈ بھی۔ بہتر ہے اپنے ہاتھوں بیاہ کر چھوٹ جاؤ بک بک سے اور ہمیں بھی جی لینے دو چار دن۔''

''فیروزے۔ فیروزے'' ظہرہ چلائی۔ ''تمہیں اندازہ ہی نہیں کہ تم اس کے سامنے کھڑی ہو جو تمہاری محسن بھی ہے، دوست بھی، تمہاری زندگی کو چار چاند لگانے والی بھی۔ اور اب ان اندھیروں سے بھی تمہیں بچانے والی وہی ہے۔ کون بھلا؟ ظہرہ مشتاق۔''

''ہر وقت احسانات گنواتی رہتی ہیں میڈم آپ۔ میرا سر پھٹنے لگا ہے روز روز کے احسانات کا بوجھ اٹھاتے اٹھاتے۔ کیا صرف آپ ہی محسن ہیں۔ ہمارا لہو اس میں شامل نہیں شیش نگر بنانے اور محلات اٹھانے میں؟؟'' فیروزے پھٹ کر بولی تھی۔

فیروزے کے اکھڑپن نے ظہرہ کو ہلا دیا تھا۔ مگر وہ چپ اسے دیکھتی رہی کہ کھٹ سے صبازادی نے دوسرا حملہ کر دیا۔

''میرا خیال ہے ہمیں تیس ستمبر سے پہلے اپنے بنگلوں میں منتقل ہو جانا چاہیے۔''

صبازادی نے کھٹ سے کہہ دیا۔ ''خواہ عارضی طور پر۔ مگر یقیناً۔''

''تم دونوں حد سے بڑھ رہی ہو۔'' ظہرہ چلائی۔ ''حد سے بڑھ رہی ہو تم دونوں۔''

''میرا خیال ہے آپ اپنے دائرے سے باہر گر پڑی ہیں۔'' فیروزے پھنکاری

''میں عمر بھر اس دائرے سے باہر گری رہی۔ آج احساس ہوا تو پلٹ آئی ہوں۔ مجھے سمجھو۔ میری بات کو سنو، دل کو سمجھاؤ۔ تم بھی پلٹ سکتی ہو۔ تم بھی حد میں رہ کر جینا شروع کر سکتی ہو۔ میں نے بہت جلدی فیصلے کیے ہیں۔ تلخ مگر درست فیصلے۔'' وہ رک کر دونوں کے چہرے پڑھتی رہی پھر بولی۔

''میری بات سنو فیروزے، صبا، میں اپنے آپ کو بیوٹی ایمپوریم کی چیئر مین کہوں یا تم ''کیٹ واکس ڈریم'' کی ڈائریکٹر۔ یا صبازادی خود کو ٹاپ کی ماڈل سمجھ رکھے۔ ہیں تو ہم سب ہی پروفیشنل؟ اپنے آپ سے جھوٹ نہیں بولا جاتا میری جان۔ ہم پروفیشنلز اور سیمی پروفیشنلز کے رنگین پردوں سے خود کو کتنا ہی کیوں نہ ڈھانپ لیں...... صاف ستھری اور سیدھی بات۔ صرف ایک لفظ میں ہے اور وہ لفظ ہے ''طوائف''۔ یہی سچ ہے۔'' ظہرہ نے ٹہل کر دونوں کے چہروں کو دوبارہ پڑھنے کی کوشش کی اور کہا۔

''یاد رکھو۔ طوائف سوتے میں بھی ڈرتی اور خوابوں میں بھی دہلتی ہے۔ دن کے اجالے میں اس کی آنکھیں خیرہ ہونے لگتی ہیں۔ یا ان میں موتیا اترنے لگتا ہے، میں کچھ دنوں سے خود کو اپنی آنکھوں سے پہچاننے لگی ہوں اور تمہیں بھی۔ اسی لیے کہتی ہوں۔ شاید پھر یہ مہلت نہ مل سکے۔''

''تو ہم کیا کریں، زندگی بیچ بیچ کر یہ مقام یہ عزت حاصل کی ہے ہم نے۔ اپنے ہاتھوں اسے راکھ کر دیں۔ آخر مہر النسا کے لیے آپ ہماری..... '' فیروزے کی بات ادھوری رہ گئی۔

''شاید پھر یہ مہلت نہ مل سکے۔'' اس نے دہرایا۔ ''میں تو سال بھر سے سوچتی تھی، یہ آگ دیوان عاشق نے نہیں لگائی خود میرے اندر سے طوفان اٹھا تھا۔ سوچو'' اس نے رک کر کہا'' جواہرات، سونا، ہیرے، روپیہ، محلات۔ کیوں سکون نہیں دے سکے تمہیں۔ مجھے۔؟ بتاؤ نا۔''

وہ رکی رہی تو کافی لمحے خاموشی سے گزر گئے۔ فیروزے اور صبا زادی نگاہیں نیچی کیے پاؤں کے انگوٹھے سے قالین کریدتی رہیں کہ ظہرہ کہنے لگی۔

''کام کی بات یہ ہے کہ ڈائمنڈ کو سونا نہیں پکڑتا، اسے جکڑنے کو پلاٹینم لانا پڑتا ہے۔ دیکھنے میں سفید چاندی جیسا مگر قیمت میں پانچ گنا اور ہیرے کو جکڑنے میں کامل۔ سو اس ہیرے جیسی نصیحت کو تھامنا ہو تو......''

''زہر لگتی ہیں مجھے یہ باتیں۔ اور ڈستی ہیں نصیحتیں۔'' فیروزے اس زور سے چلائی تھی کہ شیش نگر کے بیرونی برآمدے سے چڑیاں تک اڑ گئیں۔ مگر ظہرہ مشتاق نے سب صبر سے سنا، سہا۔ اور کہا

''دل کا پتھر جب سیاہ ہوتے ہوتے تل برابر سفید نہیں رہ جاتا تو اس پر تبلیغ کیسی اور۔ اثر کیسا۔''

''ہم اس مہینے ہی الگ زندگی گزارنا شروع کر دیں گی۔ اب میں اپنی زندگی آپ کی خواہش کے مطابق نہیں جی سکتی۔'' فیروزے نے دوٹوک جواب دیا۔

''میں بھی نہیں۔'' صبا زادی نے تائید کی۔ اور دونوں پاؤں پٹختی۔ کھٹ کھٹ کرتی شیش نگر سے باہر نکل کر اوپر کی منزل میں چلی گئیں۔

ع کام کرودھ اور لوبھ کا مارا جگت نہ آیا راس

دونوں کے اس طرح نکل جانے کے بعد ظہرہ مشتاق نے ساؤنڈ پروف کمرے کو اندر سے لاک کیا اور خوب خوب روئی۔ یہ کیسا سانحہ تھا جو زندگی کا نازک موڑ بن کر سامنے آ کھڑا ہوا تھا کہ دنیا بھر کے دکھوں کا علاج کرنے والی اور با اختیار اشرافیہ کے ہاں متبول ظہرہ مشتاق زبان کھول سکتی تھی نہ چپ رہ سکتی تھی۔ تن کر کھڑا ہو جانے کا ایک ہی نکتہ تھا، اس رشتے کو آشکار کر دینے کا راز۔ مگر یوں تو دیوان عاشق حسین ہر صورت مہر النسا کو لے جا سکتا ہے، چھین سکتا تھا، دھونس اور دھاندلی سے، رشتے کی طاقت سے یا قوانین کے الجھاوؤں میں زخم زخم کر کے اور مقدمات کی روداد چھاپنے والے الگ، سزا سے پہلے سزا جھولی میں ڈال دیں۔ انہیں کیا خبر کہ اس خبر سے یا اس کی اونچ نیچ سے کسی عورت کا دل لہو ہوتا ہے یا آنکھ پرنم۔ وہ عورت جو اِس وقت صرف ماں ہے۔ اور اس پر اصرار کرنا چاہ رہی ہے۔

پھر ہلکی دستک ہوئی۔ ریشم جیسی۔ ظہرہ مشتاق پہچانتی تھی کہ یہ مہر النسا کا ہاتھ ہے، دروازہ کھلنے پر مہر النسا نے ماں کی آنکھوں میں لکھی ساری تحریریں پڑھنے کی کوشش کی۔ مگر ظہرہ مشتاق کڑا قدم اٹھانے کو سیدھی کھڑی رہی۔

"لندن میں شازیہ بتول نے تیرا داخلہ کرا دیا ہے۔ سامان پیک کروا لینا۔"

"پندرہ دن تک آپ میرے اس فیصلے کی مخالف رہیں۔ اور اب یوں آناً فاناً؟"

مہر النسا نے مسکرا کر حیرت سے پوچھا۔

''تمہارا فیصلہ درست تھا مہرو۔ میں ہی غلط تھی۔ مگر سنو۔'' رک کر ظہرہ نے گہری آنکھوں سے بیٹی کے سراپے کو ایک مرتبہ پھر دیکھا۔ گلاب ہونٹوں اور کالی چیروِیں آنکھوں کے علاوہ کیسا متوازن اور متناسب بدن پایا تھا مہر النساء نے۔ عورت اور عورت بھی ایسی ویسی، جس نے حُسن کے چاروں کھونٹ پھرے تھے۔ بال بال سنوار نے کے اوصاف سیکھے اور سکھائے۔ اور چال کے گُر سیکھنے کیلئے خود کو سال بھر تک میڈم مازوری کے ہاں خود کو پابند رکھا۔ جمیل ایسی کہ جمال تمکنت میں رہے۔ آج بھرپور نگاہ سے مہرو کو دیکھ کر لرز گئی۔ دیوان عاشق حسین کا کیا حال ہوا ہوگا۔

''آپ کچھ کہنے والی تھیں ماما؟''

''ہاں۔'' وہ چونکی ''کسی کو کانوں کان خبر ہو۔ نہ شک'' لمحہ بھر کو ظہرہ پھر رکی رہی اور پھر اسی سراپے میں گویا گندھ گئی۔ پھر کہا ''فیروزے کو بھی نہیں۔ صبازادی کو بھی نہیں۔ سنبل ہو شفیقہ ہو یا شہزادی ارجمند۔ کوئی محسوس نہ کر پائے۔ ضروری سامان ایک چھوٹے اٹیچی میں...... باقی سب شازیہ بتول کی ذمہ داری ہے۔''

''مگر ماما جی...... ایسا کیا راز ہے اس میں؟''

''جان...... میری زندگی......'' رک کر وہ الفاظ کا انتخاب کرتی رہی پھر بولی ''جینے کیلئے چندا، بھلے کے لیے۔''

''مگر ماما......''

''پلیز مہرو...... اگر مگر نہیں چلے گا۔ جو کہہ دیا۔ اُسے ذہن میں نقش کر لو اور خود کو گمنام بنا کر صرف اس ایجوکیشن پر نگاہ رکھو جس کے لیے تڑپ رہی تھیں۔''

''میرے کلاس فیلوز تو جائیں گے مجھے سی آف کرنے؟''

''سب رشتے دفن کردو میری جان...... ورنہ ماں کو اپنے ہاتھوں دفن کروگی خود۔''

مہر النسا تحیّر کے عالم میں اپنی چیروِیں سیاہ آنکھوں سے ماں کو تکتی رہی اور پلکیں جھپکتی

رہی اور پھر اس نے گردن جھکا دی۔

اس کے سپرڈالنے کے بعد ظہرہ مشتاق نے ایک قدم آگے بڑھ کر مہرو کو گلے سے چمٹا لیا اور آہ جیسے لمبے سانس کے بعد کہا۔ ''سوسوال تیرے سامنے کلبلا رہے ہوں گے مگر خاموشی سے تمہیں چلے جانا ہوگا...... پاکستان میں کسی سے رابطہ ہوگا نہ فون۔ سارے رابطے سب دوستیاں اب وہاں نئے سرے سے ہوں گی، مگر چپ چاپ۔''

ظہرہ مشتاق نے آنسو پونچھ لیے تھے اور مہر النساء کا ماتھا چوم لیا تھا۔

''تو پھر آپ روتی کیوں ہیں؟ آپ تو کبھی نہ روئی تھیں میرے سامنے؟''

''ٹھیک کہا تو نے، تیرے سامنے۔'' وہ لحہ بھر رک کر مہرو کی آنکھوں میں آنکھیں ڈال کر بولی۔ ''کچھ آنسو ایسے بھی ہوتے ہیں جو اندر ہی اندر ابلتے اور اندر ہی جا گرتے ہیں۔ اس کا حساب میں جانتی ہوں یا پروردگار۔'' خوب پیار کرنے کے بعد ظہرہ مشتاق، مہرو کو ''شیش نگر'' سے باہر لے آئی اور دونوں اس کمرے میں بند ہوگئیں جو سب سے الگ بھی تھا۔ اور مہرو کا بھی۔

جس دن مہر النسا نے لندن کے لیے فلائی کیا۔ وہ دن ظہرہ مشتاق کیلئے ایک نیا دن تھا بااعتماد، اختیار سے بوجھل بھی، سبک بھی۔ راتوں میں کروٹیں بدلنا کم ہوا اور دن میں گناہوں کا حساب جوڑ جوڑ کر مضطرب ہونا بند۔ یہ کیسا راستہ تھا جو گذشتہ سال ہی اس کے اندر سے نمودار ہوا تھا۔ اس کے سانس کو ہموار کرنے کے لیے۔ اُسے زندگی سے قریب تر کرنے کے لیے۔ سوال تبھی ڈستے ہیں جب جواب نہ ہوں۔ ''دولت کے انبار، سونے کے ڈھیر اور جواہرات کے مخملیں ڈبے، مجھے سکون کیوں نہیں دے سکے؟، یوں کچی نیند کے خواب موتیا بن بن اترتے ہیں آنکھوں میں؟ کیوں؟ کیوں؟ کیوں؟؟؟''

سوالات اس موڑ تک لے آئے تھے جہاں سے نیا راستہ نکل آیا اور کبھی کبھی سکون کے لمحات بھی میسر آنے لگے، شاید یہ حضرت بابا عطار کی ہی صحبت کا نتیجہ تھا کہ سب سے پہلے تو انہوں نے ہی پاپ اور پُن کا فلسفہ اُس کے لہو میں اتارا تھا۔ یقیناً وہیں سے کھلے میدان، گھنی چھاؤں اور روشن راہیں نمودار ہونے لگی تھیں اور اگر یہ سچ ہے تو ملاقات کا سلسلہ نامکمل کیوں رکھا گیا؟ کیا وہ حضرت بابا جی عطار سے پھر رابطہ کر لے۔ کیا کفارہ ممکن ہے، کیا واپسی کے لیے بھی روشن راستے موجود ہیں؟؟ کیا بخشش کا دروازہ مل سکتا ہے؟ اور مل جائے تو کُھل سکتا ہے؟؟ کیا زندگی کو فیروزے اور صبا زادی کی طرح بہنے دیا جائے یا اُن راہوں پر قدم اٹھایا جائے جنہیں عاقبت سنوارنے کی پگڈنڈیاں کہتے ہیں۔ یہ سوالات پہلی ملاقات سے پہلے تن کر سامنے کھڑے ہو گئے تھے۔ اس فیصلے کے بعد کہ اسے بابا جی عطار سے دوبارہ رابطہ کرنا ہوگا اسے گہری نیند نے جکڑ لیا تھا۔ جو پرسکون بھی تھی اور جس کے لیے ہر پاپی ترستا ہے......اور جو ظہرہ کے نصیب میں تو اس سے پہلے تھی ہی نہیں۔

ع قطرہ دریا میں جو مل جائے تو دریا ہو جائے

نمبر 101 بلیک کلر کی بے داغ بی ایم ڈبلیو، جو اندر سے داغو داغ تھی، اور جو غیر ملکی مندوبین کی کلر فل شبینہ کلبوں کی دعوتوں میں جایا کرتی تھی یا فائیو سٹار سطح کے گیسٹ ہاؤسوں میں اور آدھی رات کی ان بھیگی محفلوں میں ظہرہ مشتاق، میڈم سے، نوخیز کلیوں جیسے میک اپ اور روپ میں ہوتی تھی، نت نئی، بے حد نو عمر حسیناؤں کے ہمراہ کہ جن کا انگ انگ یوروز میں ٹلکتا تھا، مگر آج نمبر 101 صاف بے داغ بی ایم ڈبلیو، صبح کی اذان کے پس منظر میں ایک ایسی ویران سڑک پر رواں تھی، جس کے کنارے نہ کوئی گیسٹ ہاؤس تھا نہ کلب، اور نہ ہی کسی غیر ملکی کا خفیہ ٹھکانہ۔ یہ مخصوص 101 بی ایم ڈبلیو جس کے اندر رنگینیوں اور تماش بینیوں کے اتنے راز بچھے تھے کہ ایک تل بچھانے کے لیے بھی جگہ دستیاب نہ تھی۔ اگر انہیں گنہہ کہا جائے تو نشان نہ تھے، انبار تھے۔

اسی گاڑی میں تازہ، نوخیز اور گھریلو حالات سے دل برداشتہ کواریوں کو کسی محبت کے سائبان تلے پناہ دیکر لایا جاتا تھا اور پھر تار تار کیا جاتا کہ تاریکیوں کے پردے میں واپسی کے سب راستے ہمیشہ کے لیے بند ہو جاتے تھے مگر آج ظہرہ مشتاق، اکیلی تھی۔ سفید براق لباس، سفید براق چادر میں لپٹی، اپنے اس نئے روپ میں وہ کس قدر مضطرب تھی اور کتنی مطمئن۔

نمبر 101 نے آخری موڑ کاٹا تو اذان ختم ہو چکی تھی۔ لوگ نماز کی تیاری کے لیے وضو میں مصروف تھے۔ گاڑی عین اس جامع مسجد سے سو میٹر دور پہنچی تو ظہرہ نے ڈرائیور احمد خاں سے صرف ایک لفظ کہا۔ ''روکو'' گاڑی رکی۔ مگر وہ اتری نہیں۔ احمد خاں اتر کر نئے حکم کا منتظر کھڑا رہا۔ اس دوران میں ظہرہ نے پرس سے چھوٹا آئینہ نکال کر لمحے بھر کو اپنا جائزہ لے لیا تھا اور مخصوص خوشبو کو کانوں کے پیچھے سپرے بھی کر لیا تھا۔

''حضرت بابا جی عطار سے میری بات ہوئی تھی۔ فون پر۔'' اس نے احمد خاں کو قریب بلا کر کہا ''جب نماز ختم ہو جائے اور لوگ مسجد سے نکلنے لگیں تو تم میرا خط انہیں پہنچا دینا۔'' ظہرہ نے پہلے سے لکھا ہوا بند لفافہ ڈرائیور کے حوالے کر دیا۔ وہ چلا گیا تو ظہرہ مشتاق نے لمبا سانس لیتے ہوئے سوچا ''زندگی کی یہ راہیں کس قدر کٹھن اور کانٹوں سے اٹی ہیں۔ آسائشوں سے بھگی ہوں یا تقدس سے، مشکلات ایک جیسی ہیں، کیا انسان کو اپنی روح، نفس اور ضمیر کو اجلا بنانے کے لیے بھی اجازت کی ضرورت ہے؟ کیا دل کے ریزوں کو جوڑنے کے لیے وہ کافی نہیں جس نے میرے اندر احساس جگایا؟ کیا بندے کو، اپنے آپ کو تعمیر کرنے کے لیے رہبر، رہنما، صوفی، قطب یا رشد کی ضرورت ہے؟؟ اگر ہے تو کیوں ہے؟''

احمد خاں لوٹ آیا تھا۔ بولا ''بلا رہے ہیں'' اس نے گاڑی کا دروازہ کھول دیا۔ ظہرہ مشتاق نے قدم اتنی آہستہ سے زمین پر دھرا جیسے حضرت جی کا احترام پہلے قدم سے ہی مقدم ہو۔ احمد خاں، ظہرہ مشتاق سے ایک قدم پیچھے چلتا ہوا جامع مسجد کے ساتھ بابا جی عطّار کے مدرسے کے اس حصے میں آ گیا، جہاں مستورات کے لیے علیحدہ کمرہ بھی تھا۔ ظہرہ مشتاق چپ چاپ کمرے میں جا بیٹھی۔ صرف ایک قالین بچھا تھا اور قریبی کونے میں گاؤ تکیے کے سہارے بیٹھے حضرت بابا جی عطار قرآن پاک تہہ کر کے جزدان چڑھا رہے تھے۔

''آداب کہہ کر ظہرہ مشتاق نے فون کی لمبی بات کا حوالہ دیا۔

بابا عطّار کو سب کچھ یاد تھا۔ انہوں نے استخارہ بھی کر لیا تھا اور اس کے مثبت

جواب سے ظہرہ کو آگاہ بھی کر دیا تھا۔

''آپ کا مسئلہ کیا ہے......؟ کیا چاہتی ہیں آپ؟''

ظہرہ نے لمحہ بھر توقف کیا پھر کہنے لگی ''زندگی کو بدلنا چاہتی ہوں، اب تک جو کچھ بھی ہوا، ہوا۔ میں نے اپنے اندر اتر کر ریزوں کو جمع کیا ہے۔ مگر لگتا یہ ہے کہ اپنے اندر اپنی ذات میں اترنے سے میں زیادہ ٹوٹ ٹوٹ جاتی ہوں، ایک ریزہ کئی ریزوں میں بدل جاتا ہے۔ اب پتہ چلا کہ رہبر و مرشد کے بغیر یہ سفر طے نہیں ہوسکتا تو کیوں؟'' وہ چُپ ہوئی تو بند آنکھوں کو جھکائے حضرت بابا عطار نے لب کھولے۔

''جو راستہ، جو عمل مدتوں کی ریاضت سے بھی نصیب میں نہیں آتا آپ نے یکلخت اس کو اختیار کرنا چاہا۔ یہ تو آنکھیں اندر کو پھیرنے کا عمل ہے۔''

''کیا یہ نادرست ہے؟'' ظہرہ نے پوچھا۔

بابا عطار کی آنکھیں ابھی تک بند تھیں وہ گم صم ہو کر سوچنے لگے تو ظہرہ نے دیکھا، جسے بابا جی کہہ کر بلانے کا وتیرہ یہاں رائج ہے، وہ تو تیس پینتیس سال کا جوان شخص ہے۔ جس پر اُسکی بزرگی نے سایہ کر کے اسے مدبّر اور باعمر بنا دیا ہے۔ بابا عطار کہنے لگا۔

''ہاں...... آنکھیں اندر کو پھیرنے کا عمل سنگلاخ تو ہے، آگ سے کھیلنا بھی ہے اور آگ سے کھیلنا...... راکھ ہونے کی تمنا ہے۔''

''حضرت جی'' ظہرہ مشتاق کہنے لگی۔ ''کیا راکھ ہونا ہی منزل ہے؟'' وہ رک کر پھر بولی ''کیا ذات میں اترنے کی یہ سزا زیادہ نہیں کہ واپسی کا راستہ ہی گم ہو جائے؟؟ میرا واپسی کا راستہ گم ہو رہا ہے، رات رات بھر جاگتی ہوں...... جلتی ہوں۔ دن بھر ٹوٹے خوابوں کے ریزے اور کرچیاں مجھے چھلنی کیے رکھتی ہیں۔ پوچھنا...... یہ ہے کہ میرے لیے امان کہاں ہے؟''

خاموشی کے اس وقفے میں ظہرہ مشتاق نے پرس سے بڑا سا لفافہ نکالا، اِسے کھولا

اوراس میں سے دس چیک نکال کر بابا عطّار کے سامنے رکھ دیے۔

''یہ کیا ہے؟''

''ایک بہت بڑی جامع مسجد سے بھی بڑی مسجد اور بہت بڑے مدرسے کی تعمیر کے لیے آپ سے بات ہوئی تھی۔'' کچھ وقفے کے بعد ظہرہ نے بات بڑھائی۔''لِلّٰہ جلد تعمیر شروع کروا دیجئے۔ کام بڑا ہے اور میرے پاس سانس کم ہیں۔''

''کتنا ہے؟''

''سارے چیک بلینک ہیں۔ پچاس لاکھ سے کم کوئی چیک نہیں بھرا جائے گا..........فی الحال۔''

''مگر...... آپ نے کس کاروبار سے کمایا ہے یہ سب؟ آبائی ہے یا موروثی؟ بزنس ہے؟ یا جائیداد بیچی ہے؟'' بابا عطّار کے سوال نہ تھے سنپو لیے تھے۔

''یہ سولات مجھے ڈستے ہیں حضرت جی۔ پردہ رکھنا بھی ربِ کریم کی پیروی ہے......قیامت کے روز ماؤں کے نام سے بشر کو پکارا جائے گا..........''

''مجھے بورڈ آف گورنرز کی میٹنگ میں جواب دینا ہوگا بی بی۔ کٹھرے میں کھڑا ہونا پڑتا ہے۔''

''مجھے اپنی تشہیر کرنا ہے نہ ہی اپنے نام کا پتھر لگوانا ہے...... آپ اس بات کو بھلا دیں کہ یہ سب کون دے رہا ہے...... سمجھ لیجئے ایک گنہگار نے اپنے رب کے حضور اپنی نیت کھول دی ہے...... دلوں کا بھید وہی جانتا ہے۔ وہی اجر دینے والا ہے اور......'' پھر رک کر ظہرہ کہنے لگی۔ ''مجھے تو اجر بھی نہیں چاہیے...... میں تو پچھلا کھاتہ صاف کرنا چاہتی ہوں، بس مجھے سکون چاہیے۔ حضرت...... مجھے ہدایت کی ضرورت ہے۔ دعا کی ضرورت......''

''ہم دعا کریں گے......'' بابا جی عطّار نے کہا اور پھر دعا کے لیے ہاتھ اٹھا لیے۔ کچھ پڑھا اور دعا ختم کر کے بڑے اطمینان سے بولے۔ ''استخارہ مثبت نہ ہوتا تو ہم ملاقات

کرتے نہ بڑے بڑے چیک قبول کرتے مگر وہ جسے چاہے۔" انہوں نے چھت کی طرف نگاہ کی اور بولے" اب آپ تشریف لے جایئے۔"

"دوبارہ حاضری کے لیے کب آ سکتی ہوں؟" ظہرہ نے اٹھتے ہوئے پوچھا۔

"آپ کا بار بار تشریف لانا مناسب نہ ہوگا۔"

"لیکن...... اگر آپ یہ شرف مجھے بخش دیں کہ میرے ہاں تشریف لے آیا کریں جب مرشد کا ساتھ ضروری ہے...... اور یہ نیکی ہے تو آپ......"

"ہم آ جائیں گے...... اگر حکم ہوا تو......" رک کر انہوں نے دوبارہ کہا" کام نیک اور نیت ٹھیک ہو تو اجازت مل ہی جاتی ہے۔"

ظہرہ مشتاق واپس مڑی تو اسے محسوس ہونے لگا کہ اسکا واپسی کا اک اک قدم سبک اور ہلکا ہو رہا ہے۔ اور گردن پر جو منوں بوجھ اٹکا رہتا تھا وہ بھی نہیں۔ نہ ہی چلتے ہوئے پاؤں رپٹتا ہے نہ ہی چند لمحوں کے بعد ہوکا سا نکلتا ہے۔ سیدھا، ہموار سانس اور سیدھے سبھاؤ کی چال نے اسے احسن ترین، متوازن اور معتبر بنا دیا تھا۔

وہ گاڑی میں بیٹھی تو اِسے لگا کہ ماں کی آغوش میں آن اتری ہے۔

ع زمیں حسین ہے خوابوں کی سرزمیں کی طرح

ایسی تین ملاقاتوں اور مسجد کی آدھی تعمیر کے بعد حضرت بابا ئی عطار، ظہرہ محل چلے آئے۔ اُنہیں ظہرہ محل کے سب سے معتبر کمرے ''شیش محل'' میں بٹھایا گیا اس مرتبہ پردے کے پیچھے فیروزے اور صبازادی کے علاوہ کچھ دوسری حسینائیں بھی آ بیٹھی تھیں وہ جاننا چاہتی تھیں کہ ''چیچک اور طوائف نکلے بنا نہیں رہ سکتیں'' کا مطلب کیا ہے۔

بابا عطار کے سامنے صرف سفید براق ساڑھی میں چادر اوڑھے، ظہرہ مشتاق نگوں سار تھی۔

''وہ کریم تر ہے..... مگر وہ قہار بھی ہے..... جبار بھی ہے۔'' حضرت عطار کی آنکھیں بند ہونے کے باوجود گردن جھکی ہوئی تھی۔ انہوں نے سلسلۂ کلام جاری رکھا۔ ''اُس ربِ قدیر کی تقسیم دیکھو لو۔ وہ گناہ گاروں کو سونے چاندی سے لاد دیتا ہے اور مومن اس کی رحمتوں کو ترستا اور اِسے اپنے لیے امتحان سمجھ کر قبول کرتا ہے۔''

''ایسا کیوں ہے حضرت؟'' ظہرہ نے آہستہ سے سوال کیا۔

''ربّ کا مطلب ہے درجۂ کمال کو پہنچانے والا..... اور قدیر کا مطلب، ہر شے پر قادر۔ ہمیں یہ سب اپنی وفا اور اُسکی رضا سمجھ کر قبول کر لینا چاہیے۔ یہی عمل آدمی کو انسان بناتا ہے اور ارفع بھی۔ اس رضا کو اندر کا سکوت سمجھو۔ سکوت وہ گندن ہے جو آدمی کو صوفی،

ولی، قطب کچھ بھی بنا سکتا ہے۔" وہ لحہ بھر خاموش رہ کر گویا ہوئے "اس لیے کہ سکوت اولیاء کا ورثہ ہے۔ سکوت ہی تحیّر کو جنم دیتا ہے۔ یہی صوفیا کا وتیرہ ہے اور ازل سے ہے۔

"لیکن حضرت جی۔" ظہرہ ذرا سا چہک کر بولنے لگی۔ تو وہ بولے

"ہم نے کہا تھا سوال مت کرنا۔ اِس لیے کہ اُس کی رضا میں سوال کی ملاوٹ سے، دلیل کا زہر ابل پڑتا ہے جو اللہ جل شانہ کے سامنے......" حضرت عطّار رک گئے۔ اور خاموشی سے چھت کو گھورنے لگے۔ تب ظہرہ مشتاق نے سر کتا دوپٹہ لپیٹ کر جملہ مکمل کر دیا

"جو اللہ کے سامنے گستاخی ہو گی...... "آپ شاید یہی فرمانا چاہ رہے تھے۔"

لحہ دو لحہ گہرا سکوت تن گیا جیسے ہر شے پتھر کی ہو، پھر حضرت عطّار کی عاجزی میں ملی بوجھل آواز کمرے میں پھیل گئی۔

"گستاخی ایک چھوٹا لفظ ہے بی بی...... بہت ادنیٰ...... نامکمل۔" وہ سانس لینے کو رکے پھر کہا "ویسے بھی دلیل اور فلسفیانہ مکالموں سے اُس کے احکامات میں دراڑیں ڈالنا کفر ہے ظہرہ بی بی۔ انسان کے ذہن میں جمی کائی اور آنکھوں کے غلافوں سے اٹھتی گرد، اُسے اشرف المخلوقات سے حقیر کیڑے میں بدل دیتی ہے اور زوال کا یہ سفر پاتال میں جا اترتا ہے اور تم ایسے، تمہارے اپنے قول کے مطابق کہ تم پہلے ہی پاتال کی گہری ترین تہوں میں دبی ہو۔" انہوں نے بات کا اور اپنا رخ بدل کر ظہرہ کی ٹھنڈی کٹورہ آنکھوں کی طرف پھیر دیا اور کہنے لگے۔

"جتنا تم نے دنیاداری کے لیے، رب العزت کی حدود سے تجاوز کیا ہے اس کے لیے تو سات زندگیاں بھی کم ہیں۔" رک کر انہوں نے ٹکڑا لگایا۔ "رونے کے لیے...... فریاد کے لیے......" ظہرہ کانپ گئی۔

"مگر......" ظہرہ نے حضرت عطّار کی بات روک دی۔ بولی "آپ نے توبہ کو بھی کامل شفا کہا تھا۔"

''یہ بھی تو کہا تھا کہ یکسر بدلنا ہوگا، آسمان سے زمین پر آنا ہوگا۔''

حضرت بابا جی عطار نے دم لینے کو وقفہ کیا اور بات کو مکمل کرنے کے لیے بولے۔

''آرزوؤں کے محلات کو خس و خاشاک میں بدلنا ہوتا ہے اور تم جو جوانی بھر شہوتوں میں لتھڑے تماش بینوں کو رجھانے اور اُن کے گناہوں کو چار گنا کرنے کے سامان کرتی رہی ہو اور کرتی ہو...... اگر اس سے بچ نکلنے کا کوئی راستہ ہے تو وہ توبہ ہے۔'' بابا عطار نے یوں چھت کو گھورا جیسے وہاں سے کچھ نزول ہو رہا ہو۔ پھر وہ یکلخت بول پڑے۔

''سنو سنو۔ جب توبہ کا دروازہ کُھلتا ہے تو دوسرا ہر دروازہ، ہر کھڑکی اور سارے روشندان بند ہو جاتے ہیں حتیٰ کہ ان پر کیل گاڑنے کا عمل شروع ہو جاتا ہے۔ تب عاصی ''فضل فضل اور ''صبر صبر'' پکارتا ہے اور بقیہ زندگی ''الا بذکر اللہ تطمئن القلوب کا اعتراف کرتا ہے۔'' وہ رکے، لمبا سانس بھر کے آسمان کی طرف شہادت کی انگلی کھڑی کر کے کھلی آنکھوں سے ظہرہ مشتاق کا ردّعمل دیکھنے اور اُسے تولنے کے بعد بولے۔ ''سارا جھگڑا ہی بقیہ زندگی کا ہے بی بی...... جو ایک خیال ہے، محض خواب۔ چند دنوں، مہینوں یا سالوں کی نیند ہے۔ اللہ بس۔ باقی ہوس۔''

وہ چند لمحے یوں خاموش رہے جیسے گہرے سناٹوں میں دفن ہوں پھر مضطرب آواز میں کہنے لگے ''اس سے انصاف مت مانگنا۔ فضل مانگنا اور یہ یاد کر لینا کہ بقیہ عمر اپنے باطن میں اتر کر کثافتوں کو دھونے اور ربّ کریم کو منانے کا نام توبہ ہے۔ اگر تمہاری بُدّھی میں کچھ نہ آئے تو سمجھ لو کہ میں پُل صراط کی بات کر رہا ہوں...... آیا کچھ سمجھ میں؟''

فیروزے اور صبا زادی پردے کے پیچھے بیٹھی حیران آنکھوں سے کتابِ زیست کے ان اوراق کو دیکھ رہی تھیں۔ جو اس سے پہلے کبھی یاد بھی آئے تو انہوں نے سو مرتبہ سر جھٹک دیا تھا۔ جب خاموشی میں کچھ منٹ اور گزر گئے تو حضرت بابا جی عطار بولے۔ ''کیا میں نے کوئی مشکل بات کہہ دی ہے یہ تو پہلا قدم ہے اپنے ربّ کو منانے کا۔''

جواب میں ظہرہ مشتاق پہلے سکتے میں آئی اور پھر سسک پڑی۔ اس نے دوپٹے کو آنکھوں تک اوڑھ لیا اور چہرہ چھپانے کی کوشش میں، کھلے گریبان سے تقریباً چھلکتی چھاتیوں کا خیال تک کیا نہ اسے اس کا ہوش تھا۔ بابا عطار اس فریم میں ڈوبے اور سناٹے میں آ گئے۔ ہر چند کہ یہ لمحے کا ہزارواں حصہ تھا مگر بے حد وسیع اور گاڑھے رنگوں میں جی رہا تھا۔ جیسے آنکھ کے تلِ میں آسمان سما جاتا ہے۔ پورا جہان حضرت بابا جی عطّار کے لہو میں اتر آیا تھا۔ انہوں نے خود کو سنبھالنے کیلئے ''لاحول ولا قوۃ'' بھی کہا اور پھر نہایت نرم آواز میں بولے۔ ''یہ نہایت کٹھن راہ ہے بی بی۔ اللہ جل شانہٗ ہم سب کو معاف کرے۔ بہت سنگلاخ ہے یہ راستہ۔''

''اِسے آسان بنانے کے لیے ہی تو آپ سے رجوع کیا تھا۔'' ظہرہ آہستہ سے بولی۔

''اللہ رب العزت بہتر کرے...... ہمارے، تمہارے، سب کے لیے آسانیاں پیدا کرے۔ لیکن......'' انہوں نے دوبارہ سے زبان کھولی اور بولے ''مولائے کائنات کو نہ مساجد کی ضرورت ہے نہ نمازوں کی۔ ایسا ہوتا تو ہر کھرب پتی جنتی ہوتا۔ اللہ عز و جل کو صدقوں کی ضرورت بھی نہیں ہے نہ خیرات کی ہے نہ اپنے نام کی کھڑکھڑاتی دیگوں کی، دکھاوے کی عبادتوں سے تو وہ زیادہ ناراض ہوتا ہے اور ان عبادتوں کو بے اجر کر دیتا ہے۔''

''ایسا کیوں ہے حضرت جی؟'' ظہرہ نے اضطراب کم کرنا چاہا تھا۔

''مٹی کا یہ پتلا خطاوار بھی تو ہے۔'' بابا عطّار ایک کھرج کے ساتھ کہنے لگے۔ ''کیا وہ نیتوں کا بھید نہیں جانتا؟ سب جانتا ہے، وہ علیم و خبیر ہے۔ تو پھر ہم لوگ کس کو دھوکا دیتے ہیں دکھاوا کر کے؟ اُسے یا خود کو؟ ہم نے سنا ہے تم نے خود پہلی چھوٹی مسجد بنوا کر......''

''حضرت جی......'' ظہرہ نے بات کاٹ دی۔ ''میں نے پہلی مسجد دکھاوے کیلئے نہیں بنوائی تھی''

''مگر لاکھوں خرچ کر کے اس پر ''مسجدِ ظہرہ'' کا پتھر تو لگوایا تھا نا؟ یہی نمائش ہے، کیا اِسے خبر نہ تھی جسے تم نے راضی کرنے کے لیے پہلی مرتبہ کوشش کی تھی؟'' وہ یکلخت جانے کے لیے اٹھ کھڑے ہوئے، دو قدم بڑھے بھی پھر جاتے جاتے انہوں نے مڑ کر کہا ''سنو۔ اب پتھر تین سال بعد اتروا بھی دو تو کچھ فائدہ نہ ہوگا۔ اللہ الصمد اللہ الصمد......''

''مگر میں اپنی عظیم الشان مسجد اور مدرسے پر کوئی نام کوئی نشان نہیں دوں گی۔ یہ میرے، آپ کے اور رب کے درمیان ہے۔ بس۔''

حضرت بابا جی عطار نے کندھے سے ریشمی رومال کو اتار کر گردن کے گرد لپیٹ لیا اور کچھ ورد کرتے ہوئے بولے۔ ''تیرا قدم اب راست کی طرف اٹھ رہا ہے۔ یہی ربّ کو منا لینے کی راہ ہے۔''

وہ چپ چپ دھیمے قدموں سے چل کر، مڑے بغیر باہر چلے گئے۔

ان کے جانے کے بعد فیروزے اور صبا نے پردہ الٹ دیا اور حیرت میں ڈوبی ظہرہ مشتاق کے پاس چپ چاپ آ کھڑی ہوئیں۔ کوئی کچھ نہ بولا تو صبا زادی نے زبان کھولی۔ ''میں اپنے بنگلے میں منتقل ہونے کے باوجود آپ کو چھوڑ کر نہیں جا سکی۔ باجی، میں تمہارا دکھ سمجھتی تو ہوں مگر شیئر نہیں کر سکتی۔''

''لیکن میں صاف کہوں گی میڈم۔'' فیروزے جرأت سے کہنے لگی۔ ''ایک فیصلہ کر لیں۔ آر یا پار۔'' وہ کچھ دیر خاموش رہی پھر بولی۔ ''سمجھنے کی بات یہ ہے کہ جب بندے اور خدا کے درمیان بال برابر فاصلہ بھی نہیں ہے۔ وہ ہماری شہہ رگ سے بھی قریب ہے تو پھر درمیان کے لوگ کیوں ہیں۔ یہ دنیا داری تو نہیں جہاں وچولے چاہئیں؟''

''تجاوز مجھے پسند ہے نہ اسکی ضرورت۔ حضرت جی کے بارے میں کچھ نہ سنوں گی۔''

''انہوں نے سو پینترے بدلے۔ رلا رُلا دیا آپ کو۔ آپ کی نیت پر شک کیا،

عبادتوں کو بے اجر ہونے کی نوید سنائی۔ مجھے غصہ نہیں آ سکتا؟''

''آ سکتا ہے مگر وہ بزرگ ہستی جو ہمارے دلوں کو پھیرنے کا سبب ہے، جو ہمارا راستہ آسان بنانا چاہتا ہے، صراطِ مستقیم کا درس دے رہا ہے، اسے گندے الفاظ میں تولنا گناہ ہی تو ہے!''

''تم کنفیوژ ہو۔'' فیروزے آپ سے تم پر آ گئی۔

''ہاں...... میں ہوں۔'' ظہرہ جھکی شاخ بن رہی تھی۔

''کنفیوژ آدمی دنیا کا رہتا ہے نہ دین کا نہ رب کا۔ تم نے لاکھوں کی مسجد بنوائی۔ یتیم خانوں کو آباد رکھنے میں روپیہ پانی کی طرح بہایا۔ اور سب سے چھپا کر بیوہ گھر میں وظائف لگوائے۔ کس لیے؟ کہ یہ اُس کی مخلوق ہے جس نے کہا تھا مخلوق کے حقوق میرے حقوق سے بھی افضل ہیں۔ پھر کنفیوژ کیوں ہو؟'' فیروزے چٹاخ پٹاخ بول رہی تھی۔

''مجھے کیا کرنا چاہیے؟ میں تم دونوں سے پوچھتی ہوں۔'' عجز نے ظہرہ کو کمتر بنا دیا تھا۔

صبازادی نے کہا ''اپنی زندگی گزارو۔ الجھاوؤں سے نکل کر، مسکراہٹوں کی دنیا میں۔ خوشی کے لیے۔ جو ہر فرد کی آرزو ہے۔ راستہ کوئی بھی ہو۔''

''ہاں۔ عبادت، خیرات، نیکی اپنی جگہ۔'' فیروزے نے کہا ''زندگی کی خوبصورتیاں اپنی جگہ۔ اب یہی چلن ہوگا۔ امید اور روشنی۔ محبت اور آسودگی، آشتی اور سکون کا راستہ ہی منزل ہے۔ میں تو اسے جاری رکھوں گی۔''

''مگر میں بدلے بغیر ہی بدل گئی ہوں۔ اس لیے کہ میرا مرشد میرے ساتھ ہے اور تم تنہا ہو۔'' ظہرہ نے دوٹوک کہا تو صندل نے اطلاع دی ''جعفر علی رِند آئے ہیں۔''

''جعفر علی رِند......'' ظہرہ نے چبا کر یاد کیا۔ کس رنگ کی گاڑی ہے انکی؟''

''بلیک۔ بالکل نئی لینڈ کروزر''

ظہرہ چونک گئی اور صندل سے کہا ''بٹھاؤ

وہ گئی تو ظہرہ ڈوب گئی۔

''کیسا کمال کا آدمی تھا۔'' فیروزے نے کہا۔ ''سچا عاشق۔ آپ ہی نے فاصلے پر رکھا۔''

''یہ کہاں سے آ گیا اتنے برس بعد؟'' صبازادی پوچھنے لگی۔

''شادی شادی شادی۔'' ظہرہ بولی۔ ''ہر کوئی قبضہ کرنا چاہتا ہے خوبصورت عورت پر۔ پنجرے میں بند رکھنا چاہتا ہے اُسے۔''

''شادی قبضہ ہی تو ہے۔'' فیروزے نے کہا 'جو مجھے تو پسند نہیں۔ کیا ضروری ہے کہ میں کسی ایک کی ملکیت میں قبر میں لیٹی رہوں اور خون تھوکتی مر جاؤں بے اولاد۔ پتہ ہے۔ یہ وڈیرے اولاد پیدا ہی نہیں ہونے دیتے۔ جائیداد کے لیے اپنی بہنیں، بیٹیاں قرآن سے بیاہ دینے والے لالچی۔''

''میرا جی نہیں چاہتا ایسے لوگوں کے سامنے جینے کو بھی۔'' ظہرہ نے فیصلہ سنا دیا۔

''مگر وہ تحائف۔'' رک کر صبازادی بولی۔ ''باجی مربعوں کی دوڑ میں یہ سب سے آگے نکل گئے ہیں۔ آدھی زمین اور باغات پہلے آپ کے نام لگائے تب آرزو بیان کی۔ پھر حویلیاں، مکانات اور دکانیں نچھاور کر دیں گویا...... اور طشت بھر بھر کر نوٹ لٹانے میں ان کا ثانی ہی نہ تھا کوئی۔ سونا چاندی زیور کپڑا الگ۔ جی دارا سے ہی کہتے ہیں۔ نڈر اور جرأت والا۔ آخر خود کو سچا ثابت کرنے کے لیے کیا کرے آدمی۔؟''

''میرا تو خیال ہے آپا۔'' فیروزے نے ٹکڑا لگایا ''یہی مرد سچا ہے تمہاری زندگی میں۔''

''تمہیں کیا خبر کون سچا ہے کون جھوٹا۔'' ظہرہ لمحہ بھر کو رکی پھر بولی ''کیا کم پیسوں والا جمال...... جو میری پہلی محبت تھا۔ سچا نہ تھا؟ بالکل تھا! اس جیسا مائیں اب نہ جنیں گی۔ ہاں۔ اِس کے پاس سونا تھا نہ چاندی۔ مگر محبت سمندروں جیسی تھی۔ کیا ہوا اگر نوٹ بوریوں

میں بھرے تھے نہ باغات، نہ ہی کوئی دکھاوا تھا۔ وہ چلتا پھرتا سچ تھا مگر......''

''مگر تھا بے وقوف۔'' فیروزے نے بات مکمل کر دی ''ورنہ چھت سے کود کر مرنے کی ضرورت کیا تھی۔''

سنبل دوبارہ آئی۔

''کیا ہے؟'' ظہرہ نے پوچھا۔

''بلا رہے ہیں۔ جلدی میں ہیں۔''

''کچھ سامنے رکھا ہے۔'' ظہرہ کے بجائے فیروزے نے سوال کیا۔

''شربت نیلوفر، مصری اور پان......سب کچھ۔''

''ایک ہی وقت میں سب رکھ دیا۔ ہے نا اناڑی۔'' صبازادی بول پڑی۔

کتنی مرتبہ سمجھایا ہے تجھے؟'' فیروزے نے بات کاٹ دی ''چلو چلو جاؤ۔''

وہ چلی گئی تو کھڑی ظہرہ کو غور سے دیکھا۔ اس کے چہرے کے ایک خاص حصے کو ٹشو سے صاف کر دیا اور کہا ''لپ سٹک ٹھیک کر و باجی اور پرفیوم بھی اپنے والا۔''

''سب صحیح، درست، مگر۔ میں نہیں جاؤں گی۔'' ظہرہ بیٹھ گئی۔ ''گئی تو کل مرشد سے آنکھ کیسے ملا پاؤں گی۔''

''پھر کون جائے گا؟ میں چلی جاؤں؟'' صبازادی نے خود سوال کیا خود ہی جواب دیا۔

''خواہ مخواہ...... پرسوں۔ بہت بڑی پارٹی آ رہی ہے تیرے دیدار کو۔ آرام سے بیٹھ اور تیاری کر سنگھار کی۔'' فیروزے نے ڈانٹ دیا۔

''چائے بھجوادوں جی۔'' اب کے صندل نے آ کر پوچھا۔

'اوں ہوں۔'' فیروزے نے اسے سمجھایا۔ ''میں جا رہی ہوں اُن کے پاس، رِند صاحب کو باتوں کا بہت چسکا ہے۔ سننے کا نہیں۔ سنانے کا۔ ٹھیک پچیس منٹ بعد چائے لے

آنا۔"

فیروزے نے بال درست کیے۔ لپ سٹک پھر سے سجائی، رند کی پسندیدہ پرفیوم پوزئین تقریباً کمر پر ساری کی ساری انڈیلی اور مسکراہٹوں کا زیور چہرے پر سجائے کمرے سے نکلنے لگی تو ظہرہ بولی۔

"ہر چند کہ تم سب کے لیے ہو، میری تجویز بھی وہی تھی جو اپنے لیے ہے۔ مگر تم لہو ابلنے کا تماشا دیکھے بغیر میری بات نہ سنو گی۔"

"جوگن بھی تو نہیں بنا جاتا۔" جاتے جاتے فیروزے نے ایک جملہ اچھال دیا۔ اور پردوں کے پیچھے غائب ہوتی چلی گئی۔

کوئی صورت نظر نہیں آتی

کچھ دن بعد صبح ہی صبح اطلاع ملی مرشد عطار خود تشریف لائیں گے۔اسی باعث ظہرہ مشتاق نے سفید لباس پہن کر خود کو بے داغ بنالیا تھا۔اور سب کو اطلاع دے دی تھی کہ حضرت بابا عطار کو آج پھر تشریف لانا ہے۔اور سب کو موجود ہونا ہے۔

سنبل، صندل، صبازادی اور فیروزے کے علاوہ تین نئی لڑکیاں بھی تھیں جنہیں ابھی گناہ کی تفصیل کی خبر تک نہ تھی سبھی ''شیش محل'' میں موجود تھیں مگر لک چھپ کر، کوئی گھرے، دبیز پردے کے پیچھے بیٹھی اور کسی کو جادو کی اس الماری میں جگہ ملی جو گھما دی جائے تو ہر کمرے میں بہ وقت ضرورت جا کھلتی تھی۔صرف فیروزے تھی جو چھپ کر بھی ظاہر تھی کہ اسکی پوئزین کی خوشبو سے ماحول مہلک ہو رہا تھا۔

جونہی بی ایم ڈبلیو ظہرہ محل کے پورچ میں داخل ہوئی۔ظہرہ استقبال کے لیے جا پہنچی اور تھوڑی دیر بعد ہی خاموش اور مودّب انداز سے حضرت بابا عطار سے ایک قدم پیچھے چلتے ہوئے اس وسیع و عریض ''شیش محل'' میں داخل ہوگئی۔

حضرت عطار کے لیے مخصوص گاؤ تکیے کی طرف اشارہ کرتے ظہرہ نے کہا۔

''تشریف فرمایئے۔'' بابا عطار نے، جو ہر چند کئی مرتبہ ظہرہ محل کے شیش محل والے حصے میں آچکے تھے۔اس دیکھے بھالے ماحول کو ایک مرتبہ پھر آنکھ بھر کر دیکھا اور بیٹھ

گئے اور کہا ''وقت ہمارے پاس ہی نہیں، سب کے پاس کم ہے۔ سارے فریضے انہیں گنے چنے اور محدود سانسوں میں سرانجام پا جائیں تو کامرانی ٹھہرے اور عاقبت سنور جائے۔''

''حضرت۔ آپ سے ایک اجازت لینا تھی۔'' ظہرہ رک کر بابا عطّار کی بند آنکھوں کی طرف تکتی رہی پھر بولی۔ ''ہم نے پہلی مسجد پر پتھر لگوایا تھا۔ یقیناً مناسب نہ تھا۔ اجازت ہو تو چپ چاپ اس بے نام مسجد پر کوئی نشان بنوادوں جس کی خبر صرف مجھے، آپ کو اور میرے رب کو ہو؟''

بہت دیر تک جواب نہ ملا۔ باباجی عطّار گردن جھکائے سوچ میں ڈوبے رہے۔ پھر کہا۔

''دو برس اور دس ماہ میں تم نے خود کو بہت بدل ڈالا ہے۔ تمہاری سمت کا تعین کرنے سے ہمارا دل بھی اجلا ہونے لگتا ہے۔ شاید اسی لیے مجھے ربِ ذوالجلال نے اس قابل کیا کہ تمہاری راہ کو آسان بنانے کے لیے مدد کے لیے آمادہ رہوں۔'' رک کر انہوں نے چھت کی طرف دیکھ کر دعا کی ''پروردگار مجھے اسکی طاقت عطا کردے۔ تدّبر اور روشنی سے مجھے روشناس کر۔ آسانیاں میرا مقدر رہوں۔''

''آپ کے لیے بھی حضرت؟'' ظہرہ بہت گہری اور پُر یقین آواز میں کہنے لگی۔ ''آپ تو اپنے ربّ کے آشنا اور منتخب بندے ہیں۔ اللہ کے بندے۔ اُسکی مخلوق کی مشکل کشائی کے لیے، اُسی کے حکم سے چلّے کاٹتے ہیں، درد بانٹتے ہیں۔'' وہ لمحہ بھر رکی رہی اور حضرت باباجی کا تاثر پڑھتی رہی پھر بولی۔ ''آپ عبادتوں، ریاضتوں سے دور، دنیا بھر کے دُھتکارے ہوئے ہم جیسوں کے لیے نیکی کی راہ دکھانے پر، صاحب دعا کہلائے۔ آپ کے لیے کیا مشکل ہے حضرت؟''

حضرت بابا عطّار کو لگا جیسے ان کا سانس کانٹے کی طرح ان کے سینے میں آ اٹکا ہو، کھینچنے سے اندر جاتا تو ہو پر آسودہ نہ کرتا ہو۔ صرف دل پر بھاری پن کا بادل بن بن بیٹھتا

ہو۔ پھر بھی انہوں نے کھانس کر اپنے سانس کو اس اٹکاؤ سے نکالا اور کہا۔ ''مشکل کس کے لیے نہیں۔ یہ امتحان بھی ہے آزمائش بھی۔ بہت گورکھ دھندا ہے یہ زندگی اور اس کا حساب کتاب۔'' رک کر انہوں نے پھر کہا ''بس۔ تم میری دعاؤں پہ کہا کرو۔ آمین۔''

گہری خاموشی چھا گئی۔ اتنی گہری کہ بابا جی عطّار کے کانوں میں سائیں سائیں بولنے لگی۔ یہ تو صرف انہیں ہی معلوم تھا کہ خاموشیاں کب کب بولنے لگتی ہیں۔ اس وقت بھی اُن کے دل کی دھڑکن ''لب دھب لب دھب'' دھڑک رہی تھی۔ جسے بابا جی عطّار بخوبی سن رہے تھے۔ اُنہوں نے گردن سے لپٹا سبز ریشمیں رومال اتار کر چہرے کو صاف کیا۔ مگر اُن کی آنکھ کا وہ تار نہ ٹوٹ رہا تھا جو ظہرہ کی ننگی ایڑی سے ہو کر ناخن تک ہو آیا تھا اور انہیں ایک بار تو یہ بھی محسوس ہوا تھا کہ یہ پاؤں نہ تھا کوئی مضراب تھا جو بابا عطّار جیسے موحّد اور مدبّر کے اندر کے تاروں کو بھی سنسنا رہا تھا۔ بابا عطّار نے رومال اب کے کندھے پر ڈال لیا اور پورے اعتماد سے بولے۔

''بی بی۔ تمہارے اندر ابھی تک سناٹا تنا ہے۔ بیالیس سال چار مہینے کی اس زندگی پر جمی برف...... ایک دو مسجدوں سے پگھل سکتی تو شہنشاہوں کی بڑی ہوئی عظیم الشان اور شکوہ و جلال سے گردن تانے...... کھڑی مساجد، اُن کے لیے دنیا میں ہی جنت کی نوید ہو جاتیں۔ مگر ایسا نہیں ہے، نہ ہوگا، حساب، اعمال پہ ہے اور ہوگا۔ باون تولے پاؤ رتی۔''

ظہرہ سسکی نہ تھی، مگر دوپٹہ اس نے آنکھوں کی منڈیر پہ رکھ لیا تھا اور نگاہ بابا عطّار پر ہی جمی تھی کہ بابا عطّار نے تھوڑے توقف کے بعد اپنی بات کو مکمل کرنے کو زبان کھولی۔

''تم، ایسی پتھریلی اور گھپ اندھیری غار میں ہو، جہاں تمہیں میرے الفاظ اگر سنائی دے بھی رہے ہوں تو تم انہیں سمجھ نہیں پاؤ گی۔ ایسے میں باتوں کی یکسانیت اور تکرار مناسب نہیں۔''

''پھر بھی حضرت۔'' ظہرہ نے فوراً کہا ''جب تک آپ کی آواز اور الفاظ کانوں

میں اترتے رہتے ہیں، دل گھرے سکون میں آسودہ رہتا ہے، یکسانیت ہوتی رہے آپ کہتے رہیے۔"

باباجی عطّار کی نگاہ دوسری مرتبہ اٹھی تھی اور ظہرہ کی بھرپور اور سنہری چھاتیوں کے ساتھ چپک کر گویا انہیں میں مدغم ہو گئی تھی۔ دونوں سانحات آج ہی وقوع پذیر ہوئے تھے اور انہیں حیرت بھی ہو رہی تھی کہ دو برس دس ماہ ایک عرصہ ہوتا ہے اس میں ہزار نہیں تو سینکڑوں مرتبہ قریب بیٹھ کر مسائل سلجھائے۔ بہت گھڑیاں بیت گئیں۔ خلوت میں بھی، جلوت میں بھی۔ کبھی نگاہ بے لگام ہوئی نہ سنہری چھاتیوں نے یوں جکڑ کر مدہوش کیا کہ بابا عطّار کا سارا لہو ایک ہی نکتے پر آ جمع ہوا ہو۔ مگر یہ ضعف کہاں سے آ اترا اور کیوں؟

فیروزے اس تمام گفتگو میں چھپ کر لاکھ بیٹھی رہی مگر اسکی پوئیزین کی خوشبو کہرام مچاتی رہی۔ حتیٰ کہ ایک مرتبہ بابا عطّار کے نتھنوں تک بھی پہنچ گئی تھی۔ انہوں نے اسی لمحے بات روک کر گردن پھیری تھی اور نیم تاریک کونے میں رکھے ایک جدید تخت پر بیٹھی اس ریشمی گٹھڑی کی طرف دیکھا بھی تھا جس کا ایک بازو ننگا ہونے کے باعث "شیش محل" کو زرنگار بنا رہا تھا۔ کسی ہوئی جلد والا بوسکی رنگ بازو، کندھے تک ایک آزمائش بنا تھا۔ حضرت عطّار نے فوراً رخ ظہرہ مشتاق کی طرف پھیرا اور کہا "اصولاً اب ہمیں جانا چاہیے۔"

"رکیے حضرت...... ابھی تو ناشتہ آئے گا۔"

"ہمیں ضرورت نہیں بی بی۔" وہ اضطراب سے پہلو بدلتے ہوئے کہنے لگے۔

"البتہ تم نے سنا ہوگا، مراقبہ ہو، عبادت یا چلّہ ...... تنہائی اسکا زیور بھی ہے ضرورت بھی۔ مگر آپ نے اس صحبت میں بھی کہ عبادت سے کم نہ تھی یہاں خاتون محترم کو بٹھا رکھا ہے۔ یہ تو ...... یہ تو...... زیادتی ہے سراسر۔"

حضرت عطّار کے آپ کہنے سے ظہرہ کے دل کے تار جھنجھنا اٹھے تھے۔

"حضرت......" ظہرہ مسکرائی "یہ فیروزے ہے۔ آپ سے بہت متاثر ہے اور

مجھ سے زیادہ مضطرب۔ اسی لیے آسودگی اور آشتی کی تلاش میں بھٹکنا اس کا بھی مقدر بن گیا ہے۔ ہاتھ کی چھاؤں کافی نہ سہی۔ مگر ہاتھ اگر آپ کا ہو اور شفقتوں سے بھیگا ہو...... تو کیوں نروان نہ ملے؟''

''سب کہنے کی باتیں ہیں بی بی ظہرہ۔'' انہوں نے گلا صاف کر کے گرجدار آواز میں کہا'' ہم لوگ چاہتے یہی ہیں کہ ہم...... اس فانی دنیا سے، اسکی چکا چوند سے، آلائشوں، کثافتوں اور کراہتوں سے بچ نکلیں۔ مگر یہ بھی چاہتے ہیں کہ کچھ دیر او...... کچھ دن، مہینے یا سال اور ہمیں اپنی لذتوں کے لیے ملے رہیں، ملتے رہیں، دنیاداری کی لذتوں میں ڈوبے رہیں اور محبتوں اور گناہوں کی جل تھل دنیا یونہی لبالب رہے...... اور آباد۔ اور توبہ کا ورد بھی جاری رہے۔'' انہوں نے دوبارہ رک کر ظہرہ کی طرف دیکھا اور کہا'' آدمی گناہوں کی چاشنیوں سے نکل آنے کے لیے دعا کرتے ہوئے بھی مہلت مانگتا ہے مثلاً......'' وہ رک کر کہنے لگے۔ ''مثلاً God Make me good but bot yet'' لمحہ بھر سوچ کر براہ راست ظہرہ مشتاق سے کہا۔ ''بس تمہیں یکسر خود کو بدلنا ہوگا۔'' وہ آپ سے دوبارہ تم پر آگئے اور یکا یک اٹھ کھڑے ہوئے۔

''ہم آپ کے پیچھے تو چل رہے ہیں حضرت؟''

''ہمارے نہیں...... اُس رب کے احکامات کے پیچھے۔'' انہوں نے شہادت کی انگلی کو آسمان کی سمت کھڑا کر کے کہا۔'' وہی ربّ ہے۔ وہی درجۂ کمال کو پہنچانے والا ہے۔''

''مگر آپ اسی طرح تشریف لاتے رہیے گا حضرت...... جو سکون آپ کے آنے، بتانے اور مشکلات کو آسان کرنے کے لیے گرہیں کھولنے اور حوصلہ ابھارنے سے ملتا ہے شاید وہ......'' وہ تھوڑی دیر رکی رہی پھر کہا'' شاید ربّ کریم نے آپ کو ہمارے لیے وسیلہ بنا دیا ہے۔ بخشش کا۔ سکون کا۔ کفارے کا۔ ورنہ یہ سب کیوں ہوتا؟ یہی تو ہے یکسر بدلنا۔''

سرسراہٹ سن کر ظہرہ نے پیچھے مڑ کر دیکھا۔ رانی، الماس، سنبل، صندل اور جانے

کون کون اس لمحے کی منتظر، چاندی کے طشتوں پر ریشمیں رومال ڈالے حکم کی منتظر تھیں۔ ظہرہ کے اشارے پر ہی وہ آگے بڑھیں۔ تمام طشت بابا جی عطار کے قدموں میں رکھ دیے گئے اور الٹے پاؤں واپس چلی گئیں۔

''یہ کیا ہے؟'' عطار تجسس سے بولے۔

''یہ نذر ہے حضرت۔ آپ کے لیے۔'' ظہرہ نے ایک ایک کر کے تمام رومال اٹھا لیے دو میں نوٹوں کے بنڈل قرینے سے رکھے تھے۔ کسی میں مٹھائی۔ کسی میں جوڑے، بابا عطار سناٹے میں آ گئے۔ تیوریاں ماتھے پر جھلملائیں۔ تمتماتے چہرے اور ابلتی آنکھوں سے انہوں نے ظہرہ سے کہا ''ایسا پہلے تو کبھی نہ ہوا نہ ہم نے اس کی اجازت دی۔''

''روایات بدلنی چاہئیں حضور۔ یوں بھی ہماری مسجد مکمل ہونے والی ہے۔''

''یکسر بدلنے سے میری مراد اگر یہ تھی......تو'' رک کر وہ لفظ کا انتخاب کرتے رہے پھر بولے۔ ''تو تف ہے مجھ پر'' پھر ظہرہ پر تقریباً سائبان کی طرح تن کر ضبط کی ہوئی گرج میں بولے۔ ''ہمارے غصے اور ربِ ذوالجلال کے قہر کو دعوت دینے کے اور بھی طریقے تمہارے ہاں رائج ہیں......ہم اللہ والے ہیں بی بی۔ دنیا کو تج کر ہم یہاں تک پہنچے ہیں کہ ہماری زبان میں تاثیر ہے۔ ان کاغذی انگاروں سے تاثیر ہی نہیں جاتی سارے عمل برباد ہو جاتے ہیں۔ دو سال اور دس ماہ میں تم ہمیں جان نہ سکیں تو ربِ عظیم کو کیا پہچانو گی......؟؟''

''گستاخی معاف کر دیجئے گا۔ یہ میرے دل کی مراد ہے۔ کہیں تو بعد بھی بھجوا دوں؟''

''لاحول ولاقوہ............'' بابا جی عطار کے لہجے میں انا، غرور اور غصہ تھا انہوں نے نوٹوں والے طشتوں کو ٹھوکر تو نہیں ماری البتہ دونوں طشت یکے بعد دیگرے الٹا دیے اور فوراً ہی تیز تیز قدموں سے لال بھبھوکا چہرہ لیے ''شیش محل'' سے نکل گئے اور جاتے سمے ظہرہ مشتاق پر وہ بھرپور نگاہ بھی نظر انداز کر گئے جو وہ ہمیشہ اس پر پھیلا دیا کرتے تھے۔ مسکراہٹوں

سے مزّین...... مگر سنجیدہ اور معتبر۔

ان کے جانے کے بعد دیر تک سناٹا رہا۔ سب ''شیش محل'' سے نکل کر ''شیش نگر'' میں اکٹھی تو ہو گئیں مگر کسی نے کچھ نہ کہا۔ صرف نوٹوں کی گٹھیاں اٹھا کر طشت میں ڈالتی رہیں اور بس! جب کئی منٹ تک سناٹے تنے رہے۔ ایسے کہ دل دھڑکتے سنائی دے رہے تھے تب فیروزے نے کہا'' آپ چپ نہ رہیں۔ چپ روگ ہے۔ بجی۔ اسے توڑ دیجئے۔''

''اتنے زور سے دل ٹوٹا ہے کہ کرچیاں لہو میں اتر رہی ہیں۔'' ظہرہ نے شاید اپنے آپ سے کہا تھا۔

''یہیں سے آدمی کنفیوژ ہوتا ہے۔ یہی مسئلہ ہے ہمارا۔ ہم اسی سے نکلنے کے لیے ہاتھ پاؤں مارتی ہیں تو آگے سے پتھر دل لوگ دیوار بنے کھڑے ہوتے ہیں، کیا کریں؟ کدھر جائیں؟'' فیروزے نے ایک نیا سوال کھڑا کر دیا۔

''تم بتاؤ......''

''کہا تو تھا...... آر یا پار...... یہ فیصلہ آپ کو خود کرنا ہوگا۔ ان جھوٹے سہاروں سے نکل آئیں باجی۔'' اس نے چھت کی طرف دیکھ کر کہا۔

''اگر عطار بابا جی کا اور میرا اور تمہارا ربّ ایک ہے تو پھر ہمیں کوئی سہارا نہیں چاہیے۔'' ظہرہ نے اُبل کر کہا ''میں نے پہلے بھی تجھے ڈانٹا تھا۔ اتنا آگے مت جایا کرو۔ اُنہیں اللہ والوں کے اثر سے میں یہاں تک پہنچی ہوں...... اُنہیں کے سہارے پار اتر جاؤں گی ایک دن۔''

''اور ہم......؟ ہم باجی......؟؟ ہمارا کیا ہوگا؟'' فیروزے نے دوٹوک کہا۔

''یہ فیصلہ صرف تمہیں کرنا ہے۔'' رک کر ظہرہ مشتاق نے بات بڑھائی ''تمہیں، فیروزے، صبازادی اور صندل کو۔ باقیوں کی مجھے پروا نہیں۔''

فیروزے کھٹ سے بولی ''میرا فیصلہ تو وہی ہے باجی، جو صبازادی کا ہے۔'' ظہرہ

نے چونک کر تجسس بھری نگاہوں سے فیروزے کو تول لیا تو اُس نے ہولے سے کہا ''وہی فیصلہ باجی۔ زندگی کی خوبصورتیوں کا، محبتوں کا، ارمانوں کا، ہماری لوحِ تقدیر بھی اُسی پروردگار نے لکھی ہے نا...... جس نے حضرت عطار کی لکھی ہے؟ تو پھر؟ میں کون ہوتی ہوں اسکو بدلنے والی...... بولیں...... بتائیں مجھے......''

سارا ماحول گہرے سناٹے میں ڈوبا رہا اور ظہرہ مشتاق کچھ نہ بولی۔ جب کافی دیر گزر گئی تو فیروزے تیز تیز قدم اٹھا کر باہر کی طرف چلی گئی اور اس کے پیچھے صبا زادی بھی۔ اور ان کے جانے کے بعد ہی ظہرہ کی آنکھوں کی نمی، آنسوؤں کی صورت میں سرخ و سفید گالوں پر لڑھک گئی۔ جسے اس نے دوپٹے میں جذب کر لیا۔

ع بابر بہ عیش کوش کہ عالم دوبارہ نیست

فیروزے اور صبازادی خصوصی طور پر اپنے اپنے مخصوص بنگلے میں عارضی طور پر چلی آئیں۔اس سے پہلے انہوں نے وہی متفقہ فیصلہ کیا تھا جو کسی نے نہایت خوبصورت طغرے میں لکھوا کر صبازادی کو پیش کیا تھا۔

ع بابر بہ عیش کوش کہ عالم دوبارہ نیست

اس وقت دونوں کو اس کی سمجھ نہ آئی تھی۔ پھر بڑے بڑے طالبانِ حُسن نے اس کے معنی ان کے لہو میں اس طرح اتار دیے کہ انہوں نے اِسے ایک خوبصورت کونے میں آویزاں بھی کروادیا تھا۔مگر آج اپنی آئندہ زندگی کے بارے میں فیصلہ کرتے ہوئے انہیں ایک لمحے سے زیادہ اس مصرع کی بدولت فیصلہ کرتے ہوئے دیر نہ لگی۔ دونوں چہک رہی تھیں اور میڈم ظہرہ کے بھٹک جانے پر حیرت زدہ بھی تھیں۔ پت جھڑ، بہار اور خزاں کے موسم گزرے، زمانہ تو بہت گزرا مگر جوانی لوٹ لوٹ کر آتی رہی۔ ناز برداریاں اور حاکمانہ انداز انہیں خوب سے خوب تر کی طرف ہی لے جاتا رہا۔مگر زیاں کا احساس تھا نہ زوال کا۔

فیروزے آج سے دو روز بعد جمال شاہ کے ساتھ بیرون ملک جانے والی تھی۔ دو ماہ کے لیے یہ وعدہ گذشتہ ماہ ہی طے ہوا تھا۔ 90 فیصد رقم پیشگی اکاؤنٹ نمبر 30200 میں جمع ہو کر رسید مل چکی تھی۔ تحائف اور اخراجات کا شمار نہ تھا۔اور ایسے ہی رنگین لمحات کا تصوّر ان

دونوں کے چہکنے اور مہکنے کا سبب بنا ہوا تھا۔ مگر میڈم کی بے راہ روی کا خیال آتے ہی ان کے دلوں پر دھک سے کچھ آن لگتا اور وہ لمحے بھر کے لیے اداس ہوتیں اور بس۔ ان کا حتمی فیصلہ یہی تھا کہ وہ اپنی زندگی اپنی مرضی سے جئیں گی۔ خوبصورت اور ہموار۔ یہی بات ان کے لیے اطمینان کا باعث تھی اور صبازادی کو معلوم تھا کہ اسکا معاملہ میڈم نے بہت دن پہلے سلمٰی نام کے طور پر طے کیا تھا، اسے پروگرام کے مطابق اور سلمٰی کے طور پر لاہور جانا تھا۔ جہاں ایک فائی سٹار میں اس کے لیے کمرہ پہلے سے بک تھا۔ اس کا خیال تھا کہ وہ جانے سے پہلے میڈم ظہرہ مشتاق کو اپنے اور فیروزے کے فیصلے اور لاہور جانے کے پروگرام سے آگاہ کردے گی۔ لیکن فیروزے آڑے آ گئی۔ وہ اپنے فیصلوں میں کسی طور پر ظہرہ مشتاق کو شامل نہ کرنا چاہتی تھی۔ اس کا خیال تھا فی الحال خاموشی اختیار کی جائے۔ صبازادی نے بہت کہا...... ”فیروزے۔ ظہرہ مشتاق کا ہماری پرورش، بنانے سنوارنے اور زندگی کے نئے نئے ڈھنگ سکھانے میں بنیادی ہاتھ ہے۔ اس نے جس دردمندی اور نیک نیتی سے ہمارے ان بیس برسوں کو اجلا اور روشن بنایا ہے اس کا تقاضا یہی ہے کہ ہم اس سے کچھ نہ چھپائیں۔“

”ہم کچھ نہیں چھپائیں گے صبا...... یہ سب کیسے چھپا رہ سکتا ہے اس پروگرام کے بعد واپس آ کر یقیناً بات ہوگی اور میرا تو خیال یہ بھی ہے......“ وہ تھوڑی دیر رک کر مسکرائی اور بولی۔ ”کہ ہماری واپسی تک...... اُس میں بھی تبدیلی آ چکی ہوگی۔ ظہرہ باجی کے لیے یہ اتنا آسان فیصلہ کبھی نہیں ہوگا صبازادی۔ وہ پلٹ کر آئے ہی آئے۔ چلو۔ آؤ میں تمہیں سی آف کر آؤں۔“

دونوں کمرے سے باہر نکل گئیں۔

میڈم ظہرہ مشتاق نے گہری سوچ سے سر اٹھایا سامنے صندل کھڑی تھی۔ اور قد آدم کلاک پر گیارہ کا گھنٹہ بج رہا تھا۔ میڈم نے صندل کو سوالیہ نگاہوں سے دیکھا۔

”آپ نے کہا تھا۔ ٹھیک گیارہ بجے کھانا لگا دوں۔ لگ چکا ہے“

''فیروزے اور صبا کو بلاؤ۔''

''وہ تو سرِ شام ہی چلی گئی تھیں میڈم۔''

''سرِ شام؟''

''جی۔آپ سے مل کر اور شیش محل سے نکلتے ہی۔''

''واپسی کے لیے کچھ کہا تھا؟''

''بس اتنا کہ ہم اُدھر بنگلے میں جا رہی ہیں۔''

''فون کیا تھا؟''

''فون اٹینڈ نہیں ہو رہا اور سیل دونوں کے پاور آف ہیں۔''

''ہوں......'' میڈم نے آہستہ سے کہا۔''احمد خاں سے کہو ہمیں جانا ہے...... ابھی۔'' صندل چلی گئی تو میڈم نے اپنی سفید ساڑھی کو آئینے میں دیکھ کر درست کیا۔سفید ہی شال وارڈروب سے نکالی اور کچھ دیگر کاغذات بھی۔اتنے میں اطلاع ہوئی کہ گاڑی تیار ہے۔

بی ایم ڈبلیو، میڈم کو پسند ہی بہت تھی۔اس میں بیٹھتے ہی اس نے آسودہ سانس لیا اور احمد خاں سے کہا۔

''حضرت باباجی منتظر ہوں گے۔'' احمد خاں نے رفتار تیز کر دی اور بہت جلد وہ جامع مسجد کے سامنے پہنچ گئے۔مسجد کے کلس پر صرف ایک بلب روشن تھا اور ایک ٹیوب۔جو باباجی عطّار کے اس مردان خانے میں جل رہی تھی۔

میڈم ظہرہ مشتاق گاڑی سے اتر کر اندر چلی گئی۔

باباعطّار اپنے مقام پر گاؤ تکیے کے سہارے گردن جھکائے منتظر تھے مگر سلام کے جواب میں انہوں نے سر کو جنبش دیتے ہوئے یہی کہا''آپ کا صبح آنا زیادہ موزوں ہوتا۔ تعجیل نامناسب تو ہے......چلیں۔''

میڈم نے بیٹھتے ہی کہا۔ ''سانس کا بھروسہ نہیں ...... اس کا یقین پہلے نہ تھا...... اب ہر وقت عجلت میں ہوتی ہوں۔''

فرمایئے؟''

''میں ...... بغیر کسی پتھر کے، کسی شہرت کے بغیر۔ مسجد کے علاوہ ہوسٹل اور نیا مدرسہ جیسا کہ آپ سے تفصیلاً طے ہوا تھا اور جہاں بچوں کو کمپیوٹر کی تعلیم بھی دی جائے گی۔''

رک کر اس نے کہا۔ ''ہر چند کہ میں اپنی بات دہرا رہی ہوں مگر یہ میرے اندر کا سچ ہے حضرت، شاید یہی نجات کا دروازہ اور دل کے اطمینان کا ذریعہ ہے۔''

ظہرہ نے سنبھل سنبھل کر دو سانس لیے اور کہا ''حضرت ...... میں وہ سب چاہتی ہوں جس سے میرا ربّ مجھ سے خوش ہو جائے۔ جس سے میرا بوجھ کم ہو جائے۔ پشیمانیوں کا، گناہوں کا، آلائشوں کا۔ میں اپنی نیت کو شفاف لے کر آئی ہوں ...... نیتوں کا بھید ربّ کریم ہی جانتا ہے اور اسی پر تمام اعمال کی بنیاد ہے جیسا کہ آپ نے مجھے تعلیم دی تھی۔''

وہ خاموش ہوئی تو حضرت بابا جی عطار کی آواز ''اللہ الصمد ...... اللہ الصمد ...... اللہ الصمد ......'' دیر تک گونجتی رہی۔ انہوں نے سر جھکائے رکھا اور پوچھا ''آپ نے ان سارے کاموں کا تخمینہ تو لگوایا ہوگا۔''

''حضرت ...... حساب کتاب تجارت میں رکھا جاتا ہے۔ میں اس کی رضا میں راضی ہوں جو سب سے بڑا حساب دان ہے مجھے تخمینے اور حسابات کی ضرورت نہیں ہے کیونکہ میں اپنے لیے کچھ بچانا ہی نہیں چاہتی سوائے سکونِ قلب کے۔''

''تو پھر کیسے ہوگا؟ یہ تو میرے لیے بھی آزمائش ہے''

''یہ سب آپ ایسے اللہ کے بندے کے سپرد ہے۔ جس طرح عظیم الشان مسجد مکمل ہو رہی ہے ایسے ہی دنیاوی تعلیم کے لیے انسانوں کی فلاح کے لیے ...... جو بھی ہو سکے میں چاہتی ہوں حضرت ...... مگر ......'' وہ لمحہ بھر رک کر بولی ''میں جلدی چاہتی ہوں اور کم

زیادہ میں ہر تاخیر سے بچنا چاہتی ہوں اس لیے کہ ہر شے آپ کی اپنی پسند اور بلڈرز کے مشورے سے طے ہوگی جس بھاؤ بھی ملے......فوراً خرید لیں ......کوشش ہو کہ میرا ایک سانس بھی ضائع نہ ہو۔رب کریم آپ کو جزا دے۔"

میڈم نے پرس سے پوری چیک بک نکال کر سامنے رکھی۔اور بولی۔"اس مرتبہ ہر چیک اڑھائی لاکھ کا ہے۔پچاس ہیں۔یہ دوسرے دور کا آغاز ہے۔کام کی رفتار تیز ہونا چاہیے۔ایسی بے شمار چیک بکس تیار کرتی رہوں گی......"اس نے چیک بک حضرت بابا عطّار کے سامنے رکھتے ہوئے اجازت چاہی۔وہ فوراً کھڑے ہو گئے اور میڈم ظہرہ سلام کر کے نکل آئی۔

ع ہے تنگِ سینہ دل اگر آتشکدہ نہ ہو

عجب ہوا۔ اتنے نیک ارادے اور دنیا کو تج دینے کے بے اور تمام مال وزر، جس کے سامنے بشر سب سے زیادہ کمزور اور کمتر ہو جاتا ہے، ظہرہ مشتاق نے اپنے رب کے راستے میں سب سونپ کر خود کو جسقدر سبک، پرسکون اور نئے روپ میں محسوس کیا تھا، یہ لمحات گھنٹے بھر سے زیادہ کے نہ تھے۔ ''شیش نگر'' میں اپنے آرام دہ بستر پہ بیٹھتے ہوئے اس نے زندگی کا سب سے زیادہ پرسکون سانس لیا ہی تھا کہ فون کی گھنٹی بجنے لگی۔ ظہرہ ان خوبصورت لمحات کو طول دینا چاہتی تھی اور کسی کو اپنی نئی زندگی کے سنہرے باب کو منتشر کرنے کی اجازت گنہ سمجھتی تھی اس نے سیل اٹھا کر بند کرنا چاہا...... تو چونک گئی۔ فون پر مہر النسا تھی۔ اس کے جگر کا ٹکڑا...... لہو اور امید......!

''جی...... جی جی...... مہر النسا...... میری جان۔ کیسی ہو؟ ' اس نے فون کا سپیکر کھول دیا۔

''آپ سے ضروری مشورہ کرنا تھا۔''

''میری جان...... ایسا کیا تھا۔ جس کے لیے تم نے......'' رک کر ظہرہ نے بات بدل دی۔ ''اُس کام کے لیے تو نہیں...... جس کی اجازت تمہیں پہلے سے ہے۔''

''یقیناً ماما...... اور میں نے بتایا تھا'' رک کر مہر النسا بولی ''میرا کلاس فیلو تھا

نہیں...... مگر اس بات کے بعد یونیورسٹی فیلو ہو گیا ہے...... اب تو روز ملاقات بھی ہوتی ہے...... گپ شپ بھی......"

"کیسا ہے؟"

"جسٹ لائیک اے جیول...... اور......"

"پسند ہے نا؟"

"بہت ماما...... بے حد...... وہی اجازت پھر سے دے دیجئے جو آپ نے دے رکھی ہے۔"

"کاش میں تمہارے پاس ہوتی...... لیکن...... میرا خیال ہے میں آ جاؤں گی مجسم اجازت بن کر۔"

"آپ نے تصویر دیکھی تھی نا...... ہم دونوں دریا کنارے بیٹھے تھے۔"

"تمہاری زندگی کا سنہرا دور ہے جان...... تمہارا فیصلہ ہے، تم دونوں کی محبت ہے جس کی شدت تم نے فیروزے سے ڈس کس کی تھی...... مجھے اور کیا چاہیے۔"

"آپ خوش ہیں ناں؟"

"مجھے لگتا ہے۔ میں بیس سال پیچھے لوٹ آئی ہوں۔ میں تو پہلے ہی بہت خوش تھی کہ میرا رب ہی تو ہے جو مسجد مکتب، سکول...... ہوسٹل اور دیگر سارے فلاحی کام کراتا ہے، مجھے لگتا ہے ایک گنہ گار بشر خدا کے برگزیدہ بندوں میں شامل ہو گیا ہے...... میری جان مجھے ایک دو باتیں پوچھنا ہیں ایک یہ کہ...... شادی میں اُن کا خاندان تو شریک ہو گا نا؟"

"ایگزیکٹلی ماما...... حسین نے اپنی ماما...... پاپا اور چھوٹے بھائیوں کے لیے شرط رکھی تھی۔ سب شامل ہوں گے...... آپ کب آئیں گی؟"

"پاکستانی ہیں......؟"

"خالص!"

''کس شہر سے ہیں؟''

''ہر شہر سے اُن کا تعلق ہے.....آپ کے شہر لاہور میں بھی.....اسلام آباد میں بھی جائیداد، روپیہ، جاگیریں.....مگر ماما۔ آپ تو جانتی ہیں مجھے ان چیزوں کی پرواتھی نہ ہے.....میں زندگی کو فطری بنانا چاہتی ہوں.....بہترین اور پرسکون۔''

''تم کتنی سمجھ دار ہو چکی ہو جان.....تم نے یقیناً کمال ہی کیا ہوگا، کاش میں اُن لوگوں سے ملی ہوتی۔ خوشی سے میرا دل حلق میں اٹک رہا ہے۔'' ظہرہ خوشی سے لدگئی تھی۔

''ان کا خاندان اتنا بڑا اور پھیلا ہوا ہے ماما.....ہم شادی کے بعد پہلے ویانا اور پھر پیرس میں رہیں گے.....اور آپ کو لازمی طور پر ہمارے ساتھ رہنا ہوگا.....''

''آج ربِ کریم مجھ پہ بہت مہربان ہے۔'' ظہرہ چہک کر کہنے لگی۔ ''میرا دل ہی اسکی شہادت دے سکتا ہے اور دے رہا ہے.....مہر جانی.....تم دونوں سٹوڈیو میں جا کر بڑی سی تصویر بنواؤ اور مجھے فوراً بھجوادو.....''

''آپ کہیں.....تو آپ کی بات ابھی کرادوں۔''

''ضرور.....ضرور.....'' ظہرہ کا سانس خوشی سے واقعی اٹک رہا تھا۔

''ہیلو..... ماما.....'' حسین کی آواز آئی۔ ''میں آپ سے بے حد متاثر ہوا ہوں آپ نہایت شفیق اور فراخ دل اور روشن خیال ہیں ورنہ پاکستان کے اکثر لوگ.....''

''میں اپنی خوشی میں اس قدر ڈوب گئی ہوں بیٹے کہ مجھے کچھ سنائی نہیں دے رہا۔ یہ بتاؤ پاکستان میں تمہاری پیدائش.....لڑکپن، جوانی کس شہر میں گزری؟''

''آپ شاید ہمیں جانتی ہوں گی میرا نام دیدار حسین ہے.....میرے پاپا نیشنل اسمبلی کے ممبر ہیں.....اس سے پہلے وزیر تھے مرکز میں۔ سیاست ان کا شوق ہے.....وہ اپنی جیب سے خرچ کرتے ہیں۔ حکومت کے کاموں پر.....''

''بہت خوب''

''گذشتہ مہینے وہ لندن میں تھے...... پاکستانی اشرافیہ کے ڈنر میں شرکت کے لیے انہیں ملکہ الزبتھ کی طرف سے مدعو کیا گیا تھا......لندن اور پاکستانی اخبارات میں شہ سرخیوں میں انکا نام چھپا تھا...... دیوان عاشق حسین بخاری......''

ایک بم تھا، زلزلہ یا سونامی کا پہلا اچھال کہ ظہرہ مشتاق کا دل بند ہوا اور پھر پورے زور سے دھڑکا،فون پکارتا رہا۔''ہیلو...... ہیلو...... ہیلو...... ماما...... ہیلو ہیلو......''

ظہرہ نے اس کے بعد کچھ سنا ہی نہیں......وہ پتھر بدن، پتھرآنکھوں سے ہیلو...... ہیلو،...... کبھی دیوان دیدار حسین بخاری اور کبھی مہر النسا کی آواز میں سنتی رہی سانس چلتا رہا......فون بھی چلتا رہا، پتہ نہیں دل بند ہو گیا تھا...... یا چل رہا تھا، کان سُن تھے۔اور پتھر آنکھوں میں نمی نہیں آسکتی تھی۔مگر اندر سے کچھ ٹوٹ ٹوٹ کر گرتا رہا......اور تیزاب کے قطروں میں بدلتا رہا...... جلاتا رہا...... ابکاتا رہا۔

اس نے اٹھنے کی کوشش کی تب لڑکھڑا گئی پھر اٹھی تو اسے بڑے زور کی ابکائی نے تیزی سے واش روم میں پھینک دیا......ابکا ابکا کر اِس کے نوحے پورے ظہرہ محل کی دیواروں سے ٹکراتے رہے اور جواب میں کبھی صندل، کبھی سانولی ...... کبھی سازنیہ...... بھاگ بھاگ کر آتی اور جاتی رہیں......ساری کثافتیں کراہتیں نکل گئیں تو وہ خود ہی قدم قدم چل کر بیڈ تک پہنچی، ڈاکٹر پہنچ چکا تھا...... سب سے پہلے بلڈ پریشر...... چیک ہوا تو آسمان پہ تھا۔ زندگی میں پہلی بار، ڈاکٹر دلاور نے گھبرا کر پریشانی کی وجہ دریافت کرنے کی کوشش کی تو ظہرہ کی زبان تالو سے چپک گئی۔ڈرپ لگی۔دوسرا ڈاکٹر بھی پہنچا۔مشورے کے بعد بہت سے انجکشن دے کر ڈاکٹروں نے ظہرہ کو گہری نیند میں پہنچا دیا۔کہ اس وقت اسکی حالت کا یہی تقاضا تھا......فون کرنے...... کسی سے بات کرنے یا فون سننے کی اجازت نہ تھی۔

ڈاکٹروں کا خیال تھا کہ اگر ظہرہ کو برین ہیمبرج یا ہارٹ اٹیک نہیں ہوا تو خدا کا کوئی خاص نظام ہے جس نے اسے زندہ رہنے دیا ہے۔یہ ہفتہ اسی بے ہوشی اور ڈرپ لگا لگا

کر گزر گیا۔

بستر سے پہلا قدم اپنی کوشش سے زمین پر اتارنے میں، ایک ماہ لگا...... مگر ظہرہ مشتاق اس عرصے میں کیا سے کیا ہو چکی تھی...... ایک فلسفی کی طرح اس کے اندر سوالات اٹھتے اور کوئی اندر ہی اندر ان پیچیدہ سوالات کے جواب دیا کرتا...... تدبر نے خاموشی اور تنہائی نے خود احتسابی کے میزان میں دن رات ہنڈولے کی طرح رکھا۔ سب لڑکیاں حیرت سے چپ تھیں۔ لمبی لمبی گاڑیوں میں آنے والوں کے لیے اب یہاں کچھ بھی نہ تھا...... ''ڈیزائن گھر'' اجاڑ پن کی ویرانیوں سے مزین سناٹوں میں دفن رہا...... اور پھر یہ سناٹا مہر النسا کی اچانک آمد سے ٹوٹ پھوٹ گیا۔

ظہرہ مشتاق کے اندر لمحے بھر کو پھلجھڑی چھوٹی۔ اپنی جوانی کے روپ کو اپنے ہی سامنے سجا دیکھ کر زندگی کی ایک خوش کن پھوار نے اسے بھگو دیا مگر دوسرے ہی لمحے اس نے خود کو یکجا کر کے مہرو سے پوچھا۔ ''اکیلی آئی ہو؟''

''دوسرا تھا کون......'' وہ رک کر بولی۔ ''بتول کو اپنے جھمیلوں سے فرصت نہیں...... دیدار کو شکاگو میں سروس مل گئی تھی اور میں......'' وہ ذرا کی ذرا رکی اور کہا

''ماما...... میں نے سنا تھا آپ بہت بیمار ہیں...... اور اس بیماری کی وجہ میں ہوں؟ کیا یہ سچ ہے؟ ماما...... مجھے یقین ہے یہ سچ نہیں ہوگا میں آپ کے صدموں کا باعث کبھی بنی ہوں نہ بنوں گی...... کیوں ماما؟''

اپنی ذات کا ذرّہ ذرّہ یکجا کر کے ظہرہ نے اپنے اضطراب کو چھپا لیا اور کہا ''کچھ باتیں بتانے کی نہیں ہوتیں...... چندا......'' وہ بہت دیر تک خاموش رہی پھر بولی۔

''اگر میری بیٹی ہو...... اور دوست بھی...... تو دیدار سے شادی کا خیال بھلا دو......''

اب کے ایک پہاڑ مہر النساء کے سر پر گرا تھا اس نے چیخ کر کہا۔

''ماما......؟'' حیرت سے مہر النسا کی چیخ تھی جو کمرے میں پھیلی تھی۔ ''آپ تو بے حد روشن خیال تھیں...... فراخ سینہ اور کھلا دل رکھنے والی ایک مثالی ماں...... اب آرتھوڈکس ہو رہی ہیں؟ یہ کیسا انقلاب ہے؟''

''تفصیل نہ پوچھو...... تو شاید کچھ عرصہ زندگی جھیل جاؤں......''

''کوئی اشارہ...... کوئی ایسا موڑ جو میرے ارادے کو متزلزل کر دے...... کوئی تو ایسا جواب ہو۔''

رک کر وہ سوچتی رہی اور ماں کے کندھے پر نرم ہاتھ رکھ کر کہنے لگی۔ ''ماما...... میری جان...... آپ پر میری سو محبتیں قربان...... میں قربان...... میرا سب کچھ نچھاور ماما جانی...... کہیں تو عمر بھر کنواری بیٹھی رہوں...... آپ کچھ تو کہیے...... بولیے تو......''

ظہرہ اٹھ کر بیٹھ گئی۔ دنوں بعد اسے حوصلہ ہوا تھا اس میں اس طرح کا جوش، یکجائی اور اندر کی ساری لہریں...... سارے عناصر مثبت ہو کر اسے گدگدانے لگے تھے...... اس نے مہر النسا کے بالوں پر دیر تک ہاتھ پھیرا...... پھر اُسے سینے سے لگا لیا۔ چوما اور کہا۔ ''میری جان...... اس دنیا میں چھ ارب سے زیادہ انسان بستے ہیں، کسی پر انگلی رکھ دے، پابندی نہیں لگاؤں گی...... مگر یہ ایک راستہ تباہی کا ہے۔ ہم کتنے بھی روشن خیال ہوں مگر بنیادی طور پر ہیں تو انسان ہی...... اور انسان، پہلے آدمی بھی ہوتا ہے بشر بھی۔ زندگی میں خطا کار بھی...... گنہگار بھی...... ایسا نہ ہو تو فرشتہ کہلائے جو انسان سے افضل نہیں ہے۔''

''ماما...... ایسی باتیں کیجئے...... جو مجھے لاجواب کر دیں...... دل میں اتر جائیں...... قائل کر لیں مجھے......''

اس کے بعد پتہ نہیں کتنی دیر تک ظہرہ مشتاق نے اپنے ذرات چُن چُن کر انہیں پھر ایک مٹھی میں جمع کیا...... اور کہا...... ''دوٹوک کہے دیتی ہوں'' وہ لمحہ بھر سانس لے کر خود کو بحال کرتی رہی پھر بولی۔

''دیوان عاشق حسین بخاری...... ہماری زندگی میں دو سال بندھن باندھ کر رہے تھے...... انہیں سے کوکھ ہری ہوئی تھی...... جب وقت آیا تو ہوسپٹل میں پہلے بیٹے کا جنم ہوا...... دیوان صاحب نے اُس لوتھڑے کو لپیٹ لپاٹ لیا اور اپنی جاگیروں پہ لے گئے۔ ٹھیک رات کو چھ گھنٹے بعد ایک دوسرا بچہ پیدا ہوا...... جو لڑکی تھی وہ تم تھیں، تمہیں ہم نے چھپا کر ظہرہ محل بھجوا دیا تھا۔ دیوان عاشق حسین کے ہاں اور کوئی بیٹا نہ تھا...... اور مجھے یہ بھی معلوم ہے کہ انہوں نے تمہارے ساتھ پیدا ہونے والے کا نام دیدار حسین رکھا تھا۔ یہ وہی تمہارا بھائی...... ہے...... میری جان، ہم کتنے بھی گئے گزرے ہوں لیکن یہ زہر تمہیں نہیں کھانے دیں گے۔ یہ عذاب ہے...... تاریکی ہے...... ہر چند ہزاروں سال پہلے شہنشاہوں کے ہاں سگی بہنوں سے رشتے ہوتے تھے مگر بے شرمی، بے حیائی...... اور گنہ گاروں کی اس بستی میں کہ لوگ کھل کر سب کرتے ہیں...... ابھی تھوڑی سی حجاب والی روایت موجود ہے......

ورنہ...... دیوان عاشق حسین...... جو مہر النسا تم سے رشتہ باندھنے آئے تھے اور جن کی نگاہوں سے بچا کر میں نے تجھے بتول کے پاس بھجوا دیا تھا۔''

بہت دیر خاموش رہ کر ظہرہ نے خود کو پھر سے یکجا کیا اور بولی۔

''ان ٹوٹی پھوٹی باتوں کو جوڑ لو چندا...... ان میں وہی گہرائی ہے جسے تو سمجھتی ہے...... بس...... مجھے کچھ اور نہیں کہنا۔

''میں سمجھ گئی ہوں ماما...... آپ کا مدّعا بھی، مجبوری بھی۔''

بہت دیر دونوں ماں بیٹی سناٹوں میں رہیں۔ پھر مہر النسا نے آہستہ سے کہا۔'میں پیرس میں سیٹل ہو جاؤں گی...... پڑھائی بھی، جاب بھی...... دونوں میرے منتظر ہیں۔ گم نام رہنے کا بھی ایک الگ نشہ ہے...... مگر آپ وعدہ کریں...... کہ آپ میرے پاس آتی جاتی رہیں گی'' رک کر مہر النسا نے کہا۔ ''کہیں ناپرومس......''

ظہرہ نے دونوں ہاتھوں سے مہر النسا کے دونوں ہاتھ تھام لیے...... چومے......

آنکھوں سے لگائے......اور کہا"پرومس"

رک کر ظہرہ نے دوبارہ مہر النسا کے ہاتھ چومے اور بولی"میں آتی جاتی نہیں رہوں گی، مسجد اور مدرسے کا افتتاح ہو جانے پر میں ہمیشہ کیلئے تیرے پاس آ جاؤں گی......"

ایک کرب آلود مسکراہٹ میں خود کو سجا کر ظہرہ نے دوبارہ کہا"کومٹ منٹ"!

ع ڈھانپا کفن نے داغِ عیوب برہنگی

ہر چند کہ محلاتی غلام گردشوں سے لپٹا ہوا اور چاندی کے ستونوں سے مزّین یہ وسیع وعریض اور تباہ کن مہمان خانہ جام مصدق ہی کا تھا اور میں اس کے خاص مہمانوں بلکہ مہربانوں کے لیے یہاں بلوائی جاتی تھی، یہ سب مہمان عمر کے اس حصے میں ہوتے تھے جہاں اترتی ڈھلتی دھوپ کے باوجود ہوس اُبلتی صاف دکھائی دیتی ہے، حسرتیں مچل مچل کر عمرِ رفتہ کو آواز دیتی اور ہوگے بن بن سنبھلتی ہیں۔ مجھے انہیں جوان بھی کرنا ہوتا ہے اور سیراب بھی...... یہ قیمتی پروفیشنلزم تھی اور بس۔ کسی مہمان کی گفتگو، جملہ یا ادا کچھ یاد نہ رہتا تھا...... مگر آج کا مہمان سب سے الگ، انوکھا اور منفرد لگا مجھے، جو خود بخود دل میں اتر رہا تھا اور اس کی بُو باس نے ہی مجھے سپردگی کی سرشاری سے بھر دیا تھا۔ س کا بدن کُھلنے سے پہلے ہی ایک دعوت تھا اور نیلی آنکھوں، گہرے سیاہ بالوں اور زیور جیسی مہکتی مسکراہٹ ، پرکشش ترغیب تھی۔ سلمان گوہر کے بدن میں اک مِک ہونے کی ترغیب۔

سلمان گوہر پر کون عورت ہوگی جو مر مٹنے کیلئے مر مر نہ جائے گی۔ میں نے اپنی تمکنت اور...... اپنی ذات سے فیروزے کو یکسر منہا کر دیا تھا۔ اس وقت میں سمن تھی۔ سمن کی زندگی میں آنے والوں کی تعداد بھی ان گنت ہے مگر...... پوری زندگی کا پچھلا کھاتہ کھولوں تب بھی...... دو تین چار ہی ایسے ہوں گے جو مجھے لُوٹ کر بھی نہ لوٹے۔ مگر سلمان ان سب

میں بھی مجھے یکتا لگا۔

جب اس نے میرا ہاتھ تھاما تو وہ مجھے اس قدر جُدا اور دلکش لگا تھا کہ محسوس ہوا یہی تو ہے وہ، جس کی تلاش میں عورت کیا کیا جتن کرتی اور لٹتی چلی جاتی ہے۔ وہ لمحے بھر میں میرے اندر تک آ اترا تھا...... اور مرد کی دلکشی یہی تو ہے کہ مجھ ایسی عورت کی نگاہ اُس پر پڑے اور ٹھہر جائے اور دیر تک ٹھہری رہے۔ کیا یہ میرا وہی خواب نہ تھا جو بلوغت کی سرحد پہ ہی میرے دوپٹے میں آ بندھا تھا؟

میں اُس سے خوشی کشید کرنے کے لیے بے تاب تھی، اضطراب مجھے دہلا رہا تھا اور انا اور حُسن کا زعم، میرے پاؤں کی زنجیر سے بندھے تھے...... عورت، طوائف ہو، کال گرل ہو، ماڈل یا سیمی پروفیشنل یا محض ادا فروش ہی کیوں نہ ہو، اُس کے اندر...... بہت اندر کسی گمشدہ گوشے میں حیا کی ایک ایسی مہک ہوتی ہے جو اُسے پہل کرنے یا بہت زیادہ ننگے پن سے اس لیے روک دیتی ہے کہ اِسی میں اسکی پائیداری اور وقار چھپا ہوتا ہے۔ اسے بچا لینے میں ہی اسکی جیت بھی ہے جنت بھی۔ مگر یہاں معاملہ بس میں نہیں تھا...... میں جیسے تحلیل ہو رہی تھی فریفتگی میری نس نس میں بھری تھی، دل کی شریانیں تنگ ہو رہی تھیں اور پوروں پہ میٹھا رس جینے نہ دے رہا تھا...... میں نے ایک سو ایک مرتبہ ضبط کی ڈوری کو تھامے رکھا، جو بار بار چُھوٹ رہی تھی کہ وہ تھا ہی کمال کا، مردانہ جاہ میں ڈوبا، بے پایاں، دریا جیسا۔

میرے دل و دماغ کو گھما دینے کیلئے اسکا بدن ہی کافی تھا، ایک ہیجان، ایک طوفان! ہر چند کہ وہ خود ابھی تک متوازن اور سنہری تھا۔ کافی دیر سے وہ مجھے چھو نہیں رہا تھا۔ میں کرتی بھی کیا...... میں نے اندر ہی اندر خود سے سرگوشی کی۔

"فیروزے تو ہار گئی......"

اور میں نے اُسے خود چُھو لیا...... میرا بدن، بال بال، بھیتر ہی بھیتر گلاب کی طرح کھلنے بلکہ کُھلنے لگا...... توبہ توبہ توبہ...... توبہ توبہ!

جی الٹ رہا تھا میں چاہ رہی تھی کہ اُسکی جوانی اور رعنائی ایک پل میں اپنے اندر سمیٹ لوں اور خود بچھتی چلی جاؤں ہاں...... میرے چھونے سے اس کے اندر لال آندھی نے واورولے اٹھائے تو میرا صبر ٹوٹ پھوٹ گیا۔

شراب کے ساتھ میں نے اسے وہ میڈیسن بھی دے دی تھی جو مرد کے لیے چار گنا زیادہ مشقت سے کبھی نہ تھکنے کی ضمانت تھی۔ بس! دو طوفان تھے...... جو دو مختلف سمتوں سے امنڈ امنڈ کر ایک دوسرے میں گھل رہے تھے اور عجب ہے کہ دو طوفانوں میں تیسری بھی میں ہی تھی جو عاشق تھی۔ سلمان گوہر اولین محبوب کی طرح میرے اندر لہو میں لہو ہوتا چلا جا رہا تھا...... کہ مجھے پچھلی زندگی جرم لگنے لگی۔

جام مصدق نے مجھے ان مخصوص مہربانوں کے لیے جواہرات میں تول کر پابند کر رکھا تھا۔ میں جام صاحب کی ضیافتوں کی سب سے بنیادی ڈش تھی۔ جس کی فرمائش اکثر مہربانوں کی طرف سے ہوتی تھی۔ سردار رِند، زبیر چانڈیو، قادر جونیجو، کرامت چاندی والا اور پیر صاحب خمیسو خان کے علاوہ بھی بہت تھے جنہیں جام مصدق جان سے عزیز جان کر نچھاور ہو ہو جاتا تھا۔ ان سب سے اُس کی صحبتیں آباد اور محفلیں جوان ہو جایا کرتی تھیں کہ ان سب میں دولت، جاگیرداری، ایم این اے کی سیٹ، چودھراہٹ کی سرداری اور سیاسی تناؤ بنیادی استعارے تھے۔ یہ تو بعد میں کھلا کو جام مصدق کسقدر دُور کا نشانہ باز اور کیسا شطرنج کا کھلاڑی ہے...... کہ مات ہمیشہ دوسرے کے حصے میں آتی ہے۔ کیونکہ دوستی کے پردوں میں ہی وہ لوگ تھے جسے وہ اپنا سب سے بڑا دشمن سمجھتا تھا۔

سردار رِند بہت صاحبِ دل تماش بین تھا...... دولت کا حساب نہ رکھتا تھا، لُٹا کر خوش رہتا تھا...... میری ایک ایک ادا پر مر مر جاتا...... پاس بٹھاتا...... خوشبو محسوس کرتا...... سر سے پاؤں تک چومتا تھا۔ پھر رقص دیکھتا اور صبح، جب دبے پاؤں بستی پر اتر رہی ہوتی تو اس کے اندر سونامی جاگنے لگتی۔ پھر صحبت کے لیے گھٹا بن بن برسنے لگتا...... جب تک شراب

اسے نیند کی وادیوں میں اتار نہ لے جاتی یہ سب نہایت سلیقے سے ہوتا تھا۔ جس میں مجھ فیروزے کے لیے سامان راحت کوٹ کوٹ کر بھرا ہوتا تھا۔

مجھے حیرت اس بات پر البتہ ضرور ہوتی تھی کہ جام مصدق علی نے مجھے سب سے ملوایا...... یا سب کو مجھ سے ملوایا۔ سلمان گوہر تک کو بھی...... مگر وہ خود، نہ سردار رِند کی طرح تھا نہ قادر جونیجو کی طرح، نہ ہی اس میں صادق جکھرانی کا رنگ تھا، نہ طالب لاکھانی کا...... وہ عورت سے کم از کم مجھ سے، ہمیشہ فاصلے پر رہا، جام مصدق عجب بے نیاز شخص تھا۔ محفل جمتی تو شراب کا ایک جام ضرور لیتا اور بہت آہستہ سِپ کر کے اپنے مہربان کو انسپائر کرتا...... میں، رِند یا کوئی بھی مہمان جام مصدّق کے ساتھ مل کر شراب پیتے...... ہمیشہ تین کی محفل ہوتی...... صرف مہمان بدلتا تھا...... جب میں مہمان کو تیسرا گلاس بنا کر پیش کرتی، جام مصدّق ہمیشہ کی طرح نکل جایا کرتا تھا۔

اس نے کبھی مجھے گود لیا، ہاتھ پکڑا، نہ چوما...... نہ آنکھوں آنکھوں میں شہوت میں ڈوبا کوئی پیغام دیا۔ جاتے جاتے البتہ یہ ضرور کہہ جاتا۔ ”یہ مہمان نہیں مہربان ہیں کسر باقی نہ رہے۔“

یہ اس بات کی تاکید تھی کہ صبح تک مہربان کو بہ اصرار پیش کاری رہنی چاہیے۔ بہ اصرار شراب کی دوسری بوتل کھل جانے تک، اور ضرورت سے کچھ زیادہ...... حتیٰ کہ ہر مہمان شراب اور شباب کی حرارت سے ابلنے لگتا...... تب صحبتیں شروع ہو جاتیں...... ایک دو...... تین......!

اور کوئی تو تیسرے وقفے کے دوران میں ہی بے ہوش ہو کر اپنی اور میری جان چھوڑ جاتا۔ اس کا ساکت بدن پتھر بن بن جاتا، تب ہی غنودگی کے بوجھل ترین لمحات میں وہ میرے ہاتھوں کو، گردن کو اور دودھ کو چومتا اور چِت ہو جاتا۔ صبح چار بجے جام مصدّق خود آ کر مجھے رخصت کرتا، مالا مال کر کے اور خوش ہو کر اور ساکت مہمان، کِہ کبھی کارڈیالوجی، کبھی

پمز بھجوا دیا جاتا کہ بقول جام کے "بے وقوف...... چھچھورے نے پی بھی زیادہ ہے......اور مشقت بھی زیادہ کی ہے جسے برداشت نہیں کر سکا اللہ خیر کرے......"

میں نے کبھی سوچا تھا نہ غور کیا تھا...... نہ ان پُر اسرار معاملات کو سمجھنے کی کوشش کی تھی۔ یہ تو اس دن بات کُھلی جب ایک دو تین...... چار سردار رند، قادر جونیجو، زبیر چانڈیو...... اور صادق سومرو...... ایک ایک کر کے پہلے ہوسپٹل اور پھر گھر منتقل ہو کر اللہ کو پیارے ہوتے چلے گئے اور جام مصدق علی کے لیے سیاسی، سماجی اور سرداری میدان خالی ہوتا چلا گیا۔

پھر مجھ پر منکشف ہوا کہ خاص مہمان ہی وہ لوگ ہیں جن سے جام مصدق خوف زدہ ہے۔ جن سے اسکی سیاسی کشمکش بڑھتے بڑھتے آکاس بیل کی دشمنی کی طرح پل چکی ہے۔ یہ دشمنی ہی جام کو جینے نہ دیتی تھی تب اس نے خون خرابے کی سیاست چھوڑ کر دانش مندی سے محبت کی رسی دراز کر کے ایک ایک کو باندھا...... اور محبت اور اصرار سے اور بعض اوقات منت سے انہیں دعوت پر بلایا اور فراوانی سے ہر شے لٹا کر ان کے اندر کے روگ زندہ کرتا چلا گیا۔ وہ دل کے مریض اور بلڈ پریشر کے شکار پہلے سے تھے۔ آدھی رات کے بعد تیز شراب اور الہڑ شباب کو دیکھ کر انہیں زندگی ہار جانا قبول ہوتا...... کیونکہ سومرو کی موت سے ہی مجھ پر کُھل گیا تھا کہ یہ سب کیا ہے۔ سومرو، شراب کی پوری بوتل کے بعد بھی ہوش میں تھا وہ میرے بدن میں یوں گندھ رہا تھا جیسے میدے میں پانی جذب کر دیا جاتا ہے۔ اس کے ابال اسے وقفہ بھی نہیں کرنے دے رہے تھے...... اور پھر اس نے میرے اندر گندھے گندھے اپنے دل پر ہاتھ رکھا، دبایا اور اسکی کلائی کانپ کر رہ گئی...... میرا سارا نشہ ہرن ہو گیا...... تب میری ذرا سی کوشش سے وہ مجھ سے جدا ہو کر بیڈ پر گر گیا، کانپا اور ساکت ہو گیا۔ میں نے کپڑے بدلتے ہوئے خطرے کی مخصوص گھنٹی بجائی...... جام مصدق دو مزارعوں کے ساتھ خود پہنچا...... وہ پریشان ہونے کے بجائے نارمل تھا۔ بلکہ اندر کی سرشاری سے

مطمئن۔ اس کا سب سے کڑا حریف چت ہو چکا تھا۔ اشاروں میں اس نے ملازموں کو سمجھایا...... اور ایمبولینس کے لیے کہا۔

مگر ایمبولینس آنے سے پہلے سومرو کو کپڑے پہنائے...... اور دوسرے کمرے میں لے جا کر لٹا دیا......

مجھے اِسی دن معلوم ہوا تھا کہ میں جام مصّدق کے ہاتھ میں کتنا بڑا ہتھیار تھی...... اور دشمن کو راہ سے ہٹانے کے کیا کیا طور طریقے ان وڈیروں نے ایجاد کر رکھے تھے۔ مجھے ماضی یاد آنے لگا۔ جو گواہی بن کر میرے سامنے آ کھڑا ہوا تھا کہ زبیر چانڈیو...... تین صحبتوں کی مے نوشی اور میری کارکردگی پر کیوں کر پھز گیا تھا اور پھر نہ لوٹا تھا۔ پھر قادر جونیجو مضبوط ہونے کے باوجود دوسری صحبت میں ہی تڑپنے لگا اور پھر ایسا مفلوج ہوا کہ دل ہوسپٹل میں جا کر بند ہو گیا۔ سردار رِند...... کو بھی میرے ساتھ سوتے میں ہارٹ اٹیک ہوا تھا۔

جام مصّدق نے اِسے کس محبت اور نم آنکھوں سے کارڈیالوجی پہنچایا اس کے گھر والوں کو بلایا۔ خود دن رات تیمارداری کی۔ اخراجات تک برداشت کیے...... سردار رِند بے ہوشی میں ہی چل بسا تھا۔ جام مصّدق نے اس کے لیے فاتحہ خوانی کرائی۔ اس کے دوستوں کو جمع کر کے چالیسویں کی رسومات تک ادا کرائیں۔ سب کو کھانا کھلایا اور سردار رِند کے لیے تعریفی کلمات کہے۔

میں خود اس کے چالیسویں میں شریک تھی۔ اس مرتبہ مجھے چار لاکھ روپیہ اس لیے زیادہ ادا کیا گیا کہ مصّدق کی خوشی ضبط کے باوجود چھلک آئی تھی۔ مصّدق نے مجھ سے کہا تھا ”بے چارا بے اولاد تھا...... لے پالک بھی لڑکی ہے...... قصہ پاک ہو گیا تم نے بڑا کام کر دیا۔ پورا قصبہ اب ہمارا ہے......“

میں جام مصّدق سے ڈرنے لگی تھی۔ میں نے بات کو سمجھ کر آدھی شراب گرانی شروع کر دی...... تبھی تو قاضی صبور، دورہ پڑنے کے باوجود چند دنوں میں ٹھیک ہو گیا تھا۔

جام مصدق جانتا تھا کہ اس کے سیاسی حریف بلڈ پریشر کے مریض بھی ہیں اور انکی دلی شریانیں بھی تنگ ہو چکی ہیں......وہ ان کے لیے ایسا میٹھا انتظام کرتا تھا کہ اس کے آس پاس سارے میدان صاف تھے۔ میری خدمات سے وہ بہت خوش تھا مگر میری کارکردگی تماش بینوں کے توسط سے ہی نئے لوگوں تک پہنچی اور دور دور تک شہرت پا گئی۔ ہر تماش بین للچا اٹھتا اور بعض لوگ فرمائش اور خوشامد کر کے جام سے مجھے بلوانے کی فرمائش کرتے...... بے وقوف نہ جانتے تھے کہ میں ان کی رسیلی موت ہوں۔

پورے سندھ اور پنجاب کے وڈیروں میں میری دھوم تھی......مگر جام مصدق کو صرف سندھ سے کام تھا۔ جہاں اسکی مرادیں بَر آتی تھیں۔ اس نے قادر جونیجو، سردار رند، سومرو، زبیر چانڈیو کے بعد صادق جکھرانی، طالب لاکھانی اور قاسم علی کو ایک سال کے اندر پرلطف دعوتوں سے ہی راہ سے ہٹا کر اپنے سارے کانٹے صاف کر دیے تھے۔ میں نے ایک روز جام سے اشارتاً ذکر کر دیا تو وہ چونک گیا اس نے ایک رات کا معاوضہ چار گنا کر دینے کی پیش کش کر دی میں انکار نہ کر سکتی تھی مگر مجھے احساس ہو چکا تھا کہ میں نے اسکی چوری پکڑلی ہے تاہم مجھے ذکر نہ کرنا چاہیے تھا میں بے حد خوف زدہ ہو چکی تھی......اور خود کو محتاط کر لیا تھا لیکن جب اسنے مجھے خود اعتماد میں لے کر سلمان گوہر کے لیے خدمات مانگیں تو میں لرز گئی......سلمان گوہر تو میرا محبوب تھا، میں جی جان سے اس پر صدقے تھی...... مجھے لگا، جام مصدق مجھے زہر پھانکنے کے چالیس لاکھ دے رہا ہے۔ میں انکار کر سکتی تھی نہ اقرار......جبکہ جام فوراً اقرار چاہتا تھا کیونکہ سلمان گوہر پر شراب اثر انداز ہو رہی تھی نہ شباب۔

میں نے جام مصدق کو یقین دلایا کہ سلمان گوہر فوراً مرنے والا نہیں ہے اس پر محنت کرنا ہوگی......مرے گا نہیں تو میں اسے جینے کے قابل بھی نہ رہنے دوں گی۔ جام میری تسلی پر خوش ہو گیا۔ اس نے باقی دشمنوں کو دوست بنا کر ایک جھٹکے میں صاف کر دیا تھا اور مجھے خبر تک نہ تھی۔ مگر سلمان میں، میری روح تھی، جان تھی...... ہر چند کہ وہ بلڈ پریشر کا ذکر

کیا کرتا تھا اور اسی لیے میں اس کو اصرار کے باوجود شراب کم سے کم دیا کرتی تھی، وہ بھی زیادہ پانی ملا کر۔ اور آخر میں تو میں اسکا آدھا گلاس آنکھ بچا کر گرانے لگی تھی۔ میں اسے جیتا دیکھنا چاہتی تھی۔

ایک روز اس کے بے حد اصرار اور پھر ناراض ہونے کے سبب اُسے سرگوشی میں سمجھاتے ہوئے دل کی اصل بات کہہ دی...... اور یہ بھی بتا دیا کہ وہ مجھے ایک مرتبہ الگ ملے...... مگر اس کا ذکر کسی سے نہ کرے۔

سلمان گوہر، ہوشیار آدمی تھا...... تھوڑی بات کو سمجھ گیا اور مجھ سے ملنے ظہرہ محل چلا آیا۔

یہ کوئی کمزور لمحہ نہیں تھا، میں نے جی جان سے اسے سمجھایا کہ اسکی جان خطرے میں ہے اور یہ بھی کہ کون کون لوگ اور مسافر اسی راستے سے ہوتے ہوئے دیوار کے پار جا چکے ہیں۔ سلمان کُھلی کُھلی بات سن کر کانپنے لگا۔ اس نے پہلی مرتبہ ایک طوائف کی بات پر اعتبار کر کے ایک نئی دنیا دیکھی تھی کیونکہ وہ جام مصدق پر بہت ناز کرتا تھا اور خود سے زیادہ بھروسہ بھی اُسی پر تھا۔ اسے یہ سب سن کر سخت مایوسی ہوئی۔ اور اس نے جام مصدق کی دعوتوں سے آنے بہانے گریز شروع کر دیا...... بلکہ ایک مرتبہ اصرار پر یہ تک کہہ دیا کہ اب اس کے دل میں اتنی سکت نہیں ہے کہ جام مصدق کی رنگین محفلوں کا مقابلہ کر سکے۔ جام مصدق جیسا مکّار یہ سن کر پہلی مرتبہ سنّ ہو گیا......

اس نے فوراً دُلّے باگڑی کو بھجوا کر مجھے طلب کیا۔ دُلا اس کا سب سے قابل اعتبار کارندہ تھا۔ میں نے دُلّے کو اپنی بیماری کا یقین دلا دیا۔ مگر دس روز بعد دُلا پھر مجھے بلانے آیا۔ میں تب بھی بہانے سے نہ گئی۔ مجھے اپنی موت کے لیے بلایا جا رہا تھا۔ تب میں نے ظہرہ مشتاق کو صاف صاف بتانا ضروری سمجھا۔ اور بتایا کہ کروڑوں روپے کے بدلے میں مَیں نے، کن، کن لوگوں کی جان اور جوانی سے کھیل کھیلا تھا اور کس کس کو دوسرے جہان پہنچایا تھا...... ظہرہ مجھے تائب ہونے کے لیے قائل کرنے لگی۔ میں نے گھر سے نکلنا بند کر

دیا...... بلکہ ایک خفیہ، پوش بستی میں ایک فلیٹ بھی خرید لیا۔ جو اس جہان سے دور اور الگ تھلگ تھا۔ میں ابھی اس فلیٹ میں منتقل ہونے کی تیاری میں تھی کہ سلمان گوہر مجھے ملنے آ گیا...... میری چھت پہ میرے نصیب کی بارشیں برسنے کو تھیں کہ عین اس وقت صندل، بنا پوچھے دُتے باگڑی کو لیے اندر آ گئی...... میں سلمان گوہر کے ساتھ بیٹھی تھی۔ وہ پیغام دے کر چلا گیا تو میں خطرات میں گھر چکی تھی اور سلمان گوہر بھی۔

میں نے سلمان گوہر کو ہر چیز سے آگاہ کر کے شہر سے چلے جانے پر قائل کر لیا...... پتہ نہیں اس نے ایسا کیا یا نہیں مگر میں نے گھر سے نکلنا بند کر دیا......اور ہر کسی کا داخلہ بھی بند کروا دیا۔

کئی ماہ گزر گئے تو ظہرہ مشتاق اسے اپنی تبلیغ کے اثرات سمجھ کر حیرت میں ڈوبی رہی۔ مگر میں نے اپنا فلیٹ نہایت رازداری سے فرنشڈ کرا لیا تھا اور آخر کار مجھے اس میں منتقل ہونا تھا کہ ٹھکانہ بدلنا بھی اپنی حفاظت ہی کی کوشش تھی، جسے میں عبادت سمجھ کر کر رہی تھی۔

ع ہم نے ہر دور میں تذلیل سہی ہے لیکن

فیروزے نے میری ہی تبلیغ سے اپنی زندگی بدل ڈالی تھی۔ دو ماہ تک تو وہ کسی سے ملی نہ باہر نکلی۔ ڈولا باگڑی پانچ مرتبہ اُس کی تلاش میں آیا اور ناکام لوٹا۔ اگر وہ ظہرہ محل کی تلاشی پہ تُل جاتے تو فیروزے کو دیوار کے درمیان بنی الماری، جو ایک چھوٹے بیڈروم کی طرح تھی، تلاش کر لیتے مگر مجھے یقین ہے فیروزے کی نیت نیک ہونے کے سبب خدا نے اس کی مدد کی تھی۔ ہر چند اُس نے سلمان کے عشق میں بڑی قربانی دی تھی کہ زندگی کا تانا بانا ہی بدل دیا تھا۔ مگر جام مصدق کے مخبروں کی مسلسل ریکی سے تنگ آ کر اس نے اپنا نیا ٹھکانہ چن لیا تھا اور پھر بھیس بدل کر ایک روز وہ صندل کو لے کر رکھشے میں بیٹھ گئی اور اپنے فلیٹ میں منتقل ہو گئی جس کا اتہ پتہ مجھے بھی نہیں بتایا گیا تھا۔ ہر چند کہ وہ زندگی سے اس قدر شدت سے پیار کرنے والی تھی نہیں، مگر اب اس کو اپنی جان، اپنے ماضی، حال اور مستقبل اور تمام دولت سے کہیں زیادہ قیمتی اس لیے تھی کہ سلمان گوہر کے ملنے کی امید ہی اس کی جنت تھی۔ وہ اپنی حفاظت میں اس بُری طرح ہلکان ہو رہی تھی کہ سلمان گوہر سے بھی یہ طے ہو چکا تھا کہ ملاقات کے لئے بھی وہ خود اس کے ہاں پہنچے گی...... وہ اس کے فلیٹ پہ نہیں آسکے گا نہ ہی سلمان کو فلیٹ کا اتہ پتا بتایا گیا تھا۔ اس وقت یہ دونوں ایسی جوانیاں تھیں جو لعل و گوہر، جواہرات، سونے اور دولت کے علاوہ عشق میں گندھے اچھے لمحوں کے منتظر بھی تھے اور

مضطرب بھی۔ میری اطلاع کے مطابق...... جام مصدق اس کے خون کا پیاسا ہو چکا تھا...... اور سمجھا جائے تو فیروزے بھی اُس کی موت کی طالب تھی۔ مگر ایک بے بس عورت تھی۔ ہمارا آپس میں فون پر بھی رابطہ نہیں تھا...... کہ شروع میں ہمارے ٹیلی فون اس لیے ٹیپ کیے جاتے تھے کہ حکومت اپنے سیاسی مخالفوں کے رازوں سے آشنا ہو کر انہیں ایکسپلائٹ کر سکے۔ مگر بعد میں جام مصدق کے حلق میں فیروزے، کانٹا بن گئی تھی، فیروزے کے پاس جام کے اتنے خوفناک راز آ جمع ہوئے تھے کہ اس کی ساری پارسائی اور سیاسی طاقت ایک وار سے ہی موت کے پروانے میں تبدیل ہو سکتی تھی۔

ایک دو مرتبہ صندل کی زبانی ہمارے درمیان پیغام رسانی ہوئی تھی۔ وہ بھی صرف روپے پیسوں کے لیے۔ معلوم ہوا وہ بیمار ہے اور اپنے معالج ڈاکٹر سبزواری سے چیک اپ کرانا چاہتی ہے۔ بہت بھیس بدل کر اس نے شٹل کاک افغانی برقع بھی اوڑھ لیا اور اعلیٰ ترین گاڑیوں میں سفر کرنے والی فیروزے، صندل کو پیدل ساتھ لیے چوراہے تک چلتی چلی گئی...... اور عام لوگوں کی طرح چلتی پھرتی ٹیکسی لے کر معالج کے پاس پہنچی اور چیک اپ کرا کے میڈیسن کا ذخیرہ لے کر پھر گھر پہنچ گئی۔

اس کے پاس سونے، جواہرات اور دولت کے انبار اتنے تھے کہ اب تو اُسے اپنے لاکرز کی صحیح تعداد بھی یاد نہ رہی ہو گی۔ وہ سوچتی رہی اور کوئی فیصلہ نہ کر سکی۔ حالانکہ میرے اصرار پر اگر وہ چاہتی تو اس دولت کو جو انسان کے لئے ایک عذاب سے کم نہیں، صحیح مصرف میں لگا سکتی تھی...... ہوسپٹل، مسجد یا کوئی کالج...... اور اسکا ٹرسٹ۔ مگر ہم لوگ خود کو دیر تک آزماتے ہیں، میں نے بھی اپنے فیصلے پر پہنچنے کے لیے برسوں سوچا تھا...... کہ نیکی کے لیے ظرف چاہیے اور اس ظرف کو پیدا ہونے میں وقت لگتا ہے۔

اس دوران میں ایک مرتبہ، فیروزے نے ہی کسی کمزور لمحے میں سلمان کو فون کیا اور بلا لیا۔ وہ بھی اُڑ کر پہنچا۔ پہلی مرتبہ فلیٹ میں ہی سویا۔ اور دوسرے دن واپس چلا گیا۔

پھر بہت سے دن گزر گئے۔

کئی مہینوں سے وہ مجھے ملنے ظہرہ محل بھی نہیں آ رہی تھی...... بس یہی سمجھتی رہی کہ طوائف، عشق میں کچھ بھی کر سکتی ہے...... خود جان دے سکتی ہے، جس پہ جی جان سے فریفتہ اور عاشق ہو، بے وفائی پر اُسی محبوب کو قتل بھی کر سکتی ہے...... اور اس کے بعد عمر بھر ماتم بھی۔ اور فیروزے تو عشق سے آشنا ہی اب ہوئی تھی، میں نے سوچا اِسے اس دریائے بے کنار میں ڈوب لینے دینا چاہیے اس کے بعد شاید وہ اُس راہ پر آ جائے جو کسی بڑے ہوسپٹل یا کالج کی بنیادوں تک جا سکتی ہے مگر ایسا نہیں ہو سکا۔ وہ اپنے عشق میں اسقدر ڈوب گئی تھی کہ جلدی جلدی وصال کی خواہش نے اسے بے بس کر دیا تھا اور اسکا وہ حصار جو اس نے اپنی حفاظت کے لیے تعمیر کیا تھا، ٹوٹنے لگا تھا...... فون پہ براہ راست سلمان سے گھنٹوں باتوں نے، اسے ہر خوف اور خطرے سے ماورا کر دیا تھا۔ پھر ایک روز اخبار کے آخری صفحے پر سلمان گوہر کی تصویر نے مجھے چونکا دیا۔ دیکھا تو اس کے قتل کی خبر تھی۔ میرا کلیجہ دھک سے رہ گیا۔ میرا ماتھا تو اُسی دن ٹھنکا تھا جس دن دونوں کے گھلنے ملنے اور فون پر رابطے کی خبر ملی تھی۔

خبر کے مطابق سلمان گوہر کو، اسکی گاڑی سمیت نا معلوم قاتلوں نے کڈنیپ کر لیا تھا دو...... روز تک اسکا کچھ پتہ نہ چلا مگر تیسرے روز اس کی گاڑی حیدر آباد روڈ کے ایک تاریک کونے میں کھڑی مل گئی جس پر ایکسیڈنٹ کے نشانات اخبار کے مطابق مصنوعی طور پر بنا دیے گئے تھے۔ گاڑی میں خون تھا نہ سلمان گوہر کی لاش۔ اگلے دن کے اخبار میں اسکی لاش کو تلاش کر لیا گیا تھا۔ جو بوری میں بند کر کے نہر میں پھینک دی گئی تھی۔ اور بوری کے اندر لاش کے ساتھ من بھر پتھر بھی بھرے تھے۔ لگتا تھا اسے زندہ پانی میں ڈبو دیا گیا تھا۔

میں فیروزے کے لیے بے چین تھی...... وہ بے وقوف مجھ سے رابطہ کیوں نہیں کر رہی تھی۔ کاش مجھے اس کے فلیٹ کا علم ہوتا...... میں اُڑ کر پہنچ جاتی۔ کم از کم ان حالات میں اسے صندل ہی کو بھجوا دینا چاہیے تھا جبکہ دشمنوں کا اصل ٹارگٹ تو مکمل ہو چکا تھا۔ مگر پتہ نہیں

صدمے میں خوف میں یا بیماری کے باعث وہ رابطہ نہیں کر رہی تھی...... صدمہ...... ایسا صدمہ تھا کہ وہ اگر میرے ہاں چلی بھی آتی تو اسکا مداوا نہ کر سکتی تھی...... پھر بھی میں نے اُس کے صبر کے لئے دعا کی تھی۔

چند روز بعد کراچی کے کمفرٹس ٹاور کے فلیٹ نمبر 144 سے عجیب قسم کی بو پھیلنے کی اطلاع پولیس کو دی گئی...... دروازہ توڑ کر دیکھا گیا اندر لاشوں میں کیڑے چل رہے تھے۔ اخبار میں لاشوں کو نوجوان اور خوبرو عورتیں لکھا گیا تھا صرف ایک کا نام ایک ڈائری پر سمن لکھا ہوا ملا تھا...... دونوں کو سخت اذیت دے کر اور کرنٹ لگا کر ہلاک کیا گیا تھا۔

میرا دل بند ہوتے ہوتے رہ گیا۔

سمن، فیروزے کا ہی نام تھا......

میں اُس کی لاش تو نہ دیکھ سکی، لیکن ٹی وی چینل پر بار بار اسکی اور صندل کی جھلک دیکھ کر یقین ہو گیا تھا کہ فیروزے اور صندل کا انجام کسقدر دردناک ہوا ہے۔

تین دن بعد پوسٹ مارٹم کی انتہائی سنگین تفصیل پڑھ کر میرے رونگٹے کھڑے ہو گئے...... اسے اس کے جرم کی سزا دینے کیلئے زبردستی ڈھیروں شراب پلائی جاتی رہی اور تازہ دم اجڈ اناڑیوں کی یلغار سے اس کی تذلیل کی جاتی رہی کہ موت اور زندگی ایک سزا کے طور پر اس کے بدن میں رینگتی اور اس کی اذیتوں میں اضافہ کرتی رہیں اور پھر اسی شراب میں اس کے بدن پر کرنٹ چھوڑ چھوڑ کر جھٹکے دیے گئے اور اسے اسی المناک حالات میں موت کی وادیوں میں دھکیل دیا گیا۔

پولیس کے پاس وہاں سے ملنے والی صرف ایک ڈائری کی قیمت کروڑوں تک پہنچ گئی تھی جس میں بڑے شہروں کے کئی نامور روسا، سیاسی شخصیات اور صنعت کار شامل تھے۔ نام کٹنے کی قیمت کروڑوں میں تھی۔ ورنہ دفعہ 302 میں بڑے سے بڑے شخص کی زندگی معلق تھی۔ رسوائی، خاندان کے سارے پردے چاک کیے دے رہی تھی...... اور

مقدمہ درج ہونے پر کروڑوں خرچ کر کے بھی ذلت ہی ذلت تھی۔ سو انکوائری، انوسٹی گیشن سے کچھ سامنے نہیں آ رہا تھا۔

صرف فلیٹ نمبر 144 کی رجسٹری ملی تھی جو سمن بیگم زوجہ سلمان گوہر کے نام پر ہوئی تھی ایک عورت ہونے کے ناتے میں کئی روز تک کانپتی رہی اور سوچتی رہی کہ ہم کس دنیا کے باسی ہیں کہ اپنے انتقام، اپنے گناہوں کے خوف اور اپنی بزدلی کا بدلہ ہر بے بس عورت سے لیتے اور اس پر فخر کرتے ہیں۔ کتنے کالے ہیں ہم، ہمارا معاشرہ ہمارے روسا، ہمارے بڑے۔

میں چالیس روز تک فیروزے عرف سمن کے دکھوں میں بھیگتی اور اپنے دکھوں کو یاد کر کر کے بلکتی رہی۔ میں نے زندگی بھر میں اسقدر آنسو نہیں بہائے تھے، جسقدر فیروزے کی موت یا اس کے المناک انجام پہ...... اور اپنے دکھوں کو یاد کر کر کے بہا دیے۔ میں نے حضرت عطار سے اس کے گناہوں کے لیے مغفرت کی دعا کرائی تھی مگر مجھے چین نہیں پڑتا تھا۔

ہر چند اس کے آدھے سے زیادہ لاکرز کی چابیاں اور حصے داری میرے پاس تھی اور اپنی دولت کے علاوہ اسکے لاکرز میں اس کی دولت کے انبار اب میری ہی دسترس میں تھے۔ مگر کروڑوں کے جواہرات مجھے زہر لگ رہے تھے اور کروڑوں کے زیورات مٹی۔ سب میری مٹھی میں ہونے کے باوجود بھی میرے لیے کسی ایک مسکراہٹ کا سبب بھی نہ تھے۔ میں کئی روز تک غم کے بوجھ سے نکل نہ سکی۔ اِس دنیا کی اہمیت پہلے ہی میرے نزدیک کم سے کم ہو رہی تھی۔ اب اور بھی بے وزن اور بدصورت ہو گئی تھی۔ حضرت باعطار نہ ہوتے تو ایک راستہ جو میرے لیے سکون کا دروازہ کھول رہا تھا...... وہ بھی نہ ہوتا۔ یہی راستہ عاقبت سنوارنے اور موت کو کم آزار بنانے کا تھا...... ہاں شاید...... موت کو آسان بنانے کا تھا......

میں نے پہلی مرتبہ اس قدر گڑگڑا کر رب سے دعا مانگی کہ اے میرے رب میرا انجام بہتر کرنا...... کہ میں تیرے راستے کی طرف سب سے پہلے لوٹی تھی۔

ع زندگی ہے یا کوئی طوفان ہے

صبازادی نے کمرے میں داخل ہوتے ہی پہلے خوشبودار ٹب میں لیٹ کر غسل کیا اور نائٹی پہن لی تھی۔اس کے مسام مسام میں مسحور کن پرفیوم رچ گیا تھا اور وہ اپنے آپ میں مست ہو کر مسکرا اٹھی تھی۔

ابھی تین دن پہلے وہ اسلام آباد سے لاہور اسی فائی سٹار میں آ چکی تھی اور ایسے ہی کسی ان دیکھے مرد کے ساتھ ایک رات گزار کر لوٹی تھی......اور آج بھی اِسے اسلام آباد سے ہی کاشف خان کے لیے لاہور بھجوایا گیا تھا...... یہ بکنگ دو ماہ چار دن پہلے اگست کی بارہ تاریخ کو ہوئی تھی۔

کاشف خاں کی تصویر اس کے پرس میں تھی۔لہٰذا اس نے پہلی مرتبہ تصویر نکال کر غور سے دیکھا...... بہت وجیہہ اور خوبصورت نوجوان تھا۔جب تصویر اتری ہوگی تب پینتیس سال سے زیادہ کا نہ ہوگا اور تصویر بتا رہی تھی کہ وہ اِسی برس اتاری گئی ہے۔خوبصورت نقوش، خوشیوں بھرا چہرہ، نیلی آنکھیں...... حیرت ہے، اس نے سوچا کیسا عاشق ہے جس نے اسے کیٹ واک میں پسند کیا اور لاہور کے لیے مہینوں پہلے بک کرالیا۔

کمال ہے...... جب بڑے لوگ یہی کرتے ہیں۔ہر پسندیدہ عورت کو پسند، اسلام آباد میں کرتے ہیں...... اُس سے ملتے لاہور میں ہیں۔اسلام آباد میں بے شمار ہوٹل

اور گیسٹ ہاؤسز ہونے کے باوجود، لاہور کیوں آتے ہیں؟ شاید ذرا دور سمجھ کر...... کسی اپنے کی نگاہ سے بچنے کی خاطر...... الگ تھلگ، فاصلے سے۔

سکون کے دو سانس، محبت سے محرومی، یا دل پشوری اور موج مستی! ہر شخص کا مقصد الگ...... جواز الگ۔ کوئی سکون کے دو سانس کے لیے کہتا ہے، دوسرا محبت اور چاہت کے لیے، تیسرا بیوی کی سرد مہری، ٹھنڈا پن، چوتھا محبوبہ کی بے وفائی...... ہر ایک کا جواز اپنا انداز اپنا......

سب عورتیں ایک سی ہوتی ہیں مگر مرد سارے ہی مختلف ہوتے ہیں یا کم از کم شو یہی کرتے ہیں کہ وہ منفرد ہیں، مختلف ہیں...... بے شک یہ ثابت کرتے ہوئے ان کے گردے فیل ہو جائیں۔

دو ماہ چار دن پہلے...... کاشف خان نے بھی دل پشوری کہہ کر فیروزے کو صبازادی کے لیے تین لاکھ پچیس ہزار روپیہ دیا تھا......

صبازادی نے ایک نگاہ کمرے کی ملگجی فضا پہ ڈالی جس میں ڈِم لائٹس نے عجب جال سا بن رکھا تھا۔ کمرے میں ایک خصوصی نشے میں ڈوبی فضا تھی جس میں آنے والے لمحات کی سرشاری تھی ایک نئے ذائقے کی نوید تھی...... اور آج قسمت کی پڑی میں سے پھول نکلتے ہیں یا کانٹے...... یہ ایک الگ سحر تھا۔ اسی تجسس کے سحر نے صبازادی کے دل کو رسیلے گداز سے لبالب کر دیا تھا۔

''ٹکِ ٹکِ ٹکِ'' مخصوص دستک...... سن کر صبازادی نے لپ سٹک درست کی اور دانستہ دوسری دستک کا انتظار بھی کیا۔ ''ٹکِ ٹکِ ٹکِ'' صبازادی نے مدہوش سی آواز میں کہا۔ ''یس''

دروازہ بہت آہستہ کھلا...... کلچرڈ لوگوں کے انداز میں، کاشف خاں سے ملتا چہرہ اندر آیا...... اور بڑے ہی ادب سے مسکرا کر صبازادی کو دیکھا۔ صبا نے بھی مسکرا کر ''ہیلو

سے اسکا استقبال کیا۔ مگر کاشف نے پہلے دروازہ اندر سے لاک کیا اور پھر مڑ کر کہا

''ہائو''......خوش؟باش؟''

''اس لیے کہ آج زندگی میں پہلی مرتبہ آپ جیسا نوجوان ساتھی نصیب میں آیا ہے''

جوتے اتارتے ہوئے کاشف نے جواب میں کہا ''ویسے......بُرا نہ ماننا میں اس سے پہلے نو 9 لڑکیوں سے بھی یہی جملہ سن چکا ہوں یہ کیا چکر ہے؟''

''ہوسکتا ہے انکی زندگی میں بھی پہلی مرتبہ تم جیسا آیا ہو......اس میں چکر کیا ہوسکتا ہے؟''

''ہاں......ہاں......'' کاشف کے دماغ میں مردانہ برتری پھیل گئی اور وہ اندر ہی اندر خوش باش ہوگیا۔

''مان لی تمہاری بات......لڑکیاں ہر کسی سے خوش ہوتی ہیں نہ ہر کوئی انہیں خوش کرسکتا ہے۔ بڑے بڑے چغد بھی تو آتے ہیں راہ میں؟ آخر یہ دنیا ہے اور...... اور دنیا کے پاس کرنسی ہے۔'' وہ کھل کر بیٹھتے ہوئے کہنے لگا۔''اور جس کے پاس کرنسی ہے......وہ ملک ہے، سردار ہے، وزیر سفیر ہے، وڈیرا سائیں ہے،، بس وہی وہ حاکم ہے......اور دل پشوری کرنا اسکا نصیب بھی ہے......حق بھی۔'' رک کر کاشف نے کہا۔

''پہلے تم کب آئی تھیں لاہور......لگتا ہے میں نے تمہیں دیکھا ہے......''

''ہر کوئی یہی پوچھتا ہے......یہی کہتا ہے......کیا مزہ ملتا ہے ایسی باتوں میں؟''

''اندر سے ہر آدمی، ہر مرد خالی ہوتا ہے جانی......سچ کہوں؟'' رک کر اس نے بات بڑھائی۔

''باہر سے اُسے مت جانو......اسکی دنیا، اُسکا جہان، اُس کے گورکھ دھندے، الجھنیں، شکستیں، فتوحات......سب کچھ اس کے اندر ہوتا ہے رانی......میں تمہیں رانی کہہ

لوں؟''

''تم مجھے ملکہ بھی کہہ سکتے ہو...... داسی بھی''

''ویری گڈ...... واقعی۔ میں نے تمہارے بارے میں سن رکھا تھا کہ میڈم کے پاس ''سلمےٰ'' نام کی لڑکی...... کمال کی چٹاخ پٹاخ بولتی ہے...... کھلم کھلا، بے تکلف، بے ساختہ...... پورا پورا ساتھ دیتی ہے...... جیسے جنم جنم کی پیاسی ہو، بن دیکھے، میں نے کہا سلمےٰ کو لاہور لے جاؤں گا...... خواہ کچھ بھی ہو جائے۔ پھر تمہیں کیٹ واک میں دیکھا تو ہار گیا دل۔ پر میڈم ظہرہ بہت مشکل سے رضامند ہوئی تھی۔ زیادہ وصول کیا ہے بلکہ ڈبل، میں جانتا ہوں...... اتنے میں دو لڑکیاں مل سکتی ہیں۔ مگر تم دس کے برابر ہو۔ میں نے ایک لمحے میں جان لیا ہے تمہیں...... حالانکہ سنا یہ تھا کہ سلمےٰ تین کے برابر اکیلی ہے۔ ہنس مکھ...... پیار دینے والی...... احساس ہی نہیں ہونے دیتی کہ وہ کبھی کسی دوسرے کی بھی تھی یا ہو سکتی ہے...... جب تک آپ کے پاس ہے آپ ہی کی ہے...... مگر ان کا اندازہ غلط تھا...... تم دس کے برابر ہو...... سو آئی لو یو...... رئیلی آئی لو یو جانی......''

''تھینکس!''

''کتنا پڑھی ہو؟''

''سچ بولوں گی...... جو سیکھا آپ لوگوں سے سیکھا جب گھر سے چلی تھی صرف قرآن پڑھا تھا...... وہ بھی ناظرہ......'' رُک کر صبازادی نے پوچھا ''اور تم؟ تم تو یقیناً......''

اسکی بات کاٹ کر کاشف نے کہا ''دس بارہ جماعتیں کسی قابل تو نہیں ہوتیں...... وہ بھی حادثہ ہی سمجھو۔ چلو چھوڑو یار۔ لاہور کب آئی تھیں؟''

''ساری باتیں نہیں پوچھتے میری جان......'' صبازادی نے کاشف کے ہونٹ چوم لیے۔ کاشف نے پس و پیش نہیں کیا...... تین بار صبا نے ہونٹ چومے، لگا کہ کاشف کو اچھا لگ رہا ہے۔ پھر بھی اسنے پوچھا۔

''تم پچھلے ہفتے اسی ہوٹل میں تھیں...... میں نے تمہیں دیکھا تھا......''

''ارے......؟'' وہ حیرت سے چونکی۔ ''بڑے خراب ہو تم۔''

''ہاں ہاں...... حالانکہ چار ماہ پہلے، پہلی نگاہ میں ہی تمہیں پسند کر لیا تھا...... بلکہ ملنے کا ارادہ کر لیا تھا...... تمہارا تہ پتہ معلوم کیا، اسلام آباد واپس گیا۔ میڈم ضہرہ کا تو فون شون بھی تھا میرے پاس، سو اُس نے تصویریں بھیج دیں...... حالانکہ میں مہینوں سے تمہیں دل میں لیے بیٹھا تھا۔ اسی لئے تو میں نے تمہیں ایک لمحے میں پہچان لیا تھا......''

''کیسے پہچان لیا تھا تم نے؟'' صبا نے اپنی حاضری لگوائی۔

''جیسے پہلی مرتبہ تمہیں دیکھ کر آنکھوں میں قید کر لیا تھا... بالکل ویسے۔'' کاشف نے چہک کر کہا۔ ''ہاں اُس دن...... بڑا ہی فضول سا مرد تھا تمہارے ساتھ، جب تم لوگ لاؤنج میں لنچ کر رہے تھے...... دونوں باپ بیٹی لگ رہے تھے۔''

''ہاں......'' صبا زادی کہنے لگی۔ ''کوئی بڑا قانون دان تھا یا شاید خود کو سمجھتا تھا۔''

''نام کیا تھا؟''

''بے اصولی کی بات نہ کرو۔ اُس کی طرح۔''

''وہ بے اصول تھا؟''

''تم بھی تو نام پوچھتے ہو...... کبھی کسی نے بتایا...... نہ بتائے گی نہ بتائے گا......؟''

''آجکل تو خفیہ اکاؤنٹ تک بنا دیتے ہیں بنک والے......'' کاشف مصر رہا۔

''یہ بددیانتی ہے، بنک والے جانیں۔ مگر میں نام وام نہیں بتاؤں گی یہی اصول ہے ہمارا......''

''مگر وہ تھا بہت خوش۔'' کاشف بولا۔ ''پچاس کے پیٹے میں ہونے کے باوجود؟''

''شاید اس لیے کہ اسے کسی بنک فراڈ کے کیس میں...... کیس لڑنے کی فیس کروڑوں میں ملی تھی۔'' رک کر صبازادی نے کہا۔ ''میں نے پوچھا تھا اس سے، کروڑوں فیس لیتے ہیں آپ؟'' وہ اِترا کر بولا تھا۔

''تمہاری میڈم نے کتنے لاکھ لیا ہے مجھ سے؟...... جاتے ہوئے ایک لاکھ تمہیں بھی دوں گا۔''

''یہ تو لاکھوں ہوئے سر اور یہ سب خون پسینے کی کمائی ہے...... حق حلال کی۔'' میں نے زور سے کہا تو وہ کھل اٹھا۔ کہنے لگا'' پھر سے کہو۔''

''ہے تو حق حلال کی اور خون پسینے کی۔'' کاشف نے تائید کی۔ ''درست کہا تھا تم نے۔''

''مگر اس نے بڑی صفائی سے کہا تھا۔ ''میری کمائی...... خصوصاً جس کیس کے لیے میں نے سوا تین کروڑ لیا ہے...... پوری طرح حلال کی نہیں ہے۔'' وہ ڈرنکس لے چکا تھا شاید اس لیے سب بتا رہا تھا۔ کہنے لگا۔'' اس کیس میں ان لوگوں نے 9 سو کروڑ سے زیادہ کا فراڈ کیا ہے...... اگر اس کیس کا میں نے تین سوا تین کروڑ لے لیا تو کیا گناہ کیا اور تمہاری میڈم کو چند لاکھ تو میں نے کسی ایک جیب سے نکال کر دے دیا تھا...... میں اسے کچھ بھی زیادہ نہیں سمجھتا مگر یہ سب کا سب تمہیں ملتا، تو مجھے خوشی ہوتی، خون پسینہ تمہارا...... کمائی اسکی ؟'' وہ پھر بولا'' قانونی جنگ دماغ سے لڑی جاتی ہے، اور اس کے لیے دماغ کو آسودگی چاہیے، سکون چاہیے، جس کا سارا سودا تمہاری میڈم ظہرہ کے پاس ہے۔ میڈم دل کی اچھی ہے۔ اس نے دل و جان سے ہم ایسے دکھی پریشان لوگوں کی خدمت کی ہے۔''

صبازادی قہقہہ لگا کر ہنسی اور بولی '' وہ اِسے خدمت کہتا تھا اور دنیا والے ہمیں ''سیکس ورکرز'' بولتے ہیں۔ چلو دفعہ کرو، کس نام سے تمہیں پکاروں؟''

''کاشف......'' رک کر اس نے کہا'' کاشف خان''

کافی دیر خاموشی رہی پھر کاشف نے صبا کو گود میں بھر لیا اور اس کے ہونٹ، گال...... ٹھوڑی، گردن چومتا ہوا، چھاتیوں میں آ کر پھنس گیا۔

''اوں ہوں۔'' صبازادی نے ٹوک دیا

''تھوڑا سا...... دودھ'' وہ منمنایا۔

''نو نو...... فگر خراب نہیں کرو پلیز......''

کاشف نے یکلخت صبازادی کو چھوڑ دیا اور حیرت سے اسکی طرف تکنے لگا۔

''ناراض ہونے کی ضرورت نہیں...... میڈم نے بتا دیا ہو گا کہ فگر خراب کرنے کی الگ سے فیس ہے......''

''تم لوگوں میں یہی خرابی ہے پیسوں کے لیے تم غیر قانونی حرکتوں پر اترنے کو......''

اسکی بات کاٹتے ہوئے صبازادی نے کہا'' ہاں سچ...... وہ جو اتنا بڑا قانون دان کہتا تھا خود کو، اُس نے ہر قانون توڑ کر اسکی آواز سنی تھی ہر ہر فگر خراب کیا تھا اور فیس چکائی تھی۔ حتیٰ کہ اس نے غیر قانونی طور پر مجھے غیر فطری...... اب میں کیا کہوں...... مجھے تو وہ لفظ بھی نہیں آتا...... مگر میں پوچھتی ہوں کاشف خان اگر عورت کے ساتھ بھی ہیجڑوں جیسا ہی سلوک کرنا ہو تو پھر اتنی مہنگی عورت اور وہ بھی اسلام آباد سے لاہور لانے کی کیا ضرورت ہے......؟ بولو نا؟''

'کہاں کا رہنے والا تھا وہ؟'' کاشف اس کے بارے میں متجسس تھا۔

''بے اصولی ہی نہیں...... بددیانتی بھی ہو گی مگر...... ذرا سا بتا دوں کہ خالص اسلام آبادی تھا۔ کسی قبیلے، کسی گروہ سے اسکا تعلق نہیں تھا۔ وہ کہتا تھا عورت ایک پھل ہے اور اس پھل میں ہر طرح کا ذائقہ ہے۔ تو پھر ہر ذائقے کو چکھا کیوں نہ جائے...... اس نے مجھے سر سے پاؤں تک چاروں طرف سے چکھا حتیٰ کہ میں بیزار بھی ہوئی۔ مگر اس نے پانچ

لاکھ نقد چکا دیے۔ جو صرف میرے تھے، اس ٹپ کے علاوہ جو اندر آتے ہی اس نے ادا کر دی تھی اور میڈم کے کئی لاکھ الگ۔ اصل میں تمہاری طرح وہ خوش ہی بہت تھا۔ مرد خوش ہوتا ہے تو دین و دنیا لٹا دیتا ہے...... عورت خوش ہوتی ہے تو مہربان ہو کر جسم کھول کر سامنے کر دیتی ہے، سپردگی، عاجزی بن بن بچھی جاتی ہے۔"

"آدھی رات گزر گئی...... اور تم ہو کہ بس......" رک کر کاشف نے جیسے بات بدل دی ہو۔

"سگریٹ پیو گی؟"

"میں سگریٹ پسند نہیں کرتی۔"

"سادہ سگریٹ......"

"نو نو...... اس کی بو ابکائی لاتی ہے یارا......

ڈرنکس......" جواب میں خاموشی رہی، تب کاشف نے کوئی خاص سگریٹ نکال کر کہا۔

"اس سگریٹ کا ایک کش تمہیں آسمان پر پہنچا سکتا ہے، سال بھر کا مزہ ایک گھنٹے میں۔" ایک لمحہ توقف کے بعد کاشف خان نے پوچھا۔

"دوں؟"

"نو" وہ مسکرائی۔ "مجھے ہڈیاں بروسٹ نہیں کروانی...... ہیروئن کو گلے لگا کر۔"

کاشف نے سگریٹ رکھ دیا اور غٹ غٹ کرتی بوتل سے دو پیگ بنائے......

دونوں کو ایک دوسرے سے خود ہی ٹکرایا اور ایک صبا زادی کو دیتے ہوئے بولا۔ "لو"

"دوسرا نہیں لوں گی......" صبا نے ہنستے ہوئے کہا۔

"بس دو سے زیادہ نہیں...... ذرا کُھل ڈُھل جانے کے لیے۔"

صبا نے پہلا آہستہ آہستہ ماہر مشاق شرابیوں کی طرح یوں پیا جیسے آب الٰہی پی

رہی ہو...... اور دوسرے پیگ کو دو منٹ گھورا اور پھر غٹ سے...... اندر انڈیل لیا۔ اس کے بعد فوراً ہی وہ مسکرانے لگی پھر قہقہہ لگایا اور پھر اس نے خود کاشف کی قمیض کے بٹن کھولنے شروع کر دیے اور پھر قمیض اتار کر زور سے دور پھینک دی...... اور کتنے وفور سے کاشف کی چھاتی پہ اُگے گھنے بالوں کو چومنا شروع کر دیا اور چومتی چومتی اس کے بدن کو دھوتی چلی گئی۔

ایک سنسناتی ہوئی سرشاری نے کاشف کے رونگٹے کھڑے کر دیے تھے اس کے مسام مسام میں حرارتیں پھٹی پڑتی تھیں۔ آنکھیں سمندروں جتنی گہرائی میں ڈوب چکی تھیں اور جب سارے عناصر یکجا ہو کر ایک نکتے پر آ جمع ہوئے تو اس نے پورے زور سے صبازادی کی نائٹی نوچ کر اتار دی۔ ناراض ہونے کی بجائے صبازادی اس حرکت پر گنگنانے لگی اور کاشف کے بازوؤں کو کاٹ کاٹ کر چومنے لگی۔ اُس نے اُس کے انگ انگ کو چوم کر زندہ ہی نہیں تابندہ کر دیا۔ اور سپردگی کے دلنشین اور پرکشش زاویوں سے کاشف کو حیران بھی کر دیا تھا اور ممنون بھی۔ سمندروں کی ہلچل، سونامی کی یلغار بن گئی تھی...... جو راستے میں آئی ہر رکاوٹ ہر دیوار کو خس و خاشاک کی طرح آخری کنارے تک بہاتی...... سر ٹکراتی چلی گئی...... اور لگا کہ کاشف کی آنکھوں کا سارا رس اور صبازادی کے لہو کا آخری قطرہ تک نچڑ گیا ہے...... پھر سونامی نارمل ہو کر جل تھل سمندر کی سطح پر بچھ سی گئی تھی۔

دونوں بے سدھ ہو کر الٹے سیدھے پہلے ہانپتے رہے پھر پرسکون ہو کر ایک دوسرے میں پناہ لے لی۔ ہوش میں آتے ہی صبازادی، حیازادی کا روپ دھار چکی تھی۔ اس نے خود پر چادر اور آنکھوں پر سائبان تان لیا تھا۔

پھر کاشف نے کہا۔ ”میں نے زندگی میں بہت سی عورتیں چکھی ہیں مگر......“

”مجھ سی نہیں دیکھی...... یہی کہو گے نا تم؟“ صبازادی نے کاٹ کر خود بات مکمل کر دی۔

”میں غلط نہیں کہوں گا...... یہ سچ ہے...... کیا نام بتایا تھا تم نے؟“

''سلمیٰ'' صبازادی نے فوراً وہ نام بتایا جس نام سے وہ اس دنیا کی مسافر تھی......

''کراچی کی ہو...... یا لاہور کی؟''

''سارے پاکستان کی!'' مسکرا کر صبازادی نے کہا۔

''تمہارا لہجہ...... تمہاری بات چیت کا انداز گھلا ملا سا ہے...... تم نے بہت کچھ سیکھ لیا ہے...... یا...... یا پھر تم ایکٹنگ کر لیتی ہو......''

''کرنی پڑتی ہے ایکٹنگ...... یہاں کون ہے جو ایکٹر نہیں۔ اس قانون والے نے مجھے بتایا تھا کہ یہ دنیا ایک سٹیج ہے...... اور ہم سب......''

''اس قانون والے نے نہیں......'' کاشف، صبا کی بات کاٹ کر بولا۔ ''یہ شیکسپیئر نے کہا تھا۔ چلو دفعہ کرو مشکل باتیں......''

''تم لاہور کے بھی نہیں لگتے...... کراچی کے بھی نہیں...... پشاوری بھی نہیں۔''

''میں بھی پاکستانی ہوں...... میں اردو، پنجابی...... پشتو۔ براہوی حتیٰ کہ پوٹھوہاری بھی بول لیتا ہوں۔ سناؤں......؟''

''رات اڑتی جارہی ہے، ضائع کردو گے؟ زبانیں سنا سنا کر۔''

وہ پشتو ٹپہ گنگنانے لگا......

''پہ یولو غرو بہ شمہ پورتا

کہ راخ کاراشی......

''بس بس بس مت سناؤ ایسے ٹپے جو محبوب کی یاد دلائیں......'' صبازادی نے کاشف کو روک دیا۔

''تم پشتو بھی جانتی ہو؟''

''تھوڑا تھوڑا سب جانتی ہے یارا...... سب جانے گا تو سب کو سنبھالے گا نا؟''

صبا مسکرائی اور پوچھنے لگی۔ ''تم پیدا کدھر ہوئے تھے......؟''

''اُدھر......'' اس نے ہاتھ لہرا کر کہیں دور اشارہ کیا۔

''پہاڑوں میں،..... پہاڑ...... جنگل...... ڈھلوانیں...... چیڑھ کے درخت...... چشمے...... چھوٹی چھوٹی ندیاں...... صاف شفاف چاندی سا پانی اچھالتی......''

''اچھا کچھ اپنا بھی بتاؤ......'' تھوڑا سا رک کر کاشف نے کہا۔ ''تم میڈم کی بیٹی ہو یا بہن؟ میں نے تمہارا نام کتنی دیر بعد پوچھا تھا؟ ڈیزائن گھر آنے والے کی جیب اور جاگیر نگاہ میں ہوتی ہے، نام، نسب نہ شجرہ......''

''بتاؤ ناں؟'' کاشف نے لاڈ سے پوچھا۔

''تم اب کیوں...... کیوں پوچھتے ہو؟''

''میں سچ بولتا ہوں جانی، سنتا بھی ہوں، ہمیشہ، تم جیسی محبت کرنے والی ہر لڑکی کے سامنے'' لمحہ بھر رک کر اُس نے اپنی ہی بات کی وضاحت کی ''بدن کھل سکتا ہے تو دل کیوں نہیں سب بول دیتا ہوں، سب سن لیتا ہوں۔'' کاشف مسکرایا۔ ''میں تو یہ بھی بتا دیتا ہوں کہ میرا اصل نام کوئی اور تھا...... پتہ نہیں تھا بھی یا نہیں...... یہ نام بھی بریگیڈئر صاحب نے رکھا تھا میرا...... ''کاشف خان۔'' وہ رک کر جواب کا انتظار کرتا رہا اور پیتا بھی رہا چند گھونٹ اور اندر جانے سے اسکا بے ساختہ پن زیادہ ہو رہا تھا۔

''مجھے نہیں معلوم...... میں اپنے گھر سے کب بچھڑا تھا گھر کیا تھا......'' وہ رکا اور لہجے میں دکھ اتار کر کہنے لگا ''گھر نہ کہو جھونپڑی کہو، جیسی ڈھلوانوں کے آس پاس درختوں تلے ہوا کرتی ہیں۔ ماں باپ بہن بھائی سبھی تھے...... مگر کچھ یاد نہیں۔ مجھے بعد میں پتہ چلا کہ میں اغوا ہو چکا ہوں...... مجھے فرق نہیں پڑا...... بلکہ میں نے بہتر محسوس کیا۔ کھانے کو سب کچھ ملنے لگا جس کے لیے ہم ترستے تھے۔ پڑھنے کو کتابیں، تختیاں اور ساتھ ہی پستول چلانے کے طریقے...... دو سال بعد ہی میں خود کو جوان محسوس کرنے لگا...... پھر پتہ نہیں کیا ہوا ہمارے مدرسے پہ بم گرایا گیا...... آدھے سے زیادہ مر مرا گئے...... کچھ زخمی ہوئے۔

عمارت کا نشان تک نہ رہا مگر میں اس وقت ساتھیوں کے ساتھ جنگل گیا ہوا تھا۔ لہٰذا ہم بچ گئے۔ مگر بکھر گئے......'' کاشف نے گلاس اٹھا کر غٹ سے خالی کرلیا اور صبازادی سے کہا

''ختم کرو نا......''

صبازادی نے آخری گھونٹ حلق میں انڈیل کر کسیلے پن کے اثرات چہرے سے ظاہر کیے اور پھر مسکرانے لگی۔

''مزہ آنے لگا ہے نا؟'' کاشف کے سوال کے جواب میں صبازادی نے سر کو اثبات میں ہلا دیا اور کہا'' مجھے لگتا ہے......تم ابھی تک بکھرے ہوئے ہو۔''

''شکر ہے تم نے مجھے تم کہا...... مجھے اچھا لگتا ہے، تم کے لفظ میں بے تکلفی ہے، اپنائیت ہے......ایک طرح کی قربت ہے...... ہے نا؟''

''پتہ نہیں'' صبازادی نے جیسے سرگوشی کی ہو جسے کاشف نے سنا ہی نہیں

''یہی اپنائیت مجھے بریگیڈئر صاحب سے ملی۔ ملٹری ایکشن سے پہلے ان کی ڈیوٹی انہیں جنگلوں کی نگرانی پہ تھی۔ اپنے دورے کے دوران میں انہوں نے مجھے پکڑ لیا۔ جیپ میں بٹھایا...... پوچھ تاچھ کی کچھ نہ ملا......تو اس نو دس سال کے بچے کو گلے لگا لیا، سال ڈیڑھ سال نگرانی ہوتی رہی پھر وہ ہائی کمان سے پوچھ کر مجھے اپنے گھر لے گئے۔ میڈم بے حد ہوش اس لیے ہوئی...... کہ گھر میں گہرا سناٹا تھا، اولاد نہیں تھی......وہ ماں بنی تو میں ایسا بچہ بن گیا کہ اسکا اپنا بھی ہوتا تو ایسا نہ ہوتا......اور یہ بات مجھے بریگیڈئر صاحب نے بتائی تھی کہ میڈم اکثر یہ کہتی ہیں، اس بات نے مجھے ماں جی کے اور بھی قریب کر دیا......اتنا قریب کے مجھے اپنی جھونپڑی یاد رہی نہ ڈھلوان...... نہ بکریاں...... نہ ماں باپ نہ وہ مدرسہ...... البتہ بھائی بہن کبھی کبھی یاد آ کر بہت ستاتے......مگر جب مجھے بہت اونچے سٹینڈرڈ والے انگلش سکول میں داخل کروایا گیا تو میں...... باقی سب کچھ بھی بھول گیا۔''

''ہوں'' صبازادی نے لاپروائی سے صرف ایک لفظ کہا۔

''تم بور تو نہیں ہو رہیں؟''

''یقیناً ہو رہی ہوں......''

''کیوں؟''

''جن باتوں اور جس کام کے لیے تم ہوائی سفر سے مجھے فائیو سٹار میں لائے ہو...... جہاں ہر سکینڈ کی بھاری قیمت ہے...... اسے باتوں ہی باتوں میں......''

کاشف بات کاٹ کر بولا...... ''ابھی تو رات بھیگنے پہ بھی نہیں آئی جانی۔ سرما کی راتیں یوں بھی لمبی ہوتی ہیں جان...... اور ابھی صرف گیارہ بجے ہیں۔ یہ تو...... یہ تو آغاز ہے جان من۔'' کاشف نے صبازادی کے ہونٹ چوم کر کہا ''صبح تک بلکہ...... کل دوپہر تک...... بہت بہوت وقت ہے...... وقفوں کے باوجود ہمارے کئی ملاپ ہوں گے، کئی طوفان، بے شمار آندھیاں۔'' اس نے جلدی سے ایک دو گھونٹ گلاس میں ڈالے اور بغیر پانی ملائے اپنے حلق میں انڈیل لیے اور بولا۔

''یار...... اس بوتل میں کیا زبردست شے ہے...... بالکل جیسے چاند گھلا ہو...... تم مجھے...... یقیناً...... کیا نام دوں تجھے جان...... میں تمہیں...... کلیوپیٹرا...... نہیں اُسکی تو ناک چھوٹی تھی...... مونالیزا کہہ لوں، نہیں یار۔'' اُس نے زور زور سے نفی میں سر ہلایا اور بولا۔

''وہ بھی بس...... ایسی عورت کو دیکھ کر تو مرد میں حرارت بھی نہیں آتی...... بے حد شریف سی عورت...... لگتا ہے ابھی نماز پڑھ کے ہٹی ہے......''

پھر وہ سوچ سوچ کر بولا۔ ''چتر لیکھا...... ہاں ہاں ہائے...... واقعی...... اس کا بدن کیسا زبردست ہو گا...... مجسمہ دیکھ کر انگیخت ہونے لگتی ہے۔'' وہ کافی دیر رکا رہا پھر سمجھانے کے انداز میں بولا۔ ''اصل بات ہے ہی بدن...... ہم بے وقوف لوگ خوبصورت چہرے کو دیکھ کر مر جاتے ہیں۔ اسے تصور میں چومتے ہیں اور نہیں جانتے کہ اصل تو عورت کا بدن ہے...... تمہارے جیسا...... کسا ہوا، یوں جیسے بوسکی کا تھان مڑھ دیا گیا ہو پتھر کے بدن

پر۔ہائے ہائے......"

کاشف نے صبازداری کو لپٹا کر تین چار بوسے لے لیے۔پاگل پن کے انداز میں اور بولا۔

"میں نے ٹھیک کہانا......تمہارے انگ انگ میں کھٹاس ہے......تم مجھے سیدھے راستے مل جاتیں......تو تم ایسی لڑکی آئی مین عورت سے میں شادی کرنے پہ تیار ہو جاتا تب زندگی سپھل ہو جاتی لیکن" وہ رک کر کھانسا اور صبازادی کے ہونٹ چوم کر بولا......

"لیکن شادی کی ضرورت کیا ہے؟ شاید اب نہیں، تجھے نہ مجھے۔" اس نے پھر دو گھونٹ بغیر گلاس میں ڈالے بوتل سے ہی پی لیے اور ایک گھونٹ اصرار بھرے پیار سے صبازادی کو بھی اِسی بوتل سے پلا دیا اور پھر وہ زور زور سے ہنسا۔

"ہائے ہائے کتنا مزہ آیا ہے مل کر گھونٹ لینے سے......بوتل بھی خوبصورت ہے تمہاری طرح......" پھر اُس نے بوتل پر لیبل کو پڑھنے کی کوشش کی۔

"شی واز...... ریگل...... اچھا......؟ یہ شی واز ہے...... اسی لیے...... اسی لیے......" رک کر کاشف نے کہا "بالکل ماں جی کی طرح حرارت بھری...... ہائے ہائے...... ہائے ہائے...... ماں جی اب بھی میرا جتنا خیال رکھتی ہیں...... سچ کہوں تو چار ماؤں کے برابر......"

"اور باپ؟" صبازادی نے اسکا رخ موڑ دیا۔

"بریگیڈئر صاحب؟، بس وہی ٹریجڈی ہے میری زندگی میں......ریٹائر ہو چکے تھے...... بزنس کیا......مجھے نہیں معلوم تھا کہ انہوں نے بزنس کے لیے ڈیڑھ سو کروڑ قرضہ بھی لے رکھا ہے......اسی لیے تو میں ایف اے سے آگے نہ پڑھ سکا۔ بزنس تو خیر کیا ہوتا......انہوں نے دوسروں کی طرح قرضہ معاف کرا لیا......اس دن بہت خوش تھے وہ،

مجھے نئی کرولا لے کر دی...... ماں جی کے لیے پراڈو لائے...... حالانکہ چھ گاڑیاں موجود تھیں۔ ہاں، یہی تین سال میری زندگی کے زیادہ روشن اور زیادہ مزیدار گذرے، چوتھے سال کے آخر میں وہ نیب زدہ ہو گئے...... تمام قرضے معاف کرانے والوں کو دھر لیا گیا...... بریگیڈئر صاحب بڑے معصوم آدمی تھے اُن کے پاس اپنا بہت کچھ تھا...... قرض تو انہوں نے بس دیکھا دیکھی میں لے لیا تھا...... اور معاف اس لیے کر لیا کہ کرا سکتے تھے، ذاتی دوستوں میں دو صوبوں کے گورنر اور کئی سینیٹرز اور پتہ نہیں کون کون تھا...... گویا آدھے حکمران بریگیڈئر صاحب کے شاگرد تھے کہ حکومت میں ان کی...... جڑیں بہت گہری تھیں...... ہم نے عیش بھی بہت کیے...... یقین کرو۔ ایک ہفتہ ویانا میں گزرتا...... دوسرا پیرس میں...... تیسرا وینس میں...... چوتھا...... خیر چھوڑو...... بس خوب گزرتا، خواب جیسا مگر،...... انہوں نے کبھی غیر عورت کی طرف دیکھا نہ ہاتھ لگایا...... اں جی اور انکی محبت لازوال تھی...... البتہ میں...... ہاہاہا......'' کاشف کا قہقہہ دیر تک اچھلتا رہا...... بڑی مشکل سے اس نے قہقہے کو اپنے اندر دبا کر کہا۔ ''میں تو پھر میں تھا نا...... پہلی مرتبہ تو پیرس کے ایک چوک میں ایک حسین مورتی جیسی مضطرب عورت نے، جسے میں خود دیکھ کر ہل گیا تھا...... گاڑی کا دروازہ کھول کر کافی پینے کی دعوت دے دی تھی میں اس کے ساتھ بیٹھا تو مجھے معلوم ہوا کہ یہ چوک تو ہے ہی ایسی عورتوں کے لیے...... جو اپنی پسند کے لڑکوں کو یہاں سے پک کرتی ہیں۔ خیر اس نے مجھے ایک ہی نشست میں پیرس دکھا دیا...... زندگی کے ایسے ایسے چھپے ہوئے گوشے اور پُر اسرار محبتوں کے بارے میں سب سے پہلے اسی جولی نے مجھے بتایا اور پاگل بنا دیا...... وہ خود بھی بہت خوش تھی، اس کے اصرار پر میں ہر روز اس کے ہاں جانے لگا...... جب تک پیرس میں رہا...... اس نے مجھے...... اور میں نے جولی کو مس نہیں کیا...... بلکہ اک مِک ہو کر رہے...... اک مِک سمجھتی ہو ناں...... ایک دوسرے میں کھب کر رہنا ٹِچ بٹنوں کی طرح...... ڈو یو نو ٹچ بٹن؟''

جواب میں صبازادی نے اپنے بریسزر کا ٹچ بٹن کس ادا سے کھولا تھا اور کس ٹھاس سے مسکرائی تھی پھر وہ بولی۔

"تم نے بریگیڈئر صاحب کی بات درمیان میں چھوڑ دی۔"

اس مرتبہ صبازادی نے کاشف کا بھرپور پیار بھی لے لیا اور اسے بوسوں سے نہال بھی کر دیا اور خود کو نڈھال بھی۔

جب ذرا وقفہ ملا تو کاشف نے منہ کھول کر لمبا سانس لے لیا۔

"تم زبردست ہو جانی۔" اس نے ہانپ کر کہا "بالکل پیرس والی جولی ہو تم......"

وہ خود صبازادی کی تنی ہوئی قائم بالذات چھاتیوں کو چومتا رہا پھر خود کو ری کال کرتے ہوئے بولا، "اچھا...... بریگیڈئر صاحب...... بریگیڈئر صاحب...... کہاں تھا میں......؟"

پھر اچانک اسے یاد آ گیا...... ایک دھماکے کی طرح پھٹ کر بولا۔ "ہاں وہ نیب زدہ ہو گئے...... پہلے روز انہیں بتایا گیا کہ ڈیڑھ ارب مع سود کے ڈھائی ہو چکا ہے...... اتنا کہاں سے آتا...... خیر اس سے بہت زیادہ تھا ان کے پاس...... مگر جی کہاں چاہتا ہے دینے کو؟ تب انہوں نے کیس لڑنے کا فیصلہ کر لیا...... بس یہی غلطی تھی...... پہلے روز ہی انہیں پکڑ کر چمبہ ہاؤس کے بند روشن دانوں والے گھپ اندھیرے گرم کمرے میں رکھا گیا تو کئی قیامتیں ان کے اندر اتری ہوں گی۔ میرا خیال ہے شہزادوں اور بادشاہوں جیسی زندگی گزارنے والے بریگیڈئر...... زیڈ کو آئی مین اے وائی زیڈ...... کچھ بھی کہہ لو...... قبر کا سناٹا ان کے اندر تک اترا ہو گا...... میں نے چمبہ ہاؤس کا وہ کمرہ انہیں دل کا دورہ پڑنے کے بعد دیکھا تھا...... کوئی انسان وہاں پانچ منٹ بھی نہیں رہ سکتا حتیٰ کہ میں خود بھی۔ ہمارا نوکر تک نہیں۔"

دو منٹ کے لیے خاموشی چھا گئی۔

پھر......؟" تجسس سے صبازادی کا سانس رک رہا تھا۔

''پھر کیا، یہی ٹرننگ پوائنٹ ہے...... یہی موڑ ہے میری زندگی کی ٹریجڈی کا......'' رک کر اس نے بھرپور ملال سے کہا ''وہی ہوا۔ جو ہوا کرتا ہے..... ہر چند کہ بہت ایمبولینسیں بھاگیں......اور سٹریچر دوڑے......ڈاکٹروں کے سامنے ماں جی نے نوٹوں کے بنڈل رکھ کر ہاتھ جوڑے، میں بے ہوش ہو ہو گیا.....مگر بریگیڈئر صاحب کا دل نازک ہی بہت تھا، ساتھ نہ دے سکا۔ وہ خوف سے نہیں، صدمے سے بند ہو گیا۔ وہ اپنی منزل کو چل دیے تھے۔ لیکن کیا حسابی کتابی شخص تھا...... ذہین...... زیرک اپنے اکاؤنٹ میں ایک لاکھ تیس ہزار روپے کے سوا کچھ نہیں رکھا، نہ ہی ماں جی کے اکاؤنٹ میں.. ...سارے مقدمے جوں توں تمام ہوئے۔ کہیں بارگینگ سے...... کہیں دے دلا کر......اصل بات تو یہ تھی کہ اوپر والا دیتا ہے تو اپنے انداز سے دیتا ہے......اس نے میری کسی نیکی کو پسند کیا......اور اب...... تمہیں کیا بتاؤں کتنا ہے......اور روز بروز کتنا ہوتا جا رہا ہے.....شاہ خرچیوں کے باوجود...... کیا بتاؤں کہ کتنا کہاں دفن تھا اور ماں جی کو سب یاد تھا۔ حالانکہ مجھے بس اتنا یاد ہے کہ مہینے بھر میں جتنا خرچ کرتا ہوں۔ ایک دن میں اتنا بڑھ جاتا ہے۔''

''رات بیت رہی ہے......وقت اُڑا جا رہا ہے اور نیند اترنے لگی ہے جذبوں کی'' صبا زادی کہنے لگی۔ ''میں کیا کروں؟ میں جذبات سے مرنے والی ہو رہی ہوں کاشف۔''

''میں ایک مرتبہ تمہارے ساتھ سو چکا ہوں...... تین مرتبہ اور سوؤں گا جب تم جاؤ گی یہاں سے تو ٹھنڈی ٹھار ہو چکی ہو گی، پتہ ہے......میڈم نے پانچ لاکھ لیے تھے......اور دیگر پتہ نہیں کیا الاؤنس تھے......وہ بھی...... مگر تمہیں چار گنا دوں گا......بولو خوش؟......''

''پیسوں سے مجھے خوشی نہیں ہوتی جانی......'' اس نے چہک کر کہا ''جذبوں سے، محبتوں سے ہوتی ہے۔''

وہ لمحہ بھر رک کر کہنے لگی ''رشتوں سے...... کسی اچھے سے مل لینے سے، مکمل بھر جانے سے ہوتی ہے۔''

''میں اچھا ہوں نا؟ ہوں ناں اچھا؟'' وہ اپنی تعریف ہر مرد کی طرح سننا چاہتا تھا۔

''تم بہت اچھے ہو بہت ہی سندر، جی چاہتا ہے زندگی بھر تم باتیں کرتے رہو...... میں سنتی رہوں...... تمہیں پیار کرتی رہوں۔'' اس نے لمبا سانس لیا اور کہا۔

''کاش یہ رات پوری زندگی میں بدل جائے...... اور زندگی بڑھتی پھیلتی جائے۔ تو کیا یہ وہی جنت نہیں ہوگی؟ جس کے بارے میں میں بتایا جاتا رہا ہے۔ جان! عورت کے لیے اس سے بڑی جنت اور کیا ہو سکتی ہے کہ اسے یقین ہو کہ کوئی اسے سچ مچ چاہتا ہے، پرستار ہے اس کا، اسے برابر کی عزت اور اہمیت دیتا ہے۔''

''ہاں......'' کاشف بولا۔ ''یہی جنت ہے...... یہی بتایا ہے...... کہ شراب ہو گی...... حور ہو گی۔ آزادی ہو گی، سکون ہوگا۔ نہ ختم ہونے والی آسودگی ہو گی۔ کھانے کو ہر قسم کی اشیا، پلک جھپکتے میں ملیں گی۔ اور حوروں سے کھلا ڈلا میل ملاقات بھی، اور کبھی نہ ختم ہونے والی لذت میں تھکن کا کوئی آثار تک نہ ہوگا۔ مگر تم جیسی عورت کے بغیر اس جنّت کا تصوّر ممکن نہیں...... شاید ہم دونوں کو ایک دوسرے ہی کی تلاش ہے؟ ہے نا۔''

وہ سوچ کر کہنے لگا۔ ''ورنہ یہ سب کچھ تو ہے ہمارے پاس...... بلکہ وہاں کی حوریں تو دیکھی بھالی نہیں ہیں...... مگر تم...... تم...... میرے تصوّر سے زیادہ حسین اور سیکسی ہو۔ تمہارا بدن میری چاہت اور خواہش سے بھی زیادہ انگارہ ہے جان من...... شاید مرد کو انہیں سب کی آرزو ہوتی ہے، یہ سب ہو...... تو اور کس جنت کو تلاش کیا جائے...... اور کیوں جائے؟'' کاشف نے صبازادی کو پورے بازوؤں میں بھر کر اتنی زور سے بھینچا کہ صبازادی کی سسکی چیخ بن گئی۔ وہ بستر پر کُھل کر لیٹ گئی،...... یا خدا سپردگی ایسی بھی ہوتی ہے؟...... کہ زمین آسمان ایک ہوا چاہتے تھے اور پھر زمین آسمان بن گئی...... اور آسمان زمین...... اور گہری چپ میں پراسرار آرزوؤں کا سمندر، اور جب آدھ گھنٹہ سمندر کی لہریں ساحل سے ٹکرا ٹکرا کر سر پھوڑ چکیں اور آسودگی کی جھاگ نے کناروں تک کو آسودہ کر دیا تو کاشف نے

کچھ سوچ کر کہا۔ ''مگر......مگر......'

''مگر کیا؟''

''مگر ماضی کبھی کبھی چیخ بن کر، کبھی راحتوں کا امین بن کر جھنجھوڑ دیتا ہے...... جب غربت نے تمام خوبصورتیوں پر کالا رنگ پھیر رکھا تھا اور دنیا بھر کی سچی خوشیاں میرے،...... ہمارے لہو میں تھیں۔''

وہ بہت دیر تک چپ چاپ لیٹا رہا جیسے کچھ سوچ رہا ہو۔ پھر کہنے لگا۔ ''ہم پانی میں نمک ملا کر روٹی کھاتے اور خوش رہتے تھے۔ آج میرے پاس دولت ہے۔ سونا ہے...... دنیا بھر کی کرنسی ہے، حُسن ہے...... جمال ہے، جوان عورتیں ہیں مگر میں بہت دکھی ہوں۔'' رُک کر اس نے بات بڑھائی ''سلمٰی جانی میری دولت، میری کرنسی مجھے وہ نہیں دلا سکی جو میں چاہتا ہوں جس کی تلاش میں بہت بھٹکا ہوں۔''

''تم اداس مت ہو۔'' وہ بولی۔ ''خوش ہو جاؤ...... آؤ میں تمہیں پیار کروں...... تمہارا دکھ آدھا کر دوں...... آؤ نا......'' اس نے آگے بڑھ کر خود کاشف کو لپٹا لیا۔ اور اس کے چہرے کو بدن کو اور ہونٹوں کو مساج سے زندہ کرنے لگی...... کاشف اپنا دکھ بھول کر رنگ رلیوں میں ڈوبنے ابھرنے لگا اور جب دونوں اتصال کی آخری حالت میں آ گئے اور جنون اور جوش کی ماری لہریں یکجا ہو کر اٹھنے پھیلنے لگیں تو کاشف کا دکھ واقعی آدھا ہی نہیں مکمل طور پر گم ہو گیا۔ صبا زادی نے اُسے چومتے ہوئے کہا۔ ''اب تو دکھ وُکھ نہیں رہا ناں؟ بول کہاں ہے دکھ وکھ۔''

''اب تو سب کچھ پیچھے رہ گیا ہے چندا۔'' رک کر اس نے بات بڑھائی۔ ''جب ماں باپ، بہن بھائی سب تھے تو کچھ نہ تھا...... دکھ یہی ہے کہ سب بچھڑ گئے۔''

''کہاں چلے گئے سب؟''

''دن رات کی محنت سے گھر تو تلاش کر لیا مگر خالی پنجرے جیسا...... ایک بزرگ

سے معلوم ہوا کہ پہلے لالہ مر گیا تھا...... سانپ کے ڈسنے سے، پھر ماں...... حیا کو بخار نے کھا لیا البتہ چھوٹے بھائی کو بہت پہلے بہلا پھسلا کر میری طرح وہ جنگجو لے گئے تھے...... جو بچوں کو جنت کی تصویریں دکھا دکھا کر استعمال کرتے ہیں۔"

"اور کون تھا گھر میں؟"

'اور کون تھا؟" وہ بہت دیر تک یاد کرتا رہا پھر بولا۔"اب تو میں اکیلا ہی تھا وہاں۔"

"کوئی یاد تو آتا ہوگا۔"محض کاشف کو بہلانے کے لیے صبازادی نے سوال کر دیا تھا۔

"ہاں مجھے سب سے زیادہ بہن یاد آتی ہے......" کاشف یاد کر کے کہنے لگا" افسوس بھی اسی کا ہے کہ اس کی تصویر ہر وقت میرے اندر کسی دہکتی شے کی طرح محسوس ہوتی ہے۔"

"ایک بار بھی نہیں ملی؟"

"بچھڑنے والے کب ملتے ہیں...... یہ تو مقدر ہے۔ دنیا بہت چھوٹی ہونے کے باوجود بہت بڑی ہے اور ہزار گُنا اس کے رنگ ہیں...... ان رنگوں میں کون کس کو تلاش کرتا ہے۔"

صبازادی نے مزید کچھ کہنا چاہا تو کاشف نے اس کے منہ پر ہاتھ رکھ دیا۔"بس کرو...... وقت ضائع کرو نہ مجھے...... اس وقت صرف تم ہو اور صرف میں ہوں...... بس......"

کاشف کے اندر طوفان اٹھا تھا یا بگولا وہ سر سے پاؤں تک بلڈ سر کولیشن سے کانپنے لگا۔ اِسی طوفان کو دبانے کیلئے وہ پھر سے مجامعت میں جانے کو تیار تھا۔ اس نے صبازادی کے ہونٹوں کو اس زور اور تسلسل سے چوما کہ وہ تڑپ کر لپٹ گئی اور پھر ہانپنے لگی۔ کاشف کا

مردانہ پن اس نے اپنے اندر اتار لیا تھا۔ اس وقت اسے کوئی دکھ تھا نہ فسوس نہ کسی کی یاد آ رہی تھی نہ کوئی بات سوجھ رہی تھی۔ جب یہ سلسلہ دراز ہوتا چلا گیا تو پر لطف سسکاریوں سے صبازادی بول پڑی۔

"کچھ بولو نا۔"

"میں بلندیوں پہ ہوں تم بولو۔"

"چلو اچھا ہوا" وہ کہنے لگی۔ "تمہاری بہن مر گئی ورنہ جانے اکیلی کہاں ہوتی کس حال میں زندگی گزارتی ؟"

"مری کہاں تھی وہ" پھولے سانس اور ہانپتے ہوئے کاشف نے بیزاری سے سر اٹھا کر کہا۔

"وہ تو...... میں جب آٹھ سال کا تھا اور وہ لگ بھگ چودہ سال کی...... میرے بابا نے اُسے بیاہ دیا تھا۔" لمحہ بھر رک کر کاشف نے بات مکمل کی۔ "ساڑھے تین لاکھ کا خرچا لے کر بابا نے صبازادی کو گندل خاں لکڑہارے کے ساتھ بھیج دیا۔ ہمیشہ کیلئے۔"

سلمٰی کے اندر...... اپنا نام سن کر اسقدر زور کا دھماکا ہوا کہ اس کی نس نس سکڑ کر رہ گئی۔ جسم کی ساری رطوبتیں منجمد ہو گئیں پھر بھی اس نے اوسان بحال رکھتے ہوئے سوال کیا۔ "وہ تمہاری سگی بہن تھی ؟"

"وہی تو سگی تھی ایک۔" وہ اضطراب میں ڈوب کر بولا۔ "راتوں کو جاگتا ہوں تو وہ میرے آس پاس ہوتی ہے۔ تڑپاتی ہے، آگ لگا دیتی ہے...... میری تمام چھاؤں کو۔"

صبازادی کو لگا کہ اُس کے ہر ہر مسام میں لگی کیڑیوں نے اپنے اپنے اینٹھنے کھو کر مرچیں چھڑک دی ہیں۔ اُسے پورے زور سے ابکائی آئی اور اس نے اس سے بھی زیادہ زور سے کاشف کو دھکا دیکر دور گرا دیا۔ اتنی طاقت صرف کسی قاتل میں قتل کے وقت آتی ہے جتنی صبازادی میں آ گئی تھی...... کاشف ہانپتا ہوا اٹھنے کی کوشش میں شرمندہ ہو کر رہ گیا مگر بدن کے

تقاضے ایسے وقت میں مرد کو مردسے قاتل بناڈالتے ہیں۔اس نے سوچے سمجھے بغیر صبازادی کو اٹھا کر بستر پر پٹخ دیا۔اس کا سارا مہذب پن جھاگ کی طرح بیٹھ گیا اور وہ چلا کر بولا۔

''حرام زادی یہ کیا کیا تو نے؟ مجھے درمیان میں چھوڑ دے گی؟'یوں سولی پر لٹکا کر؟''

سنی ان سنی کر کے صبازادی نے کاشف کے منہ پر پورے زور سے تھپڑ مارا کہ وہ چکرا کر رہ گیا اور اس سے پہلے کہ کاشف، غصیلے کوبرا کی طرح حملہ کر کے اسے زیر کر لے...... وہ زخمی شیرنی کی طرح کپڑوں پر جھپٹی...... مگر کچھ ہاتھ نہ لگا سوائے پھٹی نائٹی کے...... اس نے لیرو لیر نائٹی اٹھائی، کندھے پر ڈالی اور دروازہ کھول کر الف ننگی باہر بھاگ گئی۔

ع دیارِدل کے کلس پر ستارہ جُو ترا غم

باہر ہوٹل کے ہر کمرے میں آسودگی سو رہی تھی مگر جو آگ 413 میں بھڑکی تھی اسے بجھانے کے آلات ابھی ایجاد نہ ہوئے تھے۔

عین اسی وقت میوزیکل گھڑیال نے دو بجا دیئے۔

کمرے سے یکلخت نکل کر صبازادی طویل راہداری میں بھاگتی چلی گئی۔اس کے بدن پر لاکٹ اور ایک کنگن کے سوا کچھ نہ تھا...... البتہ ہاتھ میں لیرولیر نائٹی تھی۔راہداری کے ہر ہر موڑ پر جس نگران نے اُسے دیکھا، حیرت سے گڑ گیا۔ایک ایک کر کے سب اس کے پیچھے بھاگنے لگے۔اتنے بڑے اور سٹیٹس کے ہوٹل کے تقدس اور ساکھ کا معاملہ تھا۔

رات کے دو بج کر پینتیس منٹ پر لوگ کمروں میں گہری نیند میں ہوتے ہیں یا جسمانی تقاضوں کے کھلواڑ میں......، اس کے باوجود دبڑ دبڑ سُن کر نویں فلور کی اس راہداری کے کمروں کے...... بند دروازے کُھلنے لگے تھے۔کچھ نے صرف گردن نکال کر دور سے دیکھا اور دروازہ بند کر لیا۔کوئی باہر آ گیا اور بڑبڑا کر اٹینڈنٹ پر برس پڑا۔

جب صبازادی راہداریوں کے چوک میں پہنچی تو سب نے اسے چاروں طرف سے گھیر لیا۔وہ ہانپتی ہوئی رکی اور نگاہیں فرش پہ گاڑ دیں۔

صبازادی کچھ بھی تھی، عورت پہلے تھے۔اُس نے کہنیوں کی غلیل سے سنہری

چھاتیوں کو ڈھانپنے کی شعوری کوشش کی اور ایک ٹانگ کو دوسری پہ چڑھا کر گویا پردہ داری کی تھی۔

وہ ابھی تک ہانپ رہی تھی یا بلڈ پریشر شوٹ کر جانے سے اس کا سانس پھول رہا تھا۔ وہ درمیان درمیان میں سسک بھی رہی تھی اور اس کی یہ سسکی کبھی ہچکی بن جاتی ...... اور کبھی شکار ہوتی ہوئی ہرنی کی آخری چنگھاڑ جیسی درد بھری چیخ۔

''قصہ کیا ہے؟'' فلور آفیسر، صبازادی سے پوچھ رہا تھا۔ ''وٹ از دا پرابلم مِس؟''

''چھوڑو چھوڑو...... '' کاشف نے مداخلت کرتے ہوئے کہا۔ ''یہ میرا کیس ہے آپ لوگ جائیں......''

''اب تو یہ سب کا کیس ہے مسٹر...... '' آفریدی نے قدم آگے بڑھا کر صبازادی سے پوچھا۔ ''تم بتاؤ مِس جی لفڑا کیا ہے......؟''

''تم کیوں پوچھتا ہے؟'' کاشف نے غصے سے تیوریاں ماتھے پہ بچھالیں تھیں۔ ''کیا تعلق ہے تمہارا؟''

''یہ گل خاں آفریدی ہیں۔'' فلور آفیسر نے تعارف کراتے ہوئے کہا ''ہوٹل کے بورڈ آف ڈائریکٹرز میں سے ہیں...... بہت بڑے ٹھیکیدار...... برسوں سے اس ہوٹل میں اُن کا سویٹ ریزرو ہے۔''

''کچھ بھی ہوں...... '' کاشف نے کف اڑا کر کہا ''ان کا تعلق اس قصے سے ہے نہ ہوسکتا ہے...... سنا تم نے؟''

مگر جب کاشف نے صبازادی سے تحمل سے کہا۔ ''آؤ...... آجاؤ......'' اور اسے دائیں ہاتھ سے پکڑ کر قریب کرنا چاہا تو صبازادی نے دلخراش چیخ کے ساتھ اس کا ہاتھ کاٹ لیا۔ یہ چیخ اتنی تیکھی اور دلدوز تھی کہ سناٹے نے اِسے چار گنا کر دیا تھا کہ کئی دروازے اور بھی

کُھل گئے۔

کاشف نے دوبارہ اسے کھینچنے کے لیے زخمی ہاتھ بڑھایا۔

''نہیں جاؤں گی'' اس نے قدرے ہانپ کر دہرایا ''ہرگز نہیں جاؤں گی۔''

''میری ذمہ داری ہو تم...... میرے ساتھ آئی ہو اسلام آباد سے۔ تمہیں چلنا ہو گا۔'' کاشف نے حاکمانہ لہجہ اختیار کیا۔

''زبردستی نہیں چلے گی مسٹر...... یہ نہیں جائے گی۔'' آفریدی نے للکار کر کہا۔

''اسے چھونا بھی نہیں......''

''میں اسلام آباد سے لایا ہوں خاں صاحب......'' وہ منمنایا۔ ''یہ میری داشتہ نہیں۔ محبت ہے۔''

صبازادی چیخ پڑی ''نو...... نو...... نو...... نہیں......''

''مگر میں اسے لے جا رہا ہوں...... کوئی روک کر دکھائے......'' وہ آگے بڑھا۔

''میں روک سکتا ہوں۔'' آفریدی اپنے چوڑے چکلے سینے کو درمیان میں لا کر دیوار بن گیا اور بولا ''تم کون ہو؟ تم ہو کون؟''

''میں اشرافیہ کا نمائندہ ہوں۔ عزت دار آدمی ہوں، تمہیں شریف اور عزت دار آدمی سے ڈرنا چاہیے۔'' کاشف تحمل سے کہنے لگا۔

''ہونہہ...... اشرافیہ، تم نے اپنے اناڑی پن سے اعلیٰ ترین ہوٹل کی عزت کو داؤ پر لگا دیا ہے۔'' ریٹائرڈ بریگیڈئر تہذیب الدین نے تلخی سے کہا۔ ''تمہیں معلوم بھی ہے یہ کون سا ہوٹل ہے؟''

''جانتا ہوں۔''

''جانتے ہوتے تو معلوم ہوتا کہ یہاں سب اشرافیہ ہی ٹھہرتے ہیں...... ہر ویکنڈ پہ اپنی خوشیاں جمع کرنے آتے ہیں...... موج میلہ اور زندگی کے سارے عکس ان کے ہاں

بھی بکھرتے سمٹتے ہیں...... مگر کبھی ایسا ہوا نہ سنا...... تم سب کی خوشیاں اور خوبصورتیاں برباد کرنے آ گئے ہو...... اور ساتھ میں ہم کو بھی......" تہذیب الدین کا لیکچر سب اشرافیہ کو پسند آیا تھا۔ سب کے چہروں پر ایک تفاخر چمکنے لگا تھا۔ سب چہک اٹھے۔

"ٹھیک کہتے ہیں بریگیڈئر صاحب" ڈپٹی منیجر نے درمیان میں کود کر سب کو چپ کرا دیا۔ وہ بولا "یہ اکیسویں صدی کی شب ہے مسٹر، انیس سو دس کا جنگل نہیں ہے۔ اس لیے یہ لڑکی اپنی مرضی کی مالک ہے...... او کے"

"ایک سو ایک فیصد سچ کہا ہے ڈپٹی صاحب نے......" فلور آفیسر نے تائید کر دی۔

ایکس ای این گلزار خاں نے بات کا رخ صبازادی کی طرف کر کے ننگی چھاتیوں پر نگاہ جمائی اور صبازادی سے مخاطب ہو کر بولا۔ "مس...... پلیز آپ میرے کمرے میں آ جاؤ...... میرے پاس بھی دو کمروں کا سوٹ ہے وہاں بیٹھ کر......"

"خواہ مخواہ" کاشف نے فوراً بات کاٹ کر کہا "ہر کوئی ماما بن رہا ہے۔" منہ بگاڑ کر اس نے کہا "میرے ساتھ آ جائے...... اس کے ساتھ آ جائے...... کیوں، آ جائے؟"

کاشف زہرناک ہو رہا تھا۔ اس نے صبازادی کا بازو زور سے تھام کر کھینچا تو صبازادی نے ایک جھٹکے سے چھڑا لیا...... کاشف نے دوبارہ حملہ کیا تو صبازادی نے اسے یوں دھکا دیکر بچھا دیا جیسے اس کے اندر کوئی آسیب آ اترا ہو...... جوان جہان کاشف لڑھک کر گر گیا۔

ہجوم بڑھتا جا رہا تھا اور حیرتیں دور دور تک پھیلتی جا رہی تھیں۔ ہوٹل مینجمنٹ کے کچھ اور لوگ بھی بے آواز قدموں سے دوڑے آ رہے تھے۔ ہر کوئی چپ چاپ ایک ننگی، دلکش اور ہانپتی ہوئی جوان عورت کا جائزہ لینے اور گری ہوئی نائٹی کے چیتھڑوں کو اٹھا کر اس پر ڈالنے کے سوا کچھ نہیں کر رہا تھا...... دیر بعد کوئی درجۂ چہارم کا ملازم ہاتھ میں گز ڈیڑھ گز کی چادر لیے بھاگتا ہوا آیا اور چادر ڈپٹی منیجر کے حوالے کر دی۔ ڈپٹی منیجر نے کمال فخر سے چادر

صبازادی پر ڈالی تو صبازادی نے اس ادھوری چادر کو نفرت سے گرادیا......

کوئی کچھ نہ سمجھ رہا تھا...... مگر تماش بین سبھی تھے سب کی آنکھوں سے، گھنٹہ بھر پہلے کی ابلتی ہوئی نیند، غائب ہو چکی تھی۔

منیجر اور ڈپٹی منیجر دونوں آگے بڑھے۔ منیجر نے بڑے طمطراق سے سب کی طرف دیکھا اور بولا "یہ آفس کا کیس ہے......"

ڈپٹی منیجر نے آواز میں سرگوشی بھر کر منیجر کے کان میں کہا۔ "نیچے آفس میں لے چلیں؟"

"کیوں؟ کس لیے" گلزار خاں نے چیخ کر کہا۔ "کیوں ہائی لائٹ کرتے ہو؟ نتیجہ معلوم ہے؟"

"سر......" منیجر نے سمجھانے کی کوشش کی۔ "ایف آئی آر کٹے گی، انوسٹی گیشن ہو گی...... دس از پولیس کیس سر......"

"نو...... نو...... تہذیب الدین ریٹائرڈ بریگیڈئر نے دوٹوک انکار کیا۔ "ہم شریف لوگوں کو کیوں بدنام کرنے کا سامان کرتے ہیں...... جس راستے پر آپ جا رہے ہیں...... میڈیا ایک منٹ میں آ پہنچے گا۔ بال کی کھال اترے گی...... غور کریں...... سوچیں۔"

"ایگزیکٹلی......" ہاشم خاں ناصر سینئر بیوروکریٹ (ریٹائرڈ) نے بریگیڈئر تہذیب الدین سے اتفاق کرتے ہوئے کہا۔ "بڑا نام ہے اس ہوٹل کا...... فائی سٹار ہوٹل کوئی معمولی بات ہے؟ ہر ویکنڈ پہ کیسا گل وگلزار ہوتا ہے یہاں...... کتنا رش کسقدر رمیلہ اور رونق اور ہلہ گلاّ ہوتا ہے...... سب کسٹمرز اڑنچھو ہو جائے گا...... بدنامی کے باعث...... اور سنو سنو...... ہوٹل بدنام تو سب بدنام......"

جواب میں گلزار خاں نے نہایت تحمل سے فیصلہ سنایا۔ "ہنڈرڈ پرسنٹ کریکٹ...... اگر یہ کیس پولیس میں چلا گیا تو میں...... جس کی آدھی عمر یہاں کٹی ہے......

کبھی یہاں نہیں ٹھہروں گا...... نو...... نیور''

''سر اس کے بغیر سارا ہوٹل اور اسکے مسافر مجرم کہلائیں گے...... ہمیں اوپر سے آرڈر ہے...... ایسے کیس کی انکوائری...... انوسٹی گیشن ...... سب ہوگا...... اور...... پولیس نیچے منتظر ہے۔'' مینجر بڑے تحمل سے بتانے لگا۔

''آئی ایم رسپونسبل فار دیٹ...... یہ ضروری ہے، دس از مائی ڈیوٹی......''

''کیا بات کرتے ہیں آپ؟'' گلزار خاں نے کڑک کر اس کی بات روک دی۔

''آپ کو رسوائی اور میڈیا کا اندازہ ہی نہیں...... انڈر اسٹی میٹ کر رہے ہیں آپ انہیں، آپ کو بزنس میں گھاٹے کا بھی خیال نہیں؟...... ایک دفعہ ہوا اکھڑ گئی تو کون آئے گا پھر اس قدر مہنگے ہوٹل میں؟ ارے بابا...... فائی سٹار کی ذمہ داری ہی یہ ہے کہ وہ اشرافیہ کے تمام امور کی حفاظت کرے خصوصاً ان کی عزت نفس کو بحال رکھنے میں ہر وہ قدم اٹھائے۔ بس کے لیے شریف آدمی آپ کو دس گنا زیادہ بل ادا کرتے ہیں...... ڈو یو انڈرسٹینڈ؟''

ہاشم خاں ناصر کو یہ بات بے حد پسند آئی تھی۔

''مثال کے طور پر یہ خبر چھپ جائے کہ رات بھر ایک جوان عورت الف ننگی راہداریوں میں ادھر سے اُدھر، اُدھر سے ادھر بھاگتی رہی ہے تو میرا داخلہ تو بند ہو جائے گا ہمیشہ کے لیے...... آپ لوگ کیا جانیں ہر کسی کا گھریلو لائف...... آپ کو کیا خبر کہ کون کون سے دکھوں کو دفن کرنے کیلئے ہم ہر ویکنڈ پر چھپ چھپا کر یہاں آتے ہیں۔ آپ جان ہی نہیں سکتے ہماری مجبوریاں...... ایک رات ٹھہرنے کا کرایہ اتنا ہے کہ کمرے کے سوا...... باقی تمام اشیاء کی قیمت بھی ادا ہو جاتی ہے۔ ہم چار راتیں ٹھہر جائیں تو ائر کنڈیشنڈ تک کی قیمت دے چکے ہوتے ہیں۔ کس لیے؟...... کیوں؟ سوچا آپ نے کبھی؟ پروٹیکشن کے لیے ،عزت نفس کیلئے۔''

کافی دیر تک خاموشی جم سی گئی تھی۔ مینجر کے پاس کوئی جواب تھا ہی نہیں۔ پھر ہاشم

اور گلزار خاں دونوں صبازادی کے قریب چلے گئے۔ گلزار خاں نے صبازادی سے کہا۔

''اس سے زیادہ گھٹیا حرکت کیا ہو گی کہ کسی شریف تماش بین کو سرِ بازار بے عزت کر دیا جائے۔ ایسے مہذب شخص کو جو تجھے عزت دینے اور تیرا مقام بلند کرنے کو تجھے اعلیٰ ترین اور اتنے بڑے ہوٹل میں لایا ہو، تم نے دو منٹ میں اِسے رسوا کر کے تماشا بنا رکھا ہے...... ابھی تک! کیوں کیا تم نے ایسا؟''

صبازادی نے سب کچھ حوصلے سے سنا...... شاید سمجھا بھی تھا مگر اس نے پورے تبصرے کا کوئی اثر لیا...... نا ہی...... ''کیوں کیا تم نے ایسا؟'' کا کوئی جواب تھا اس کے پاس، تب ہاشم خاں ناصر نے بات مکمل کرنے کے لیے صبازادی سے کہا......

''تمہیں عزت راس ہی نہیں...... تمہیں اس ہوٹل، اس کے ٹھہرنے والوں اور ان کے پورے کلچر کا اندازہ ہی نہیں...... تم لنڈا بازار کے ہوٹلوں میں راتیں بسر کرنے والے لوگوں میں سے ہو...... یا نکلسن روڈ کے بازاری گیسٹ ہاؤسوں کی عادی۔'' وہ رک کر بڑبڑایا۔ ''گندے پانی کا کیڑا...... صاف پانی کے آکسیجن سے مرجاتا ہے۔'' پھر بلند آواز سے بولا ''اس فائیو سٹار میں واقعی تیرا سانس اٹکتا ہو گا؟ یقیناً...... میں دعوے سے کہہ سکتا ہوں...... ہے نا سچ؟''

صبازادی کے ہانپنے کے انداز سے یہی ظاہر ہوتا تھا کہ اس کا سانس ہر لحہ اٹک رہا ہے...... محسوس ہوتا تھا اس کے سانسوں میں صحرا کی تپتی ریت اڑ رہی ہے......

''ویسے تو میرا کمرہ بھی حاضر ہے......'' بریگیڈئر تہذیب الدین کہنے لگا۔ ''میں سارے معاملے کو خوش اسلوبی سے حل کر دوں گا...... کہ میری ٹریننگ کی بنیاد ہی ڈسپلن اور دیانت ہے...... لیکن بہتر ہے...... بہتر یہی ہے...... کہ......'' تہذیب الدین نے پچکار کر صبازادی کو چھو لیا تو صبازادی اُبل کر انگارہ ہو گئی۔ اسکی آنکھیں اور کنپٹیاں پھٹ رہی تھیں...... اور کنپٹی کی درمیانی شریان پورے لہو سے بھری پھول رہی تھی۔ باقاعدہ محسوس ہوتا

تھا کہ اسکا کلیجہ اندر ہی اندر چھلنی ہو کر سیال مادے میں بدلتا ہوا بہہ رہا ہے۔ بالکل ایسے جیسے پہلی مرتبہ گندل خاں کو ڈربے میں اُسے ننگا دیکھ کر بہا ہو گا...... وہ اپنی بڑی بڑی آنکھیں پوری کی پوری کھول کر سب لوگوں کے چہرے دیکھ رہی تھی...... سب کی باتیں سن رہی تھی مگر سمجھ نہیں رہی تھی۔ اس کے سامنے ہر چہرا، چہرا نہ تھا...... سپاٹ بے حس دیوار تھی جس میں ہر سطح کی آنکھیں فٹ تھیں۔ دیوار کے پار کچھ دکھائی نہ دینے کے باوجود صبازادی کے احساس کی شدت، اسے وہ بھی دکھا رہی تھی جو عام آدمی کے لیے اوجھل تھا۔ بظاہر پھٹی نائٹی اس کے ہاتھ میں اور نگاہ میں حیران آنکھیں تھیں۔ اُسے اس بات کا احساس بھی شدت سے ہو رہا تھا کہ گیارہ بے درد مردوں کی بائیس آنکھیں، اس کی چھاتیوں میں سے اٹھتی بھاپ پر گڑی ہیں، جن کے چہروں پر شہوت بھری بدمعاش مسکراہٹیں ہلکورے لے رہی ہیں۔ اس نے ایک ایک چہرے کو بھرپور غور سے، پھر سے جاننے کی کوشش میں نگاہوں کے تار سے کریدا۔ ہر چہرے کو کریدتے اور اس پر ذرا ذرا رکتے اسے سب سے پہلے اپنا باپ دکھائی دیا جس نے گندل خاں لکڑہارے سے تین مرتبہ گن کر ساڑھے تین لاکھ روپیہ وصول کیا تھا اور دوسرے ہاتھ سے اِس کی بے چارگی اور کمسنی کے باوجود صبازادی کا ریشمیں بازو، گندل خاں لکڑہارے کے سخت اور کھردرے ہاتھ میں دیتے ہوئے خوشی سے ہکلایا بھی تھا...... ساڑھے تین لاکھ سے اس کا پاؤں زمین پر متوازن نہ پڑتا تھا...... نوٹوں کی گٹھڑی ابھی تک اُس کی بغل میں تھی اور کمسن صبازادی گندل خاں کی بغل میں...... وہ گندل خاں جس نے اسکی آدھی زندگی ڈربے میں بند کر کے اس سے ایسی ایسی مشقت لی تھی کہ وہ روز مرتی اور روز جیتی تھی۔ اسے کبھی اس سوال کا جواب نہیں ملا تھا کہ اُسے اس کالی اور بھیانک دنیا میں کس لیے بھیجا گیا ہے۔ دن کو لکڑیوں پر کلہاڑا چلتا اور رات کو اِس کے نازک پھول بدن پر۔ اُسے محسوس ہونے لگا تھا کہ اسکا نازک بدن روزانہ ٹکڑے ٹکڑے کر کے پھر سے جوڑ دیا جاتا ہے۔ اور اس میں کوئی ناغہ تھا نہ چھٹی۔ موت ہر روز آتی تھی...... مگر روح قبض کرنے

والا فرشتہ نہ آتا تھا۔

جب وہ سب چہروں کو پڑھتی ہوئی ہاشم خاں ناصر کے چہرے پر آئی جس کے چہرے پر دعوتی مسکراہٹ اور آنکھوں میں ترغیب تھی تو اس نے فوراً کہا "میرے کمرے میں آجاؤ...... سارا جھگڑا نمٹ جائے گا...... بڑے سکون سے۔"

اس نے صبا کو بازو سے چھوا تو صبا نے جھٹکے سے بازو چھڑا لیا۔

تب ہاشم خاں ناصر نے اپنی مسکراہٹ میں زہر ملاتے ہوئے رعونت سے، کاشف کی طرف اشارہ کرتے ہوئے کہا......

"یہ مرد ہوتا تو تجھ ایسی عورت کی مجال تھی جو سکتی بھی" رک کر اس نے صبا سے کہا "کیوں ایکسپلائٹ کرتی ہو شریف آدمی کو...... کس لیے ظلم کرتی ہو آدھی رات کو پیمان توڑ کر؟"

گلزار خاں نے گرج کر ہاشم خاں کی تائید کرتے ہوئے کہا

"ایسے ننگے پن کا مظاہرہ کوئی عورت تو کر ہی نہیں سکتی۔ تم عورت نہیں...... گالی ہو...... بے ہودہ، بدتمیز، بدمعاش۔"

پھر وہ کاشف سے مخاطب ہو کر کہنے لگا "لاکھ دو لاکھ زیادہ مانگتی تھی تو دے دیتے تم؟...... عورت کے لیے ریشم، زیور اور روپیہ اسکی زندگی ہے مگر مرد کے لیے ہاتھ کا میل......"

اس سے پہلے کہ کاشف کچھ بول سکتا، ریٹائرڈ بریگیڈئر تہذیب الدین کو موقع مل گیا اس نے صبا زادی کے بالکل سامنے جا کر اسے مخاطب کیا اور کہا "اگر یہ تمہیں اسلام آباد سے لے کر آیا ہے تو سارے معاملات طے کر کے ہی لایا ہو گا۔ میری بات غور سے سنو اور کو ئیک ہو کر (Oby) اوبے کرو......" رک کر اسنے سانس برابر کیا اور کہا "چپ چاپ اس کے ساتھ چلی جاؤ۔ رات گزارو...... لائف انجوائے کرو......"

تہذیب الدین نے بازو لمبا کر کے کاشف کی طرف اشارہ کرتے ہوئے کہا ''اس کو بے مزہ اور خود کو رسوا کرنے کا کیا فائدہ؟ زندگی میں اونچ نیچ ہو جاتی ہے مگر اس کا یہ مطلب نہیں کہ آدمی بلیک میلنگ پہ اتر آئے اور پھر اتنا اوپر چلا جائے کہ ننگا گوشت لٹکا دے بازار میں۔'' پھر وہ بُرا سا منہ بنا کر بولا ''مجھے تو کراہت ہو رہی ہے تمہیں برہنہ دیکھ کر۔ عجب ہے کہ آدمی ہو یا عورت...... کسقدر بھیانک ہو جاتے ہیں ننگے پن میں...... جاؤ...... جلدی سے چلی جاؤ...... ہری اپ'' تہذیب الدین نے اسے کاشف کی طرف ٹھیلتے ہوئے کہا۔

''نو......نو......'' صبازادی اتنے زور سے پہلی مرتبہ چیخی تھی۔

''چیخو مت...... بے وقوف'' گلزار خاں اس سے بلند چیخا تھا۔

''تجربہ کار ہو...... جہاں دیدہ ہو۔ پروفیشنل ہو...... پھر بھی؟'' رک کر اس نے سمجھانے کا انداز اختیار کرتے ہوئے کہا۔ ''تم کوئی کمسنی میں اغوا ہو کر فائی سٹار ہوٹل میں نہیں لائی گئی ہو...... اپنی مرضی سے...... اپنے حوصلے سے آئی ہو...... میں تمہارے بھلے کی کہتا ہوں، پولیس کیس بن گیا تو زندگی حاضریاں دیتے گزر جائے گی اور جس طرح راتیں کھردرے فرش پہ بسر ہوں گی غلیظ لوگوں کے ساتھ...... اور ہڈیاں، جوڑ جوڑ سے الگ ٹوٹیں گی تمہیں شاید ابھی اسکا تجربہ نہیں ہوا...... اور یہ سب مفت ہوگا شہزادی...... اب بھی سن لو...... سمجھ لو......''

''یو آر ہنڈرڈ پرسنٹ رائٹ سر۔'' ڈپٹی منیجر نے گلزار خاں کی تائید کی۔

سب یہ سمجھ رہے تھے کہ صبازادی پر اس کی تبلیغ اثر کر گئی ہے مگر صبازادی حیران آنکھ سے جس چہرے کی طرف تکتی وہ اُسے کسی نہ کسی جانور کا چہرہ دکھائی دیتا تھا۔ یہ وہی چہرے تھے جو صبازادی کو کبھی سلمٰے کبھی خالدہ کبھی زرینہ اور آمنہ کبھی نیلوفر اور الفت کے روپ میں اس وقت ملے تھے جب سنگھار میں سجا کر اسے مختلف بیڈ رومز میں بھجوایا گیا تھا۔ زیادہ تر میڈم ظہرہ مشتاق کے اپنے خوشبودار بیڈ رومز...... جہاں صبا نے زندگی کے نئے

روپ دیکھے اور نئے ذائقوں کو چکھا تھا...... پھر یہ بیڈ رومز بڑے وسیع بنگلوں میں ڈھل گئے اور پھر فائی سٹار ہوٹلوں کے پرسکون ماحول میں...... اور آج اسی طرح کے ایک بیڈروم میں وہ اس وقت ایسے پل صراط پہ کھڑی تھی...... جس کے چاروں اطراف سولیاں لٹکی تھیں...... اور وہ بے شمار بھیڑیوں کے درمیان...... بے بس ہرنی کی طرح...... ہانپ رہی تھی، جہاں ہر ایک کا روپ، الگ ہوتے ہوئے بھی ایک سا تھا۔

بڑی دیر کے بعد کاشف نے ہمت کر کے صبازادی سے کہا ''آؤ...... آ جاؤ......''
وہ اسکا سگا بھائی ابھی تک اس کا طالب تھا اور بے خبر بھی۔

''مگر'' مینجر نے بولنے کی کوشش کی تو کاشف نے فوراً کہا ''آپ یا کوئی بھی اور...... اس معاملے میں نہ آئے۔ یہ میرے ساتھ آئی ہے۔ میرے ہی ساتھ جائے گی......''

''سر...... یہ جانا چاہیں تو...... آپ لے جا سکتے ہیں...... مگر معاملہ ایسا ہے کہ......''

''معاملہ ایسا ہو یا ویسا...... آپ زبان بند رکھیں۔'' کاشف نے بھڑک کر کہا۔
''اب کوئی اس سلسلے میں مشورہ دے نہ تبصرہ کرے۔ یہ میری عزت کا معاملہ ہے۔ میرے سٹیٹس کا۔ وقار اور انا کا...... سب لوگ قدم پیچھے ہٹا لیں...... ہمیں راستہ چاہیے...... ہٹ جائیں...... بلکہ چلے جائیں آپ......''

کوئی اپنی جگہ سے نہ ہلا تو کاشف نے آنکھوں میں التجا بھر کر صبازادی کی طرف دیکھا وہ بھی تسلسل سے کاشف کو گھور رہی تھی۔ ایک ننگی جوان عورت نے خود کو حتی الامکان چھپا رکھنے کے سوجتن تو کیے تھے...... مگر مرد کی نگاہ دیوار چیر کر برہنہ عورت تک جا پہنچتی ہے...... یہاں تو سب سامنے کھڑے تھے...... جنس اور واقعے کے حظ نے اُن کی آنکھوں سے نیند اڑا رکھی تھی۔ صرف تجسس تھا، برہنہ عورت تھی اور شرارت میں لپٹی تماشا کرنے والی

ابلتی نگاہیں تھیں۔

صبازادی نے دو تین چار لمبے سانس کھینچ کر لیے جن میں آہ بھی تھی، ہانپنے کی جدوجہد بھی......اور جینے کی سزا کا درد میں لتھڑا کرب بھی......کاشف لحہ لحہ اس کے قریب، بہت قریب ہو گیا اور لفظوں میں پچکار بھر کر صبازادی سے بولا۔ "ڈارلنگ......چلو......اب کمرے میں چلو......"

اس سے پہلے کہ وہ اس کے گرد بازو حمائل کر کے اُسے جکڑ لے صبازادی نے ایک دھماکے کی طرح پھٹ کر کاشف کے سینے پر انتہائی زور سے دو ہتڑ مارا اور یکے بعد دیگرے اسے دھکے میں بدل کر کاشف کو زمین پر گرا دیا اور تیزی سے ہانپتے ہوئے صرف ایک لفظ کہا "حرامزادہ"

وہ پہچانتی تھی کہ اس کے سامنے اس کا بچھڑا ہوا......سگا بھائی کھڑا ہے۔ مگر جو کچھ ہو چکا تھا اس کا ردعمل شاید یہی تھا۔ کاشف، شرمندگی، شکست اور پسپائی کی ندامت سے پنجوں کے بل فرش پر بیٹھ گیا تھا۔ شرارت سے بھری تماش بینوں کی نگاہیں صبازادی کے بدن کے آر پار ہو رہی تھیں مگر صبازادی کے ماتھے پر پہلی مرتبہ پسینے کے ذرات نمودار ہو چکے تھے۔

وہ اتنی زور زور سے ہانپ رہی تھی جیسے میلوں کی مسافت بھاگتے بھاگتے طے کی ہو......اور اب سانس میں اڑتی مرچوں کی بدولت سخت دشواری بھی ہو۔

کاشف کا ملال یک رخا تھا جو ٹوٹتی انا کی کھنک کی بدولت رعونت کو دھچکا لگنے سے ہو سکتا ہے......وہ سخت حیرت میں تھا۔ تحیّر کا یہ رنگ پہلی مرتبہ اس کے کھلنڈرے پن نے دیکھا تھا۔ اسے وہ آگ چھو کر ہی نہیں گئی تھی، جس میں صبازادی جل تو رہی تھی مگر وہ کوئلہ بنی تھی نہ راکھ۔

تب اسی وقت......دو ڈاکٹر......جنرل منیجر اور کچھ پولیس آفیسرز لفٹ سے برآمد ہوئے اور بھاگتے ہوئے ان سب کی طرف آئے۔ جنرل منیجر کے پاس بڑی سی چادر

تھی۔ طے شدہ پروگرام کے مطابق اس نے فوراً چادر کو صبازادی پر ڈال دیا۔ صبازادی ہلی نہ بولی۔ اسے چُپ دیکھ کر سٹاف کی آنکھوں میں چمک آ گئی جو پھیل کر کاشف کی آنکھوں میں بھی اتر آئی تھی۔ جنرل منیجر کے چہرے پر اطمینان جھلکنے لگا تھا اور جب ایک ڈاکٹر نے بڑھ کر صبازادی کی طرف دیکھا اور مسکرایا تو جنرل منیجر نے کہا۔ ''تھینکس گاڈ...... میڈیا سے بھی بچ گئے، ہوٹل کا تقدس بھی محفوظ ہو گیا۔''

سارا اسٹاف صبازادی کی طرف مسکراہٹیں اچھال رہا تھا.... مگر وہ جواب میں مسکرائی نہ بولی...... پتھر بنی رہی...... سب نے اسے مطمئن اور رضامند جان کر ایک دائرے کی صورت میں اپنے جلو میں لے لیا تھا۔ وہ سب اسے کمرہ نمبر 413 کی طرف سرکانے لگے۔ صبازادی لڑکھڑا رہی تھی۔ مگر چل رہی تھی اس کی چال اس ماں سے ملتی تھی جو ابھی ابھی اپنے بچے کو لحد میں اپنے ہاتھوں اتار کر پلٹی ہو۔ سو وہ لڑکھڑاتی، سسکتی، ہانپتی اور سہمتی ہوئی کمرہ نمبر 413 کی طرف سرکتی جا رہی تھی۔ رک رک کر...... سوچ سوچ کر...... فالتو لوگ اپنی جگہ جمے رہے۔ منیجر، پولیس، سٹاف اور کاشف کے چہروں پر ایسا اطمینان تھا جو مکارانہ چال کی چمک سے ابھرتا ہے۔ کاشف کے حواس پلٹ آئے تھے۔ 413 نمبر کمرہ سامنے تھا۔ دروازہ ابھی تک کھلا تھا۔

کاشف نے خوشی سے خود کو یکجا کرتے ہوئے صبازادی کو پھر کمر سے لپیٹنے کے لیے بازو پھیلایا تو صبازادی دو تین سانس تک باقاعدہ اس کی آنکھوں میں آنکھیں ڈال کر تکتی رہی...... اس کی نگاہوں میں ممتا تھی ...... محبت تھی اور پچھتاوا...... پھر یکلخت صبازادی میں کہرام مچا، ایک طوفان سا اٹھا اور اس نے زخمی شیرنی کا روپ دھار کر اپنے لمبے ناخنوں سے کاشف کا سینہ چھیل دیا۔ وہ کاشف کو زخمی کرتے ہوئے پورے زور سے چیخ رہی تھی کہ سارا اسٹاف پریشان ہو گیا.... پھر اس نے غُرّا کر کاشف پر زور سے تھوکا......، خود پر سے چادر اتار کر پھینکی، چیخ کر بھاگتی ہوئی بالکنی تک پہنچی اور نوویں منزل سے نیچے کود گئی۔

ایک پھٹی ہوئی نائٹی سمیت...... ہوٹل کے مرکزی لاؤنج کے عین درمیان وہ پورے زور سے چلاتی ہوئی گری اور ہڈیاں چنی چنی ہونے کی آواز کے ساتھ ہی...... اس کی اپنی آواز بند ہو گئی چمکتے ہوئے پالش شدہ شفاف فرش پر اس کی ہڈیاں ریزوں میں بدل گئی تھیں اور لہو کی لکیریں چیونٹیوں کی طرح فرش پر رینگنے لگی تھیں...... سب سے نمایاں کنپٹی سے بہنے والی لہو کی لکیر تھی جو فرش پر ایک ''انکار'' رقم کرتی چلی جا رہی تھی۔

دوسرے دن ہر اخبار میں ڈیڑھ انچ کالم میں ایک ہی خبر شائع ہوئی تھی۔

''ایک خوبرو عورت نے ملازمت کے لیے دی گئی درخواست مسترد ہونے پر ہوٹل ''ہیروسٹار'' کی نوویں منزل سے کود کر خودکشی کر لی...... پولیس کو ورثا کی تلاش ہے۔''

ع مثالِ قطرۂ شبنم رہے رہے نہ رہے

میں اب اپنے سائے سے بھی ڈرنے لگی ہوں..... میرے سامنے تینوں سانحات مجسم صورت میں کھڑے ہو کر میرا گلا گھونٹ دیتے ہیں..... ان لمحوں میں میرا سانس رکنے لگتا ہے، میرے اندر باہر ریت اڑنے لگتی ہے، جسم شل ہو کر پتھر ہونے لگتا ہے اور اذیت کی انوکھی لہر میرے لہو میں جاگتی، جھنجھناتی، دل سے گزرتی ہے۔ بار بار......! میں ایک عورت ظہرہ مشتاق، سولی پہ لٹکتی ہوں اور یہ لہر پھانس بن بن میرے ہر مسام میں اٹک کر سلگنے لگتی ہے۔ میں اپنا حال کس سے بیان کروں؟ میں آسمان کی رفعتوں کو عالم سکرات میں تکتی ہوں......کوئی وعید کوئی نوید...... کچھ نہیں، صرف نیلا خلا دور تک پھیلا ہے، شاید یہی پل صراط ہے؟ اسی پل صراط پر رک کر میں اپنے رب کو یاد کرتی ہوں، وہ جس کے معنی ہیں درجۂ کمال کو پہنچانے والا......اس امید پر اپنی ذات کا ذرّہ ذرّہ چُن کر خود کو جمع کرتی اور پل صراط پار کر جاتی ہوں......مگر ایک پُل صراط کے بعد دوسرا پُل صراط میرا منتظر ہوتا ہے، میں پھر سے ذرّات میں بکھر جاتی ہوں اور ریزہ ریزہ چُن کر دوبارہ آنکھوں کے نم سے گوندھتی اور اپنے آپ کو یکجا کرتی ہوں اور پُل پار کر لیتی ہوں۔ مگر پلوں کی تعداد کم نہیں ہوتی۔ ہر پُل ایک سراب کی طرح پھیلتا چلا جاتا ہے اور اگر کبھی اُس کا پھیلاؤ ختم بھی ہو جائے تو دوسرا تیسرا، چوتھا سراب میرے پاؤں میں بچھا ہوتا ہے۔ میں اس سفر میں جھلس جھلس جاتی ہوں مگر سرخرو

ہونے کی کوشش جاری رکھتی ہوں۔

ہر چند کہ چاروں طرف شیطانی روحوں کے طنز واستہزا کے تیر، مجھ پر برستے ہیں جنہیں میں دل پہ سہتی ہوں...... ان تیروں میں میرا ماضی چھپا ہوتا ہے، گناہ میں بھیگی، بھٹکی ہوئی زندگی اور اس کی یادیں ہوتی ہیں، وہ تصویریں ہوتی ہیں جنہیں آپ دیکھ سکتے ہیں نہ خود سے جدا کر سکتے ہیں۔ کیٹ واکس کے مناظر......، کروڑوں کی گاڑیوں میں ڈھلتی عمر کے امیر زادے، وڈیرے اور بیوروکریٹس......! جب میں کیٹ واک کرتے ہوئے انگ انگ چھلکا کر تھل تھل گزرنے اور ادا فروشی کو فن سمجھتی تھی اور دونوں طرف رال ٹپکاتے منچلوں کے ریمارکس سنتی تھی اور جانتی تھی کہ میرا ہر ہر قدم نوٹوں کی بوری بھرتا چلا جا رہا ہے اور اس نشے میں کبھی یہ سوچا بھی نہ تھا کہ دولت کے یہ پہاڑ اور سونے چاندی کے تھالوں میں بھرے جواہرات اگر سکون اور آسودگی دے سکتے تو فیروزے اور صبازادی کا انجام یوں ہوتا؟ دونوں کی دولت بے حساب تھی، جاگیریں، شہروں شہروں پھیلی تھیں لاکرز جواہرات سے اٹے تھے مگر یہ سب کسی کے کام کیوں نہ آیا؟ ان کا انجام دردناک کیوں ہے؟ کیا ان میں نیکی کی کوئی رمق نہ تھی؟ اس کا جواب وہی دے سکتا ہے جو نیتوں کا بھید جانتا ہے۔

مگر میری نیت تو کھلی کتاب ہے۔ مدت سے میرے انگ انگ سے نیکی پھوٹنا چاہ رہی ہے...... چند کونپلیں نکلی بھی ہیں۔ میں بہت ساری راہ بدل چکی ہوں اور خود کو اپنے آس پاس کو، بدلنا چاہ رہی ہوں۔ تو پھر مجھے درد والم سے لتھڑے ان عذابوں سے چھٹکارا کیوں نہیں ملتا؟ کیوں میرے جگر کا ٹکڑا مہر النسا...... اس روپ میں میرے سامنے لایا گیا؟ کیوں اس نے میرے روک دینے کے باوجود دیدار حسین سے شادی کر لی...... اس نے کیوں میری ممتا کو کفن پہنایا؟ اس نے مجھ سے وعدہ کیا تھا...... اس نے کیوں حیا کا وہ پردہ بھی چاک کر دیا جو طوائف ہونے کے باوجود بھی عورت قائم رکھتی ہے جس کے لیے صبازادی نے جان دے دی۔ جس کی خاطر فیروزے نے مثال قائم کر دی...... مہر النسا تو

نے مجھ سے وعدہ کیا تھا، قسم کھائی تھی۔ میری ذات کو دوبارہ تعمیر کر کے، مجھے بھروسے کی توانائی سے نئی زندگی دی تھی؟ اُس نے امید کی وہ شمع جلائی تھی کہ میں نے سکھ بھرے ہزاروں سانس لے لیے تھے مگر مہر النسا نے میری امید کو تاریکیوں میں گم کر دیا جب اس نے فون پر مجھ سے کج بحثی کرتے ہوئے کہا "سنو سنو ماما...... دیوان عاشق حسین، جو بچہ ہوسپٹل سے گھر لے گئے تھے وہ مر گیا تھا...... دیدار حسین ان کا دوسرا بیٹا ہے جوان کی تیسری بیگم سعدیہ رجا نے جنا تھا۔" پتہ نہیں میں نے کیسے یہ سنا، میں پتھر ہوگئی تھی...... میں جہنم میں تھی اس وقت...... آنسو بہہ کر بھی حدت کم نہ کر سکے تھے۔ صرف میرا دل اندر سے چیخ چیخ کر کہہ رہا تھا "مہر النسا...... یہ غلط ہے...... یہ غلط ہے...... یہ جھوٹ ہے...... دیوان عاشق حسین کی تیسری بیگم سعدیہ رجا پہلے بچے کی پیدائش کے وقت ہی مر گئی تھی اور اسکا پہلا اور آخری بچہ...... لڑکی تھی...... اس نے لڑکی جنی تھی مہر النسا۔ فریدہ بیگم...... اسکا نام رکھا گیا تھا۔ جو آج بھی زندہ ہے۔ میں اس تصوّر سے عمر بھر گناہوں میں ڈوبے رہنے کے باوجود، لرزنے لگتی ہوں کہ...... دیدار حسین ولد عاشق حسین نے میری ہی کوکھ سے جنم لے کر جڑواں بہن سے شادی کر لی...... شاید میری سزاؤں میں یہ سب سے کڑی اور تلخ سزا ہے جو ایک تسلسل سے مجھے مل رہی ہے، ملتی رہے گی...... میں لاکھ سر جھٹکوں، آنکھیں بند کروں...... منہ موڑوں مجھے یہ سزا جینے نہیں دے رہی...... اور شاید یہ دنیا میں ملنے والی سزا کا ایک نمونہ بھی ہے۔ صبا زادی اور فیروزے کو المناک سزائیں تو ملیں مگر انجام جلد ہو گیا مگر میرے لیے پل صراطوں کا پل صراط، روشنی کی رفتار سے طویل ہوتا جا رہا ہے۔ میں نے جس فلاح کی راہ کو پسند کر لیا ہے اُسی نے مجھے خودکشی سے روک رکھا ہے کہ خودکشی حرام ہے۔ حضرت بابا عطار نے میرے بہت سے مسائل سلجھائے ہیں۔ انہوں نے میری تہذیب کی ہے، تربیت بھی۔ انہوں نے "مسجد العظمت" بنوانے میں دن رات صرف کیے ہیں۔ صرف میرے سکون کے لیے۔ اس مسجد پر میرا نام نہیں ہوگا کوئی نمائش ہوگی نہ نمود۔ صرف "مسجد العظمت" لکھا

ہوگا۔ میں اپنی ذات کو فنا کر دینا چاہتی ہوں......صرف سکون کے لیے...... فلاح کے لیے......خود کو بہتر بنانے کے لیے......مگر سکون کیا ہے......شاید یکسوئی ہے۔ یکجائی کا نام ہے سکون۔ جو مجھ سے دن بدن چھن رہا ہے۔

اسی لیے...... میں جلد از جلد ''مسجد العظمت'' کا افتتاح چاہتی ہوں اور اسی خاطر......آج...... بلکہ ابھی مجھے بابا جی عطار سے معاملات طے کرنے جانا ہوگا...... میں جاتی ہوں......میں جا رہی ہوں......

ع مگر ایک شاخِ نہالِ غم جسے دل کہیں سو ہری رہی

''میں بکھر گئی ہوں حضرت...... اس سے پہلے کہ میرے وجود کے ذرات بخارات بن کر ہوا میں تحلیل ہو جائیں مجھے سمیٹ دیجئے۔'' ظہرہ مشتاق نے ''سمیٹ دیجئے'' بہ طور خاص جم کر کہا تھا، اسے معلوم تھا کہ ''سمیٹ لیجئے'' کے معنی کیا ہیں۔ ظہرہ پر ایک نئی پرت چڑھ آئی تھی۔ وہ آج ایک نئی ظہرہ مشتاق تھی جو بہت ڈوب کر اور محتاط ہو کر حضرت بابا عطار سے مخاطب تھی۔ ظہرہ نے ایک لمحہ توقف کر کے بابا عطار کے تاثر کو نگاہوں میں تول لیا تھا تب اس نے جرأت سے بات آگے بڑھائی۔

''میرا سوال یہ بھی ہے کہ فیروزے اور صبا زادی کا انجام ان کی سزا تھی یا تقدیر، اگر سزا تھی تو انہوں نے اپنے گناہوں کا کفارہ اسی دنیا میں ادا کر دیا تھا؟ اور حضرت اگر یہ تقدیر تھی، لوح پر پہلے سے یہ سب لکھا ہوا تھا...... تو یقیناً اُن کا قصور کیا؟ اور سزا کیسی؟...... اس گرہ کو بھی کھول دیجئے...... اس گرہ کی تدبیر بھی آپ کے پاس ہے...... کنجی بھی......'' وہ رکی تو ایک آہ سی اس کے لبوں سے پھسل گئی۔ پھر وہ لمبے لمبے سانس لے کر خود کو بحال کرتی رہی اور جواب کا انتظار بھی۔ جب خاموشی رہی تو ظہرہ نے تجسس بھرے لہجے میں کہا۔

''میرا دل دنوں سے ان سوالات میں الجھ کر آپ کو ہی پکار رہا تھا۔ مجھے معلوم ہے آپ ہی کی قدم بوسی میں میری نجات ہے۔''

ظہرہ مشتاق اس قدر انکساری سے کبھی نہ بولی تھی اس نے اپنی انکساری میں بہادری شامل کر کے پوچھا۔

"کیا میں ان دونوں سے مختلف نہیں؟ میں نے جدوجہد کے محاذ پر جنگ نہیں جیتی؟ میری سرشت میں نیکی تو آپ نے خود تلاش کی تھی۔ اگر ایسا ہے تو پھر ہر دوسرے قدم پر میرے لیے ہی بند گلی کیوں ہے؟ ہر نئے موڑ پر میں کسی نہ کسی ایسی دیوار سے آ ٹکراتی ہوں جو زندگی کے سارے امکانات، سارے راستوں کو نگل لیتی ہے۔ میں اذیتوں میں بھیگتی رہتی ہوں حضرت...... اس نیکی کے باوجود جو میری روح میں سر اٹھائے رہتی ہے۔"

وہ چپ ہوئی تو حضرت بابا عطار نے بند آنکھوں سے صورت حال کا جائزہ لے لیا۔ پھر کہا۔

"تم نے جدوجہد کا محاذ جیت کر اخلاق ہار دیا ہے" وہ رک کر چونک جانے والی ظہرہ مشتاق کی طرف دیکھتے رہے اور کہا۔ "آٹھ برس مشتاق، تمہارا شوہر لاپتہ رہا...... نکاح تک فِسق ہو گیا۔ اب یہ انکشاف ہوا ہے کہ سال بھر سے وہ لوٹ آیا ہے۔ اور تمہارے ساتھ اِسی گھر میں رہ رہا ہے؟"

"جی...... حضرت...... وہ اِسی گھر میں ہے۔"

"بغیر حلالہ کیے؟" ظہرہ مشتاق کچھ نہ بولی تو عطار نے کہا "تم نے ایک ایسے عذاب کو دعوت دی ہے جس کا دوسرا کنارہ دوزخ کے دروازے سے جا ملتا ہے، پھر بند گلیوں اور دیواروں کا گلہ کیسا؟" ان کی آواز زندگی میں پہلی بار بتدریج بلند ہو رہی تھی اور اس میں غصہ اور ملال دونوں شامل تھے۔

"وہ...... مجھ سے دور انیکسی کے ایک کمرے میں پڑا رہتا ہے جی...... میرا اس کے ساتھ کوئی رشتہ ہے نہ تعلق"

"دنیا کی نگاہوں میں تو ہے نا؟" عطار نہایت سنجیدگی اور جمی ہوئی آواز میں

بولے۔ ''تمہارے نام تک کے ساتھ ابھی تک مشتاق جڑا ہے۔ کیا یہ سقم نہیں؟ اندر کی بات تو رب کریم ہی جانتے ہیں...... یا تم! فی الحال اس سقم کو دور کر دو یا حلالے کے لیے تیاری.....''

رک کر انہوں نے تیز نگاہوں سے ظہرہ کو گھورا اور بولے۔

''یہ بے حد ضروری ہے'' انہوں نے فیصلے اور ظہرہ کے درمیان دوٹوک دیوار کھینچی تھی۔

''اگر مجھے اس سے نکاح کرنا ہوتا تو ایسا بھی سوچا جا سکتا ہے مگر میرا ارادہ ایسا نہیں ہے حضرت...... میں تو یہ پوچھنے آئی ہوں کہ میری دعائیں، التجائیں، صدائیں رائیگاں کیوں جاتی ہیں؟'' وہ رک کر کہنے لگی ''بقول آپ کے، دعا، تقدیر بدل دیتی ہے۔ تو پھر...... میری ہی دعائیں ادھوری اور بے اثر کیوں ہیں؟''

''بی بی'' عطار نے گاؤ تکیے سے کھل کر ٹیک لگا لی۔ ''دعا دل میں خواہش کی چنگاری ہی کی طرح پھوٹتی ہے...... اور یہ خواہش ہی تو ہے جو ہمیں بوجھل کر دیتی ہے۔ کبھی شرمساری کے بوجھ سے، کبھی طمع کے بوجھ سے...... ایسا بوجھ تجاوز ہے اور تجاوز گناہ ہے......'' بہت دیر چپ رہنے کے بعد عطار جی نے کہا ''پہلا قدم اپنے احتساب کا ہے خود کو کٹہرے میں لانے کا عمل اور حوصلہ، کٹہرے میں، خود کو لے آنے کا در اک ہی وہ دروازہ ہے جس کے ماتھے پر نجات لکھا ہے''

''حضرت جی...... میں آپ کے سامنے کٹہرے ہی میں تو ہوں......''

''کٹہرے سے اگلا قدم محاذ ہے۔''

''مگر حضرت یہ کیسا محاذ ہے جس میں بندہ اپنے ہی خلاف لڑتا ہے...... بار بار؟''

''یہی راستہ نجات کا ہے...... تمام بزرگوں کا اسی پہ اتفاق ہے......'' انہوں نے کھانس کر کہا ''یہی بشر کے لیے نروان ہے...... یہی اُس کی جاودانی۔''

''حضرت میرا کچھ بھی آپ سے اوجھل نہیں۔ آپ ریزہ ریزہ جانتے ہیں......

پھر میرے ہی لیے کٹھن مراحل کیوں ہیں...... میرا سکون کدھر ہے؟ قرار کہاں ہے؟''

بابا عطار نے پوری آنکھوں سے ظہرہ کا جائزہ لیا۔ اس وقت وہ سفید گلاب کے پھول جیسی سادہ اور دل میں اتر جانے والی ادا کے ساتھ زمین پر نگاہ جمائے بیٹھی تھی۔ حضرت نے اسے اس رنگ میں شاید پہلی مرتبہ دیکھا تھا...... نگاہ بھر کر انہوں نے اُس پر پھیلا دی اور پھر دھیمی اور پروقار آواز میں کہنے لگے۔

''دردمندی، سکون اور قرار کی بات یہ ہے کہ جلال و جمال کی محبت، زر و مال اور تعلقات کی زنجیر سے بندھ کر، اختیار پہ حکمرانی کی ہوس نہ پالی جائے...... یہ سب بُت ہیں بی بی...... ہولے ہولے دل کے دالانوں پہ یوں قابض ہوتے چلے جاتے ہیں کہ تلِ برابر روشنی بھی نہیں بچ پاتی...... یہ مرحلہ کٹھن تو ہے...... مگر ناممکن نہیں کہ اس سے بچنے کا راستہ نہ ہو۔''

''مجھے نصیحت فرمایئے...... مجھے کیا سوچنا ہوگا؟''

''دل کے تہہ در تہہ محلات میں...... کیسی کیسی خواہشیں بُکل مارے چھپی ہیں۔'' وہ کنکھیوں سے دیکھ رہے تھے۔

''ظالم اور سفاک آرزوئیں...... یہی پاؤں میں بندھے ٹنوں لوہے کی طرح ہوتی ہیں بی بی...... انہیں کاٹ پھینکنا ہوگا۔''

''حضرت جی......'' وہ کتنی دیر خاموش رہ کر بول سکی۔ ''آرزوئیں، خواب اور خواہشیں بھی نہ ہوں تو آدمی لاش رہ جاتا ہے...... کیا نہیں؟''

''یقیناً، لیکن تم جس جہان کی متمنی ہو اس کے لیے سب خواب چکنا چور کر کے ویرانہ آباد کرنا ہوگا۔''

''مگر'' ظہرہ مشتاق نے بے ساختہ کہا ''آپ کی تعلیمات کے مطابق میں راہبہ بھی تو نہیں بن سکتی حضرت جی...... کیا مجھے دنیا کی ساری آسائشیں تج دینا ہوں گی......؟''

بہت دیر بعد عطار بولے ''شاید ساری نہیں مگر'' وہ پھر رک کر سوچتے رہے پھر کہا ''ویرانہ آباد ہی تب ہوگا جب اوپر والے کی یاد میں چراغ جل اٹھیں گے۔ یہ چراغ، دائمی روشنی جب ہی دیں گے جب ہم خواب اور خواہشوں کی دنیا سے پاؤں لہولہان کیے بغیر جنگل سے نکل آئیں اور اُسی سے لَو لگالیں جو دلوں میں نور اتارتا ہے اور ثابت قدمی کی طاقت بخشتا ہے......''

وہ لمحہ بھر رک کر اپنی ہی بات پر فکر کرتے رہے پھر کہا۔

''اور یہ راستہ ہر کسی کے نصیب میں کیسے ہوسکتا ہے ظہرہ جان''

ظہرہ مشتاق نے ''ظہرہ جان'' پہلی مرتبہ عطار کی زبان سے سنا تھا۔ وہ سُن ہوگئی اس کا سارا خون اس کے چہرے پر آ گیا اور وہ لال گلال ہوگئی.... یہ نام تو دیگر خطابات کے ساتھ دیوان عاشق حسین بخاری نے رکھا تھا......عطار جی کے منہ میں کیسے آ گیا۔ حیرت نے اس کے تلووں کو تلملا دیا تھا، ہتھیلیاں پسینے میں بھیگ رہی تھیں اور زبان تالو سے آ لگی تھی۔ زندگی میں ہزار مردوں سے کیا کیا نہ سنا ہوگا ظہرہ نے...... مگر یہ کیسا لفظ تھا جس نے اس کی کہانی ہی بدل دی تھی۔ وہ چپ رہی، اس کا دل دو مرتبہ تیزی سے اس لیے دھڑکا کہ دل نے ایک بیٹ (Beat) مِس (Miss) کردی تھی۔ اور محبت کے جوہرِ خاص میں بھیگا یہ نام حضرت عطار جی کی زبان سے پھسلا تھا...... جی نہیں...... یہ ارادے سے ادا ہوا تھا، دنیا جہان کے پانیوں میں ابھرتے ڈوبنے والی کو کچھ سوجھ ہی نہ رہا تھا...... تب بھی ظہرہ مشتاق نے جی کڑا رکھا اور بے تاثر لہجے میں بولی۔

''حضرت...... ''ظہرہ جان'' آپ کی زبان پر؟؟''

''ہاں'' انہوں نے برجستہ کہا ''ہر کوئی مجھے ''حضرت بابا، بابا عطار'' کہتا ہے حتیٰ کہ تم بھی...... تم جو مجھ سے چھ سال بڑی ہو...... میں چھ برس تم سے چھوٹا ہوں۔ میں چھوٹا ہونے کے باوجود ''حضرت جی'' اور ''بابا جی'' ہوسکتا ہوں تو تم ظہرہ جان کیوں نہیں ہو

سکتیں؟" وہ لمحہ بھر تک خاموش رہے صرف آنکھیں جھپکتے رہے اور سیدھی نگاہ سے ظہرہ کو دیکھتے رہے پھر بولے...... "مگر میں نے عقیدت مندوں کو روکا نہیں...... اس لیے کہ ان کے لیے اس میں اپنائیت ہے۔ جس سے انہیں خوشی، سکون اور آسودگی ملتی ہے اور اگر خلق خدا کو یہ سب میری اپنی تحقیر سے بھی میسر آ جائے تو عاقبت سنور سکتی ہے......"

وہ پھر رکے تھے مگر تب بھی تو ظہرہ کو ساری گفتگو میں اپنا جواب نہ مل سکا۔ اس نے مضطرب ہو کر پہلو بدل لیا...... تب عطار بولے۔

"میں نے اِسی اپنائیت کے سبب تمہارا وہ نام لے لیا ہے...... جو مجھے پسند ہے...... جو میرے دل میں بہت پہلے سے تھا اور اب تو اس کا پھیلاؤ پسند سے آگے بڑھ کر پورے وجود کا احاطہ کر چکا ہے...... وجہ کچھ بھی ہو ظہرہ جان...... مگر میں سمجھتا ہوں کہ ایسے جذبوں کو تخلیق کرنے والا...... وہی وہ ہے جس نے اس کائنات کو خلق کیا۔ سمندروں پر زمین بچھائی اور خلا میں ستارے جڑے اور سیارے چلائے اور بے شمار چاند، بے شمار جہانوں میں اسی طرح سجا دیے کہ ان کا بھید پانے کو لاکھوں نسلیں اترتی رہیں گی تب یہ در، وا ہو گا...... پر پورا بھید نہ کھلے گا کیونکہ وہی ہے جس نے بھید چھپا رکھا ہے۔ وہی بھید جانتا ہے اور جب تک وہ چاہے گا بھید چھپے رہیں گے،...... سب نہ کھلیں گے۔"

"یہ سب ٹھیک ہے حضرت جی...... مگر یہ میرے سوالوں کا جواب نہیں ہے، آپ نے میرے اضطراب کو بڑھا دیا ہے...... میں الجھ رہی ہوں، کیسا ریشم کا گورکھ دھندا ہے یہ حضرت کہ سرا ملتا ہی نہیں......؟"

"کیا حلالہ کوئی مشکل لفظ ہے؟"

"مگر میرے لیے دنیا کا مشکل ترین مرحلہ ہے حضرت جی...... میری نیت پر نگاہ کیجئے......"

بات کاٹ کر عطار نے کہا۔

"وہی نیتوں کا بھید جانتا ہے جو سب کا بھیدی ہے۔اس نے عزت، ذلت، زندگی، موت اور خصوصی طور پر رزق اپنے ہاتھ میں رکھا ہے۔اگر بندوں کے ہاتھ رزق ہوتا تو ہر سال قحط ہماری نسلوں کو تاراج کرتا، زندگی اور موت کی چابی انہیں سونپ دی جاتی تو چند ہی اونچے لوگ زندہ رہتے، باقیوں کے لیے روزانہ وبائیں پھیلتیں اور آندھیاں چلتیں..... اسی طرح عزت اور ذلت ہے اس نے تجھے عزت دی تھی مگر تُو نے اس کا خیال نہیں رکھا، اسے ذلتوں میں بدل دیا....."

"میں نے حضرت..... میں نے بدل دیا؟"

"ہاں" وہ تیز آواز میں کہنے لگے "تو نے حلالے کے بغیر گھر میں غیر مرد کو رکھا اور عزت پہ..... ذلت کا حرف سجایا..... خود!"

"حضرت جی....." ظہرہ نے کچھ کہنا چاہا مگر عطار بولتے چلے گئے۔

"ہر چند تو نے بہت دکھ اٹھا لیے اور اب تجھے سکھ اور آسودگی سے زندگی شروع کرنا چاہیے تھی.....اور کرنا چاہیے بھی! گھر اور گھر کا سکون ہی تمہارا انعام ہے۔یہی تمہاری تہذیب کا عروج بھی ہے۔مگر جب تم کسی کی پناہ میں آجاؤ....."

"حضرت..... میری عقل ناپختہ ہے..... بُدھی میں کچھ نہیں اتر رہا....." ظہرہ کسمسا کر رہ گئی تھی۔ سمجھنے کو وہ سمجھ تو رہی تھی مگر شاید سمجھنا نہیں چاہ رہی تھی.....اور یہ بات عطار بھی خوب سمجھتے تھے۔مگر وہ خاموشی سے نگاہ زمین پر گاڑھے "الصمد الصمد" کا ورد کرتے رہے۔شاید وہ خود کو یکجا کر رہے تھے۔وہ بہت دھیمی آواز اور میٹھے لہجے میں بولے۔

"یہ طمع ہے نہ تجاوز.....ربِ کریم کی حدود میں رہ کر زندگی بسر کرنے کا ایک راستہ ہے۔جائز.....اور معتبر..... میں نے یہ راستہ تمہارے لیے اُسی کی رضا سے منتخب کیا ہے....." وہ کئی لمحے خاموش رہے..... پھر کہا۔"بی بی..... دنیا کا تمام حُسن، آنکھ کی ہیرا کنی، چمک، بدن سے اٹھتی باس، پلکوں کی چھاؤں، لہو کی حرارتیں اور جوانی کی تمکنت، غرور اور

فخر......سب کو ایک نکتے پر مرکوز کرنا ہوتا ہے...... یہ نکتہ اپنے جیسے ہیولے کا پرتو ہوتا ہے۔ یہ اپنی ذات سے ہی ابھرتا ہے۔ ہم سمجھتے ہیں یہ دھنک رنگ ہی دنیائے حسن ہے۔ شاید یہی حسن یوسف ہے۔ حالانکہ ہماری نگاہ اسکی تکمیل کرتی ہے۔ جسے ہم حسن کہیں، محبت کہیں یا ذات سے چھن کر نکلنے والی روشنی کہیں...... ان سب کا آمیزہ ہماری روح میں آ اترتا ہے...... پھر لہو میں...... پھر ہمارے پورے آسمان اور جہان میں...... پھر یہ ہیولا...... ستاروں کی طرح جگمگ جگمگ کرتا جھلملاتا ہے......"

"حضرت جی...... یہ بہت مشکل باتیں ہیں...... میں آسانی چاہتی ہوں......"

عطار مسکرائے...... "کٹھن مراحل کی داستان اس سے زیادہ آسان کیسے ہوگی۔ یاد رکھو...... جذبوں کی عینک دوسرا کچھ دیکھنا ہی نہیں چاہتی...... خرد سہم جاتی ہے۔ جذبے کے سامنے عقل گنگ ہو کر ناکارہ ہو جاتی ہے۔ کوئی منطق بند باندھ سکتی ہے نہ دلیل......اور پھر...... پھر ظہرہ بی بی۔" انہوں نے لمبا سانس لیا اور ہموار لہجے میں کہا "پھر عالم سرور مستی...... خوابناک محور کے گرد ہالہ بُن کر اُسے مرکز نگاہ بنا دیتا ہے تب وہ ہیولا...... خدا کا پرتو دکھائی دینے لگتا ہے......خدا...... جو خود جمیل ہے اور جمال پسند بھی......"

"حضرت...... آج آپ کا لہجہ آپ کی گفتگو کا ساتھ نہیں دے رہا......"

حضرت عطار برجستہ بولے۔ "جُگ بیت گئے۔ حسنِ یوسف کی مثال ابھی تک زندہ ہے...... کیوں......؟ کیوں"

"آپ بتائیں کیوں؟"

"اس لیے کہ یہی وہ لوگ ہیں جن کی ادا، غنا، صدا میں...... انوکھی انجمن جیسی خوشبو پھیل کر کائنات کو مسحور کر دیتی ہے...... کیا ایسے لوگ آج کی دنیا میں موجود ہیں؟...... شاید نہیں...... یقیناً نہیں۔"

"مجھے اس کا راستہ بتائیے حضرت جی...... میں تو خود ایسی ہی تکمیل کی تلاش میں

ہوں۔"

"میں خود......" وہ یقین سے بولے "ایک ایسے وجود کو جانتا ہوں جو میرے ہیولے سے ابھر کر دن رات مجھے ستاتا ہے...... جو میری تکمیل تو ہے...... خود اسکی تکمیل بھی ہے......"

وہ دو چار سانس کچھ نہ بولے ان کے چہرے پر طمانیت اور اعتماد تھا اور مسکراہٹ بھی تھی "مگر اس کے لیے دونوں کو زیرو سے سفر کرنا ہوگا...... یہ مقامِ زل ہے ظہرہ جان! تب مسائل خود بخود حل ہوں گے...... الجھنیں، سلجھیں گی اور طمانیت دل کو آسودہ تر کرے گی۔"

"میرے لیے کیا حکم ہے حضرت۔" ظہرہ دیر بعد بولی تھی۔ تب حضرت عطّار نے لہجے کو دو ٹوک کر کے گھمبیر آواز میں کہہ دیا۔

"ہم تجھے اپنے عقد میں لینا چاہتے ہیں۔"

اگر کہا جائے کہ یہ مہر النسا کے دیدار حسین سے شادی والے انکشاف سے بھی بڑا دھما کا تھا تو غلط نہ ہوگا۔ ہر چند ظہرہ مشتاق حضرت جی کی طول طویل گفتگو سے اندازہ کر رہی تھی کہ طوفان اٹھنے والا ہے مگر وضع داری کے تقاضوں کو حضرت عطّار اچھی طرح سمجھتے تھے اور یہی اعتماد ظہرہ کو ان کے اس درجے اترنے میں دکھائی نہ دیا تھا..... مگر اب ظہرہ کے دل پر ہزاروں زخموں نے لب کھول دیے تھے وہ پہلے، پتھر کے بت میں بدلی پھر اس میں سنسنی کی کپکپاہٹ نے ہزاروں وولٹ کی برقی رو اتار دی، مگر وہ ضبط کی پتلی آہ کر سکی نہ کسی سسکاری نے اسے جھلسایا...... نہ برف پانیوں ڈوبی، بس زندگی کے اگلے پچھلے سارے دکھ جمع ہو کر آنکھوں میں آ اترے اور اسے یہی لگا...... کہ وہ خود اور اس کی آنکھیں ریت سے اَٹ گئی ہیں اور کان ٹھنڈے یخ ہو کر نیلے ہو گئے ہیں...... اسے وقت کا احساس تھا نہ دکھوں کی یلغار کا، نہ کسی جواب کا...... حتیٰ کہ اس خاموشی کو حضرت عطّار نے نیم رضا جان کر حاشیہ

پہنا دیا، وہ کہنے لگے۔

''میں چاہتا تو بہت پہلے یہ کہہ سکتا تھا کہ یہ شرع ہے اور شرع میں کوئی شرم ہے نہ قباحت۔ یہ انسان کے اعلیٰ ترین فرائض میں شامل ہے اور وظائف میں بھی۔ ربِ کریم کی شکر گزاری بھی اس میں ہے اور ظرف بھی۔ اور عاقبت کے لیے زادِ راہ بھی۔ ساری آلائشیں اس ایک فرض کی ادائیگی سے یوں ڈھل جائیں گی جیسے جل تھل بارشوں سے سبزہ زار۔'' وہ رک کر مسکرائے...... اور پہلی مرتبہ آنکھ کھول کر ظہرہ کو دیکھا اور بولے ''سچی بات تو یہ ہے ظہرہ جان جی کہ اب ہم بھی آپ کے بغیر ایک پل نہیں گزار سکتے......'' رک کر انہوں نے ٹکڑا لگایا ''نہیں گزارنا چاہتے۔ نہ ہی آپ کے بغیر ہمارا سانس ہموار چلتا ہے...... مدتوں پہلے تم ہمارے لہو میں اتری تھیں ضبط تو ہماری طرف سے تھا، مگر استخارہ کرنے کے بعد، ضبط کا یہ بند بھی ٹوٹ گیا ہے اور اِسے قابو میں رکھنا کسی انسان کے بس میں نہیں ہے۔ اسی لیے ہم کبھی آپ کو آپ اور کبھی تم کہہ جاتے ہیں۔ یہ ہے سچی سرشاری''

بہت دیر کی خاموشی بالاخر ظہرہ مشتاق نے ہی توڑ دی۔ اس نے ضبط کے دامن کو تھامے رکھا اور بولی۔ ''حضرت...... آپ نے مجھے دنیاداری سے بچایا۔ آلائشوں سے متنفر کیا۔ گناہوں اور غلط کاریوں سے نجات دلانے کے لیے صاف شفاف روشن راستے دکھائے، دلی سکون کی جنت میں پہنچانے کے سارے جتن بھی کیے۔'' رک کر جیسے وہ ہانپ رہی تھی...... اس نے خود پر جلد ہی قابو پالیا اور پھر کہا ''جو دنیا آپ نے میرے لیے تخلیق کر دی ہے، اب اسے چھوڑنا، خود کو ذات سے الگ کرنا ہوگا، اِسے چھوڑنے کو دل راضی ہے نہ دماغ...... میں اپنی اس جنت کو چھوڑ کر کس طرح دوبارہ مصنوعی دنیا کا طوق پہن لوں؟...... حضرت جی......! یہ نہیں ہو سکے گا...... یہ نہیں ہو سکتا......''

''یہ ہو سکتا ہے......'' وہ گرجدار آواز میں بولے ''اس لیے کہ یہی اصل ہے''

''مگر ہے تو دنیا ہی نا حضرت۔ جس سے آنکھیں پھیرنے اور اپنے باطن میں

اترنے کی تعلیمات آپ نے عمر بھر دیں۔''

''دنیاداری کے بغیر زندگی گزارنا بھی عیب ہے ظہرہ جی...... صغیرہ گناہوں میں اسکا شمار ہے، گویا اللہ کی نعمتوں سے انکار ہے......اور ایسا انکار، کفر کے زمرے میں آ سکتا ہے۔''

''حضرت......'' ظہرہ نے کڑے لہجے مگر نرم آواز میں کہا'' آپ میرے مرشد بھی تو ہیں میرے لیے دیوتا اور ولی ہیں...... میری نجات اور عاقبت کے امانت دار ہیں۔ ایسا مثالی رشتہ ہیں آپ، جو صرف آسمانوں پہ ہوتا ہے...... میں اس مقدس رشتے کو توڑ کر...... آپ کے ساتھ، دنیاوی رشتے میں بندھ جاؤں جو اسفل اور ادنیٰ ہے کہ شہوت کی گھاٹیوں اور ہوس کے سراب کے سوا اس میں کچھ بھی نہیں...... ایسا سوچتے ہوئے میں اپنی نگاہوں میں گرنے لگتی ہوں...... ایک ایسا پاتال...... جس کی کوئی تھاہ ہی نہیں...... میں کیا کروں......؟''

بہت خاموشی...... بہت سناٹا...... بہت دیر ہوگئی۔ عطار گردن جھکائے چپ رہے۔ اور پھر بہت آہستہ سے کہنے لگے۔

''سارے راستے اُسی کی دی ہوئی عقل سے کُھلتے ہیں جو ہم سب کا خالق بھی ہے مالک بھی۔ مگر کتنی بڑی نیکی کر جائے انسان، کیسا ہی فلاحی کردار ہو سکا، اس پر لگا لیبل اترتا ہے نہ دھلتا ہے...... میں تمہیں اماں صالحہ کا قصہ سناتا ہوں...... جو ڈیرہ دار طوائف تھی اور تین نسلوں سے تھی...... عمر بھر دھندا کیا، کرایا، بازار اس کی جنت، وہی دوزخ بھی۔ اس کے اندر بھی نیکی کی کونپلیں مہکنے لگی تھیں، رفاعی کام تو اس نے بہت کیے مگر...... تمہاری طرح زندگی استوار نہ کی۔ عشوہ طراز تھی، خوبرو تھی، جوان اور پرکشش تھی، زندگی سے لذت کا حصول ہی اس کا وتیرہ رہا...... مگر نیکی کی چنگاریاں بھی سینے میں موجزن رہیں۔ سچائی کی رمق تابندہ ہونے سے ہی وہ انسانوں کے لیے نیک جذبات لیے تھی مگر بازار میں سے، کسی کو

کانوں کان خبر نہ ہونے دیتی تھی۔اس کا یہ بھید بالآخر کُھل ہی گیا جب اس نے 1920ء میں لاہور میں بڑے نالے پر پُل تعمیر کرایا......ایک مدت سے لوگ میلوں سفر کر کے جس منزل پر پہنچتے تھے اب سہولت سے گزرنے لگے مگر کسی کو کانوں کان خبر نہ ہوئی کہ یہ کسی طوائف نے بنوایا ہے۔ کسی نے اس کی طرف دھیان ہی نہ دیا تھا نہ ہی اسکی ضرورت محسوس کی تھی۔ ہزاروں لوگ سہولت سے اِدھر سے اُدھر......اُدھر سے اِدھر جاتے آتے تھے......مگر کسی کو پُل کے وجود کا احساس ہی نہ تھا۔1938ء کے آس پاس اس پُل کا ایک حصہ شدید بارشوں سے مخدوش ہو گیا تو لوگوں کو اس کے معمار کا خیال آنے لگا...... یہ بات صالحہ تک پہنچی۔وہ اس وقت ڈھل رہی تھی...... اس لیے بھید چھپانے کی ضرورت ہی نہ سمجھی......ایک روز مستریوں کے ساتھ سامان لیے آن پہنچی......اور اپنی نگرانی میں کام کا آغاز کرایا......اور چلی گئی......مگر بھید کُھلا......اور پھیلنے لگا۔لوگوں نے اس پُل کو دوبارہ تعمیر ہوتے دیکھ لیا تھا۔ بعض پرانے تماش بینوں نے صالحہ کو پہچان بھی لیا تھا، جب پُل مرمت کے بعد کھولا گیا......

تو سب اسے ''پُل کنجری'' یا ''کنجری کا پُل'' کہنے لگے......تانگے والے آواز لگاتے...... ''چلو بھئی چلو، پُل کنجری، پُل کنجری'' بغوان پورہ......شالا مار......کرول......کلی سواری کنجری دا پُل'' کسی نے بھی اسے نیک نام نہ دیا نہ اسکی نیکی کو اہم جانا، کہا تو کنجری ہی کہا۔حتیٰ کہ پورے علاقے کا نام کنجری کا پل ہو گیا پھر مارچ 1939ء آ گیا......اور وہ دن، جس صبح خاکساروں کو 313 (تین سو تیرہ) منتخب جوانوں کا جلوس ٹبی چوک سے شاہی مسجد کی طرف لے جانا تھا۔ ٹبی چوک میں نوجوان خاکساروں کا یہ 313 کا دستہ، اپنے پورے جذبے اور جوش میں بیلچے کندھوں پر رکھے ''چپ راس'' ☆1 کر رہے تھے۔

یہ تاریخی جلوس عین صالحہ بائی (جواب ''اماں صالحاں'' پکاری جاتی تھی) کے محل ایسے مکان کے سامنے پہنچا تو پولیس فورس نے دیوار بن کر اسے روک دیا۔

☆مارچ کرتے ہوئے لیفٹ رائیٹ لیفٹ رائیٹ کے بجائے خاکسار ''چپ راس چپ راس'' کہتے تھے

ان دنوں علامہ عنایت اللہ مشرقی وائسرائے ہند سے مذاکرات کے لیے دھلی جا چکے تھے۔ دودن بعد یعنی 17 مارچ 1939ء کو انہوں نے اپنے قائم مقام سپہ سالار کو بھی دھلی طلب کر لیا تھا۔ تیسرے نمبر پر جس جوان کو قیادت سونپی گئی تھی۔.... وہ بے حد جوشیلا نوجوان، جذبوں سے لدا پھندا، کمٹڈ ......اور نڈر تھا۔ اس وقت وہی اس جلوس کی قیادت کر رہا تھا...... 19 اپریل کو اس نے پولیس فورس کی دیوار کو کراس کر جانے کا آرڈر کر دیا......

313 خوبرو، سجیلے نوجوان بیلچوں کو کندھوں پر سجائے مارچ کرتے ہوئے آگے بڑھنے لگے کہ پولیس فورس کو کمانڈ کرنے والا انگریز گورا، گھوڑا دوڑا کر سامنے آ گیا اور رعونت سے کئی ہنٹر برسا دیے مگر جلوس کو نہ رکنا تھا نہ رکا۔ سب قدم قدم بڑھتے رہے..... پھر گورے نے عین کمانڈر خاکسار کے سامنے گھوڑا روکا اور رکنے کے لیے زور سے کہا "ہالٹ"

مگر جلوس صرف اپنے قائد کا آرڈر مانتا تھا...... اسے رکنا ہی نہ تھا لہٰذا جلوس نہ رکا...... اس پر گورے نے اقتدار اور اختیار کے نشے میں...... خاکساروں کے قائد نوجوان کو پورے زور سے تھپڑ مار کر گرا دیا......اور ساتھ ہی پولیس کی لاٹھیاں برسنے لگیں۔ یہ تھپڑ، تھپڑ نہ تھا...... تیل کے سمندر میں آگ کا گولہ پھینکا گیا تھا۔

313 نوجوانوں کا یہ جلوس لاٹھیاں برداشت کر سکتا تھا مگر اپنے قائد کی بے حرمتی انہیں برداشت نہ تھی۔ غصے میں آگ بگولا ہو کر چند نوجوان اُس گورے پر ٹوٹ پڑے۔ ایک نے اس کے گھوڑے کی لگام کھینچی، دوسرے نے چابک برسایا گھوڑا بدک گیا...... اور گورا زمین پر گر گیا۔ مگر فرعونیت کا نشہ چار گنا ہوتا ہے، اُسی غرور سے بوجھل ہو کر گورا لڑکھڑایا اس نے بدزبانی کے ساتھ ہاتھ چلائے اور پستول نکال لیا اس سے پہلے کہ وہ فائر کرتا چار جوانوں نے پستول چھین کر اسے ٹانگوں اور بازوؤں سے پکڑ کر اٹھا لیا۔ ایک جوان نے بیلچہ لہرایا اور اس وقت تک چلاتا چلا گیا جب تک گورے کے دو ٹکڑے نہ ہو گئے۔

تب کالی آندھی چلنے لگی...... ریزرو فورس نہ آئی تھی، قیامت آ گئی تھی...... اندھا

دھند فائرنگ ہونے لگی جس طرح 1920ء میں جلیانوالہ باغ میں ہوئی تھی وہ امرتسر تھا یہ لاہور تھا......

اور جس طرح 1930ء میں قصہ خوانی بازار میں ہوئی تھی...... وہ پشاور تھا۔ آج بھی موت کا ننگا ناچ ہر سمت جاری تھا۔ لہو نے سارے منظر کو لال کر دیا تھا جلیانوالہ باغ میں سینکڑوں اور قصہ خوانی بازار میں ان گنت لاشیں گریں اور ہزاروں زخمی تڑپتے رہے مگر لاہور کے ٹبی چوک میں یہ 313 کا منتخب جلوس فائرنگ کی زد میں آیا تو چٹان بن گیا، مگر فرعون کی للکار بے امان تھی ایک ایک کو نشانہ باندھ کر گولی ماری گئی وہ ایک ایک کر کے گرتے اور لہو میں نہاتے چلے گئے۔ ہر چند بھگدڑ بھی مچی...... مگر بیلچوں سے گولی کا دفاع خاک ہوتا۔ صرف جذبہ تھا کہ ماند ہی نہ پڑتا تھا۔

اوپر جھروکوں میں چھپی بائیاں چُپ آواز میں آنسو بہاتی اور پردوں میں چھپی بیٹھی تھیں نیچے، ایک بڑے کینوس پر خالص لہو سے آزادی کا ایک بڑا پورٹریٹ بنتا چلا جا رہا تھا...... اور یہ سفاکانہ لہو رنگ منظر، آزادی سے صرف آٹھ برس پہلے بنایا جا رہا تھا۔ اگلی صفوں کے تقریباً سارے ہی نوجوان گر چکے تھے، ان میں زخمی بھی تھے شہید بھی کہ آخری صفوں کو بکھرنے کی ہدایت ملی۔ ان میں سے کچھ ایسے بھی تھے جو زخمی ہونے کے باوجود پناہ لینے پر مجبور ہو گئے۔ جس کے سامنے جو دروازہ تھا اُس نے اس میں گھس جانے کی کوشش کی۔ اکثر دروازے بند تھے۔ جو دو چار کھلے تھے وہ طوائفوں کی حویلیوں کے تھے۔ نوجوان حویلیوں کی چھتوں پر چڑھ گئے مگر انگریزی فوج نے ان کا آخر تک پیچھا کیا اور انہیں چھت پر جا لیا...... اور تلاش کر کے بہیمانہ انداز میں پکڑ کر پہلے ان پر تشدد کیا اور پھر حویلی کی چوتھی منزل سے ایک ایک کر کے انہیں سڑک پر گرا دیا......اور ان گرتے ہوؤں پر گولیاں برسائیں اور ان کی چیخ و پکار پر شرابی فوج نے قہقہے لگائے اور لوہے کی گردنیں پہلے سے زیادہ اکڑا لیں۔ پھر تازہ دم اور نئی فورس منگوائی گئی جس نے آتے ہی لاشوں کو ٹرکوں میں کباڑ کی طرح

پھینکا کہ ان کی بے حرمتی میں کوئی کسر باقی نہ رہے۔ مگر جب لاشوں اور زخمیوں کی گنتی ہوئی تو وہ دوسو ننانوے ہوئے۔ حساب برابر نہیں ہو رہا تھا...... باقی چودہ لاشیں یا زخمی کہاں گئے۔ یہی سوال انگریزی فوج کو پریشان کیے ہوئے تھا اور حکم یہ تھا کہ ہر ایک کا حساب برابر ہو۔ سو پورے علاقے کا آپریشن شروع کرنے کا آرڈر ہو گیا...... گھر گھر تلاشی ہونے لگی۔ مگر کسی گھر سے کچھ برآمد نہ ہوا۔ کھوجیوں اور مخبروں نے اپنے دماغ لڑانے شروع کیے اور لہو کے جمے قطروں نے ان کی رہنمائی کی...... سارے کے سارے لہو نشان، اماں صالحاں کے عالیشان محل ایسے گھر کی طرف جا رہے تھے ساری فورس اماں صالحاں کے کئی منزلہ محل کی بار بار تلاشی لینے لگی۔ وہ اوپر سے نیچے اور نیچے سے اوپر تک دندنا رہے تھے وہ ایک ایک اینٹ ایک ایک اوٹ کھنگال رہے تھے مگر کسی خاکسار نوجوان کا، لاش کی صورت میں یا زخمی حالت میں نشان تک نہ ملا...... مخبروں کی ضد تھی کہ کُھرا اسی حویلی تک آتا ہے...... تب گوروں نے اماں صالحاں کو اُٹھا لیا اور اپنے خصوصی عقوبت خانے میں زنجیروں سے باندھ دیا۔ پولیس فورس نے اپنے روایتی تشدّد کے سارے حربے آزما لیے۔ اذیت دی...... گالیاں دیں، ننگا کر کے برف میں لٹایا...... ناخن کھنچوائے، بے عزت کیا...... مگر وہ کچھ نہ بولی۔ تب گوروں نے پنجاب پولیس کے مشورے سے بوڑھی اماں صالحاں کے بدن پر "مُنج کی رسیّوں کو چارپائی کی طرح لپیٹ کر کس دیا اور اس پر پانی ڈالنا شروع کر دیا...... رسیاں سکڑ سکڑ کر صالحاں کے بدن میں گھستی چلی گئیں کہ مُنج کی رسیاں اور گوشت ایک ہو گئے وہ کراہتی، چیختی رہی مگر کسی خاکسار نوجوان کا پتہ بتایا نہ تسلیم کیا...... اس کے بدن سے لہو، قطرہ قطرہ ہو کر ٹپکتا رہا...... مگر وہ یہی کہتی رہی میرے پاس کچھ نہیں ہے...... پھر اس نے بے ہوش ہونے اور مرنے سے پہلے یہ بھی کہا کہ "اگر میں نے کسی کو پناہ دی ہوتی گورا صاحب...... تو مجھے فخر ہوتا...... کبھی ان کو تمہارے حوالے نہ کرتی۔"

اس کے بدن سے خون کا آخری قطرہ آزادی کے لیے بہنے والا آنسو ہی تو تھا، سو

ظلم کے پہاڑ سہتی ...... یہ پہاڑ جیسی عورت، سسکتی ہوئی اپنی جان ان جوانوں پر نچھاور کر چکی تھی جنہیں اس نے اپنے بیٹے کہہ کر اپنی پناہ میں لیا تھا...... اور آخر دم تک چھپا کر قول نبھایا تھا۔

برسوں بعد یہ بھید کُھلا کہ اس کے گھر کی موٹی دیواروں کے درمیان کوئی راستہ ایسا نکلتا تھا جس کی خبر سوائے ربّ کے اگر کسی کو تھی تو وہ صالحہ تھی۔

اماں صالحہ نے اپنے ان چودہ بیٹوں کے لیے جان کو جوکھم میں ڈالے رکھا اور جہنم زار میں صعوبتیں سہتی، سسکتی رہی۔ مگر زبان کو دی ہوئی لگام، بال برابر ڈھیلی نہ کی۔ اُس وقت تک بھی، کہ اُسے یقین تھا کہ اب تک یہ بچے زیادہ محفوظ پناہ میں کسی بھی نئی جگہ منتقل ہو چکے ہوں گے۔ اس نے زبان پہ ان کا ذکر لانا ہی مناسب نہ سمجھا اور درندوں کے ہاتھوں اذیت ناک موت کو گلے کا ہار بنالیا۔''

ایک لمحہ حضرت عطار نے کھنکار کر گلا صاف کیا اور کہا ''مجھ سمیت بہت سے پرہیز گاروں اور متقی لوگوں کے نزدیک، اماں صالحہ شہادت سے سرفراز ہو کر سرخرو ہوگئی۔ مگر میں تو یہ بھی سمجھتا ہوں کہ 1920-21ء میں بڑے نالے پر پُل تعمیر کرنے والی یہ اماں صالحہ جس کے لہو میں ہزار بدیوں کے باوجود، نیکی، قربانی، ایثار، محبت اور ممتا اپنے عروج پر رہی، وہ جس راہ کو خدا کی راہ سمجھتی تھی اسی پر چلی کہ کمالِ ضبط کا مظاہرہ ایک مثال بن گیا۔ ربِ کریم نے اُسے آزمائش اور حد درجہ کٹھن لمحات کے پُل صراط سے جس طرح ثابت قدم گزار دیا تھا، یہی اس بات کی دلیل ہے کہ ربِ رحمان نے خود اس کا انتخاب کیا تھا۔ اور وہی اسکا مقام اور مرتبہ متعین کرے گا۔ اور شاید نہیں...... یقیناً اس کا یہ عمل اس کی بخشش کا ذریعہ اور عاقبت میں آسودگی اور راحتوں کی درازی کا باعث بھی ہوگا۔

مگر میں اکثر سوچتا ہوں کہ جب اس کی قربانی خلق کی زبان پر پھیلی تھی، جب جب اس کے چرچے شہر شہر گاؤں گاؤں دھوم مچائے رہے اور جب ہر ایک نے اسے شہادت کے رتبے پر فائز کرنے کو حق سچ جانا، تب بھی لوگوں نے اُس کے پل کو ''کنجری کا پُل'' ہی

کہا۔ حیران کن بات تو یہ ہے کہ سات دہائیاں گزرنے کے باوجود وہ پل آج بھی اسی نام سے لوگوں کی زبان پر ہے۔ اناللہ وانا الیہ راجعون۔"

حضرت عطار خاموش ہوئے تو کئی چمگادڑیں چھت سے نکل کر اڑ گئیں۔ اور اتنا گہرا سناٹا تن گیا جس کا احساس ظہرہ مشتاق کو اس سے پہلے تو تھا ہی نہیں...... اس نے ہتھیلی پر سر گرا کر آنکھیں بند کر لیں۔ اس کا ذہن بار بار الجھتا جا رہا تھا کہ حضرت عطار بین السطور میں کیا کہنا چاہ رہے تھے۔ دنیا بھر کے لہجوں کی پہچان سمجھنے والی اور بھانت بھانت کی آوازوں کا ادراک رکھنے والی ظہرہ مشتاق زندگی میں بہت سے ایسے الجھاووں میں الجھی تھی کہ جیسے بچ نکلنے کا راستہ دکھائی ہی نہ دے رہا ہو مگر وہ بچ کر نکل گئی تھی لیکن آج۔ اس موڑ پر اُسے ایسا محسوس ہو رہا تھا...... کہ وہ ایک اور بند گلی میں آ کھڑی ہوئی ہے۔ اسی لیے...... اس داستان کے اختتام پر بھی دونوں ہی آدھے گھنٹے تک خاموش رہے مگر دونوں کے ذہن پوری طرح فعال تھے خصوصاً ظہرہ مشتاق کے ذہن میں تو ابلتی ہنڈیا کی آوازوں کے ساتھ اس کے اندر کلبلاتے مکوڑوں کی آوازیں تک اُسے محسوس ہونے لگی تھیں۔ اس نے یکجائی اور بے نیازی کو ایک سطح پر لا کر پورے وقار سے کہا۔

"کبھی کبھی مجھے خیال آتا ہے کہ میرے رنگ ریز نے جب میرا چولا ہی اس رنگ میں رنگ دیا ہے تو میرا جرم کیا اور سزا کیسی؟...... اس مہربان ربّ نے کس پانی میں کون سا رنگ گھول دیا ہوگا کہ مجھ ایسیوں کا نصیبا جگراتوں کی نذر ہو گیا۔ وہ مالکِ کائنات ہے، اس نے ہزار شریانوں میں لپیٹ کر انسان جیسی تخلیق مصور کی اور اس میں دل بنایا۔ اور لاکھوں کروڑوں دلوں کے درمیان وجود زن رکھا۔ ناری کو حُسن عطا کیا اور چلتر بھی دیے اور خلق کی طاقت دی مگر" وہ لمحہ بھر کو سانس لینے کو رکی پھر کہا"...... عورت رنگ نسل، روپ، قد کاٹھ، عادات اور حسن میں بے شک مختلف اور منفرد بنائی، مقدر سب کا ایک ہی رکھا۔ ایسا کیوں ہے حضرت جی؟" ظہرہ نے خاص طور پر "حضرت جی" پر زور دے کر کہا تھا۔

عطّار بولے ''مقدر بدلنے ہی کے لیے ہم جتن کر رہے ہیں، عزت کمانے کے راستے جدا سہی، انتخاب تو کرنا ہے نا؟ اور یہ انتخاب تمہیں کرنا ہوگا ورنہ......''

''ورنہ حضرت؟'' ظہرہ نے کرید کر پوچھا۔

''وہی...... پُل بنانے والی صالحہ کی بات'' وہ گویا ہوئے ''جس کا عمل تو ربّ کریم کے نزدیک رابعہ بصری جیسا ہی ہوگا...... مگر یہ زمانہ...... یہ معاشرہ...... اور یہاں کے کالے بدصورت لوگ آج بھی اُسے ''پُل کنجری'' کے نام ''کنجری'' ہی کہتے ہیں۔ اسکا عمل بھی اس کے نام کو ہٹا نہیں سکا اور اس کا سب سے زیادہ دکھ ہمیں ہے ظہرہ...... اور ہم دوبارہ ایسا دکھ ایسا صدمہ برداشت کرنے کو تیار نہیں ہیں ہم صرف تمہیں خوش دیکھنا چاہتے ہیں......''

''میرا ربّ مجھ سے خوش ہو جائے...... مجھے اور کچھ نہیں چاہیے۔'' ظہرہ مجسم عجز بنی تھی۔

''ہاں'' عطّار برجستہ بولے ''اس دنیا میں مگر ہمیں تمہیں جینا ہے ابھی عزت کے ساتھ ظہرہ جی...... توقیر کے ساتھ، تحفظ اوڑھ کر، فخر و انبساط اور نجات کے لیے......'' وہ رک کر توقف کرنے کے بعد بولے ''سر اونچا کر کے''

دیر بعد ظہرہ کے لب ہلے ''مجھے سر جھکا کر جینا پسند ہے حضرت، عاجزی میں...... انکساری کے ساتھ، ایثار سے لبالب'' پورے یقین سے ظہرہ نے اپنی بات کو مکمل کیا۔

''مجھے اس میں راحت ملتی ہے...... اور بقول آپکے حضرت......'' وہ پھر ایک پل کے لیے رکی اور ماحول کا جائزہ لیتے ہوئے بولی۔ ''بقول آپ کے...... عجز، ربِ کریم کے حضور بے حد بے حد پسندیدہ عمل ہے...... ہے نا حضرت جی؟''

مگر حضرت عطّار نے کچھ جواب نہ دیا...... خاموشی پھیلتی چلی گئی بلکہ یوں کہنا چاہیے کہ سناٹا تن سا گیا۔

اس سے پہلے کہ سناٹے کا یہ خنجر، ظہرہ کو ذبح کر ڈالے عطّار نے کمال مہربانی سے

اس سنگین سناٹے کا پردہ چاک کرتے ہوئے گھمبیر آواز اور اعتماد سے کہا ''ظہرہ جی..... اگر صالحہ، کسی میرے جیسے درویش کے عقد میں آ کر زندگی کا رخ بدل چکی ہوتی تو آج اس کے چرچے کھل کر ولیوں کے برابر کیے جاتے.....'' بابا عطار نے دوبارہ رک کر ظہرہ کا جائزہ لیا جو زمین پر نگاہیں جمائے خاموش بیٹھی تھی۔ تب عطار نے دوبارہ زبان کھولی اور کہا ''دیکھا جائے تو ہم تمہیں اپنے عقد میں لے کر پناہ ہی دینا چاہتے ہیں اگر تم توجہ، دل اور دماغ سے اس پر غور کر کے فیصلہ کر لو تو ایک بہت بڑا جہان تمہارا منتظر ہے..... کیونکہ وقت ابھی تک تمہاری مٹھی میں ہے.....''

ظہرہ مشتاق کے ذہن و بدن پر چیونٹیاں رینگ رہی تھیں وہ تنی ہوئی رسی پر کسی سہارے کے بغیر کھڑی تھی..... عقیدت کے شیش محل کے چکنا چور ہو جانے کا احتمال، زندگی کو علوم سے آراستہ کرنے کی احسان مندی کے سامنے اس لیے محفوظ تھا کہ شاید عورت کا مفہوم ہی ضبط اور برداشت کا ہے۔

وہ پتھر بنی جمی تھی۔ اس نے بالوں میں چھٹتی چنگاریوں کو سہلایا نہ بدن کے مسام مسام میں سر پٹختی چیونٹیوں کو..... وہ تو بس آنکھیں بند کیے لمبے لمبے بے آواز سانس ہی لیتی رہی۔

تب عطار نے کچھ کہنے سے پہلے، پہلو بدلا اور بولے۔

''ظہرہ، تم سے پھر کہے دیتا ہوں کہ شرع میں جبر ہے نہ اکراہ ہے۔ تم اگر دل سے، رضا سے، خواہش سے اور اطمینان سے.....'' رک کر انہوں نے بات سے بات جوڑی ''اور اپنے اطمینان کیلئے ہمارے نکاح میں آنے کا حتمی فیصلہ کرنا چاہو تو ایک دن، دو دن..... دس دن..... سوچ لیجئے۔ میں تمہارے اطمینان کے لیے..... جتنا بھی چاہو وقت دینے کو تیار ہوں۔''

ظہرہ کے اندر رواور ولا پوری شدت سے رقص میں تھا۔ دیکھنے کو وہ ضبط کی مثال بنی بے رس آنکھوں سے عطار کو تک رہی تھی مگر اندر کے طوفانوں کو روک رکھنا، مٹھی سے سرکتی

ریت کی طرح بودا ہو رہا تھا۔ پھر اس کی ساری عقیدت، عجز اور ایثار ایک گولے میں ڈھل گیا اور جب وہ گولا پوری قوت سے پھٹا تو اس کے لبوں پر دوٹوک ابل پڑا۔ ''نہیں حضرت...... میں ایسا سوچ بھی نہیں سکتی، تصور تک محال ہے۔''

''تم نے ٹھنڈے دل سے غور نہیں کیا شاید؟''

''جی میں نے غور کیا ہے حضرت جی...... میں نے برسوں کی ریاضت سے جن سنہری پردوں کو آپکے اور اپنے درمیان حائل کیا ہے، اسی سے زندگی کی نئی راہیں مجھ سے آ لپٹی ہیں۔ میں اس جنت، اس شیش محل کو کس طرح چکنا چور کر سکتی ہوں۔'' وہ لمحہ بھر رک کر بولی۔

''میں نے اپنے آپ کو خدا کے سپرد کر رکھا ہے...... دان کر دیا ہے خود کو۔ اپنے رب کی راہ میں، اپنی ساری آسائشیں سارے سکھ لٹا دیے ہیں۔ انہیں واپس لینا خیانت ہے...... آپ تو خود اللہ والے ہیں آپ شہادت دیں گے کہ یہی معتبر فیصلہ ہے کہ بندہ خود کو خالق کی ذات میں فنا کر کے امر ہو جائے۔''

''مگر......'' عطار نے دوبارہ ہمت کر کے کہا۔ ''ایسا تو جیتے جی نہیں ہو سکتا۔ دنیا داری سے منہ موڑنا، زندگی تج دینا ہے...... جس کی ممانعت ہے...... اُس رب کی طرف سے جو خالق و مالک ہے...... تمہارا، ہمارا، سب جہانوں کا، کیا نہیں؟''

''حضرت جی......'' بہت دیر رک کر ظہرہ مشتاق کہنے لگی ''میں اپنی ذات کی نفی کے لیے آپ سے ملی تھی...... میں نے خود کو دنیا داری کی کالک سے بہت حد تک، آپ کی رہنمائی سے نکالا بھی ہے...... میں دوبارہ اپنے ہی عہد کو توڑ کر آپکو اس کالک میں لے گروں؟''

''تم ہمارے بارے میں فیصلہ نہ دو...... ہم کسی کالک کسی بدصورت دنیا کی آلائش میں گرنے والے نہیں ہیں...... فیصلہ اپنے بارے میں کرنا ہے تمہیں......''

''کیا میرا فیصلہ بہترین نہیں ہے حضرت؟''

عطّار کے اندر بھی طوفان سر اٹھا رہے تھے مگر اس نے خود کو جذبات کے حوالے کرنے کی بجائے گردن اٹھا کر یقین سے بھرے لہجے میں کہا۔ ''ہو سکتا ہے...... تمہارا فیصلہ بہترین ہو...... یہ بھی ہو سکتا ہے یہ بربادی کی ڈھلوان پہ جا اترے...... اس لیے......'' وہ ذرا کی ذرا رکے اور نگاہیں جما کر ظہرہ کو تولتے رہے پھر کہا ''اس لیے کہ فرائض سے دوٹوک انکار ہی بربادی ہے۔'' وہ دیر تک سنگین سناٹے میں آنکھیں بند کیے بیٹھے رہے...... پھر متوازن لہجے میں کہا ''بہر حال...... تمہاری عظیم الشان ''مسجد العظمت'' اور مدرسہ تیار ہے۔ تمہیں تفکرات سے آزاد کرانے کے لیے ہی ہم نے اس کی تعمیر میں دن رات حصہ لیا۔ تمہاری زندگی کو زیادہ آسودہ بنانے اور سجانے کے لیے...... ہم نے تو مستقل رشتے کی ذمہ داری اٹھا کر ایک ایسی پیشکش کی تھی جو دراصل تمہاری ہی امنگوں، آرزوؤں کی نئی دنیا آباد کرتی اور عاقبت سنوار دیتی......'' رک کر انہوں نے دہرایا ''بہر حال''

گھنی خاموشی دیر تک مسلط رہی۔ جس میں ملال اور سوگواری کی فضا ہانپتی صاف سنائی دیتی تھی تب ظہرہ مشتاق نے جی کڑا کر کے کہا۔

''حضرت...... آپ نے مسجد کے افتتاح کی تاریخ کے لیے بلایا تھا آج...... یہ نیک کام بھی آپ ہی کے مبارک ہاتھوں سے جلد ہو جائے تو میں سرخرو ہو جاؤں؟''

''ضرور'' عطّار نے فوراً جواب دیا ''آئندہ جمعہ ہی اس کے لیے مناسب ہو گا مگر......''

ظہرہ مشتاق کے چہرے پر جہاں ''مسجد العظمت'' اور مدرسے کے افتتاح کی خوشی لمحے بھر کے لیے چمکی تھی وہیں ''مگر'' سن کر بجھ گئی۔

''حضرت مگر کیا؟'' اس نے وضاحت چاہی۔

''اس ''مگر''...... کا مطلب تم ایسی عورت نہ سمجھے تو کیا کہا جا سکتا ہے......'' وہ رک

رک کر کہنے لگے۔ ”دریا پار کرتے ہی تم نے پتوار سنبھالنے والے کو دلدل میں اتار دیا ہے......“

”حضرت...... میری گستاخیوں کو نظر انداز فرما دیں...... معاف کردیں مجھے......“

”کیسے معاف کردیں......“ عطار کا لہجہ تند تھا۔ ”ہم نے بھرم، عزت، انا اور اپنی توقیر تک داؤ پر لگا کر خود کو سوالی بنایا...... ہم تمہارے بغیر ادھورے نہ ہوتے...... تو اس قدر گر کر کبھی سائل نہ بنتے......“ وہ کمزور ترین لمحے کے اسیر بن کر پاتال میں گرنے کو تیار تھے۔

تب ظہرہ مشتاق نے ملائمت سے کہا۔ ”کیا مجھے معاف کیا جاسکتا ہے؟“

”معاف وہی کرسکتا ہے جو اوپر......“ انہوں نے آسمان کی طرف دیکھ کر دہرایا

”جو اوپر بیٹھا دیکھ رہا ہے...... سن رہا ہے...... جو نیتوں کا حال جانتا ہے......“

”مجھے یقین ہے......... جو نیتوں کا بھید جانتا ہے وہ ضرور معاف کرے گا...... وہ جانتا ہے کہ میں مرشد اور مرید کے بندھن کو توڑنا نہیں چاہ رہی تھی...... یہ بندھن زندگی کے آخری سانس تک نبھانے کا عزم بھی ہے عہد بھی......“

دونوں بے شمار لمحوں تک خاموش رہے، اپنے اپنے دل کی دھڑکنوں کے علاوہ وہ کچھ نہیں سن رہے تھے...... پھر ظہرہ نے بڑے حوصلے، جرأت، اعتماد اور انکساری سے اپنی بات بڑھانے کی کوشش کی ”حضرت جی...... میں لوگوں کے سامنے، اس عمر میں اپنا سر ننگا نہیں کرنا چاہتی تھی......“

”بس بس“ عطار تھوڑی تلخی سے کہنے لگا ”حاشیہ چڑھانے کی ضرورت نہیں...... جمعہ کی نماز کے بعد ”مسجد العظمت“ کے افتتاح کو اپنی آنکھوں سے دیکھنے آ جانا...... تا کہ نیکیوں کی تکمیل ہو جائے......“ پتہ نہیں ان کے چہرے پر استہزا تھا یا رعونت یا پھر دونوں کیفیتیں تھیں جنہیں ان کے چہرے سے الگ کرکے دیکھنا مشکل ہو رہا تھا۔ ظہرہ نے فوراً جواب میں کہا ”بہتر حضرت جی“

ظہرہ مشتاق نے آداب کیا۔ سفید چادر کو کس کر اپنے چاروں طرف اس طرح لپیٹ لیا کہ بدن کی ہر زینت چھپ جائے۔

اسے محسوس ہو چکا تھا کہ عطار کے آخری جملوں میں کڑواہٹ، ملال اور تندی گندھی ہے۔ اس نے چادر لپیٹنے میں ہی یہ سارا ملغوبہ خود میں جذب کر لیا تھا اور بابا عطار کی جھکی آنکھوں اور گہری سوچ میں ڈوبی نگاہوں کی ایک جھلک عطار کی نگاہ ملنے کے بعد سیکنڈ کے ہزارویں حصے میں محسوس کر لی تھی۔ لہٰذا اٹھ کر اسے دوبارہ کہنا پڑا ''بہتر'' اور الٹے قدم یوں دہلیز کا فاصلہ طے کیا جیسے کوئی عمر قید سے رہائی کے بعد ہڑبڑایا ہو۔

باہر نکل کر مسجد کی تکمیل اور اپنی جرأت انکار نے اسے کچھ دیر تک آسودہ کیے رکھا اور پھر آنے والے لمحات کی مسرت، مسکراہٹ بن کر اس کے چہرے کا زیور بن گئی۔

ع میری امیدوں کا حاصل میری کاوش کا صلہ

مسجد العظمت کے افتتاح میں شرکت کے لیے ظہرہ مشتاق، سفید براق ساڑھی، سفید چادر اوڑھ کر اپنی بی ایم ڈبلیو میں ٹھیک بارہ بج کر دس منٹ پر مسجد چوک میں پہنچ گئی تھی۔ اسکا دل بلیوں اچھل رہا تھا، لگتا تھا اس کے اندر باہر کو کسی چھلنی سے گزار دیا گیا ہے کہ اس کا بال بال اور ہر مسام باوضو ہو کر اطمینان کے گہرے پانیوں میں تیر رہا ہے۔ جس طرح وہ اپنے خواب کی تعبیر کو پوری جزئیات اور نکھار کے ساتھ دیکھنا اور اُسے اپنی روح کے اندر تک اتارنا چاہتی تھی بعینہ اس کے اندر کی ساری رطوبتیں اجلی ہو کر اس کی گواہی دے رہی تھیں......اور تھوڑی دیر کے بعد بدلنے والے مناظر کے خیال سے ہی وہ ہموار لذتوں سے سرفراز تھی۔

احمد خاں ڈرائیور نے مسجد چوک سے کچھ ہی فاصلے پر گاڑی روک لی تھی جس کی پچھلی سیٹ پر بیٹھی ظہرہ مشتاق، مسجد العظمت کے بلند و بالا میناروں، خوبصورت گنبدوں اور ان پر چمکتے کلس اور ان کا سنہری پن دیکھ کر جی جی اٹھتی تھی۔ ایک نئی اور شفاف زندگی اور بال بال میں سرایت کر جانے والا سرور اور ربِ ذوالجلال کی شکر گزاری سے لبالب جھولی اس کا اثاثہ تھے۔

روح تو اجلی تھی ہی، سفید ساڑھی اور تین میٹر، سوا میٹر کی سفید چادر کے حصار میں

وہ برف جیسی دودھیا ہو رہی تھی۔ میک اپ کی بناوٹ تھی، نہ زیورات کی سجاوٹ، نہ ہی پھولوں کے گجروں کے پیچھے خود کی نمائش...... ہر چند کہ پھول گجروں سے خود کو سجانا ہمیشہ سے اس کا جنون رہا تھا۔ مگر آج یہ کیسا دن تھا کہ اس کی ساری شخصیت، ہر طرح کے لوازمات سے ماورا تھی۔ آج اس نے دنیا کو اپنی آنکھوں اور ننگی حقیقتوں سے درمیان آلیا تھا...... اور یہی اس کے اطمینان اور سکون کا سبب بھی تھا۔ آنے والے خوش کن لمحات کی مناسبت نے شاید اس کی ہر پرت کو تبدیل کر دیا تھا۔ ہر چند کہ اس سے پہلے بھی وہ کبھی کبھی سرور اور سرشاری کی حقیقتوں سے آشنا ہوئی تھی مگر وہ رنگین اور گنہہ گار زندگی کے بے شمار لمحات تھے، جن کے گزر جانے کے بعد، پچھتاوا تادیر اسکا پیچھا نہ چھوڑتا تھا اور وسوسے رات بھر بچھوؤں کی مانند ڈستے تھے۔ مگر آج کا سرور کیسا تھا کہ پہلے اس کا تجربہ ہی نہ ہوا تھا۔ دل کو گہری طمانیت بخشنے والے محسوسات پہلی مرتبہ نصیب میں آئے تھے......اور مسکراہٹیں بغیر کسی خواہش اور کوشش کے چہرے پر روپ جما رہی تھیں۔ وہ ربِ قدیر کے روبرو خود کو پا رہی تھی اور محسوس کر رہی تھی کہ بندے اور ربّ کے درمیان کوئی بھی نہیں حتیٰ کہ فاصلہ بھی نہیں۔ روشنی کا ہالہ بھی نہیں۔ اسے یقین ہونے لگا تھا کہ وہ گذشتہ زندگی کی تپتی ریت کی ساری مسافتیں طے کر کے ایسے نخلستان میں آ پہنچی ہے جہاں تک آتے آتے صعوبتوں سے جھلسا دینے والے سارے ہی سراب اس سے کوسوں دور پیچھے رہ چکے ہیں۔

ع لوحِ جہاں پہ حرفِ مکرر نہیں ہوں میں

وہ خود کو ایک ایسے موڑ پر کھڑی دیکھ رہی تھی جہاں انسان اذیتوں کے کالے جنگلوں کے سارے پُل صراط پار کر کے کامران آ پہنچتا ہے اور اس کے نصیب میں ٹھنڈی ٹھار پھواریں اِسے بھگونے کو منتظر ہوتی ہیں۔

چاند رقبے جیسے لمحات کا یہ حسین عرصہ کس تیز رفتاری سے گزر گیا تھا کہ ظہرہ مشتاق کو ڈیڑھ بجنے کا احساس ہی نہ ہوا۔ ایک کلومیٹر دور...... بڑے چوک میں لوگ مسجد کے افتتاح کے لیے جمع ہو رہے تھے۔ اور ہجوم کی صورت اختیار کر رہے تھے۔ یہ ہجوم بڑے نالے کے پُل والے چوک تک پھیل گیا تھا۔ لوگوں کی تعداد بڑھتے چلے جانے سے ظہرہ کا دل خوشی سے بھرنے لگا تھا...... وہ ان کی گفتگو سن سکتی تھی نہ باڈی لینگویج سمجھ سکتی تھی...... مگر وہ جانتی تھی کہ وہ مسجد ہی کے افتتاح کی تقریب کی باتیں تھیں۔ ہجوم آہستہ آہستہ جلوس میں ڈھلنے لگا اور تیز نعروں اور پرجوش لہراتے بازوؤں نے ان میں حرارتیں پھیلا دی تھیں۔

احمد خاں نے ہجوم کے پھیلاؤ کے سبب گاڑی کو سڑک سے کچھ اور بھی پیچھے ہٹا کر بڑ کے قدیم درخت کے نیچے پارک کر لیا تھا اور خود اتر کر...... جلوس کا استقبال کرنے والوں میں جا شامل ہوا تھا۔ احمد خاں کے سپرد صرف اتنا کام تھا کہ جمعہ کی دوسری اذان کے فوراً بعد ''قادری سویٹس'' والوں کو فون پہ اطلاع دے دے جنہوں نے دو ویگنوں میں مٹھائی کے

چار ہزار ڈبے تیار رکھے تھے اور کمی بیشی کیلئے تیسری ویگن کا انتظام بھی کر رکھا تھا۔ ہر چند کہ احمد خاں کو جمعے کی دوسری اذان کے بعد قادری والوں کو مٹھائی لے آنے کا پیغام دینا تھا اور یہ ساری مٹھائی پندرہ منٹ کے اندر مسجد العظمت کے مین گیٹ پر پہنچانی تھی تا کہ ہر نمازی اور ہر راہ گیر بھی اس تبرک سے فیض حاصل کر سکے۔ مگر احمد خاں کے جوش نے زیادہ انتظار نہ کیا اس نے تو پہلی اذان ہونے کو بھی اہمیت نہ دی اور ایک بجکر چالیس منٹ پر ہی فون کر دیا تھا...... اور تینوں ویگنیں ایک ساتھ مٹھائی کے ہزاروں ڈبوں سمیت مسجد کے مین گیٹ پر آ رکی تھیں۔ جسے دیکھ کر احمد خاں کا سینہ بھی فخر سے بیالیس انچ تک پھول رہا تھا۔

ظہرہ مشتاق نے دور سے دیکھا...... جلوس اپنے راستے پر چل رہا تھا اور اب اتنا قریب تھا کہ لوگوں کا جوش صاف دکھائی دے رہا تھا۔ یہ جوش سے بھرا طوفان ''مسجد العظمت'' کے سبز دروازے کے باہر تک پہنچ گیا تھا۔

نعرۂ تکبیر سنتے ہی ظہرہ کے لہو میں خوشیوں سے بھرپور ایک سونامی اٹھی تھی جس نے اس کے سارے سراپے کو تمتما دیا تھا۔ کانوں کی لویں لال ہو کر جگمگا اٹھی تھیں اور چہرہ گلنار ہونے لگا تھا، سانس کی رفتار بڑھ رہی تھی اور انگلیوں کی پوروں پر نشے سے بھرا رس دوڑنے لگا تھا۔ وہ اپنی عبادات سے جس اطمینان کی متمنی تھی، وہی اس کے مسام مسام میں تیر رہا تھا۔

نعرے اب زیادہ بلند زیادہ واضح ہو کر سنائی دینے لگے تھے۔ لوگ نعروں کے جواب کے ساتھ اچھل کود بھی کر رہے تھے۔ جسے دیکھ اور سن کر ظہرہ پر عجب نشہ طاری ہونے لگا تھا۔ اس نشے سے پہلے اُس کی آنکھیں مند گئیں اور پھر نم ہونے لگیں۔

جب ظہرہ نے آنکھوں کی نمی کو اپنی سفید چادر میں جذب کر کے باہر نگاہیں پھیلائیں تو تقریر کرنے والا دکھائی دینے کے ساتھ سنائی بھی دینے لگا۔ اس نے کان لگا کر سننے کی کوشش کی۔

''دوستو...... مومنو...... فیصلہ ابھی ہونا چاہیے...... میرے سوالوں کا جواب دو...... بولو...... شراب سے وضو جائز ہے؟ بولو...... بولو؟؟''

ہجوم نے پورے پھیپھڑوں کا زور لگا کر جواب دیا۔ ''نہیں...... نونو''

''کیا سور کے گوشت سے روزہ افطار کیا جا سکتا ہے؟''

ہجوم نے جواب میں کہا ''حرام...... حرام......''

''صاحبو...... حرام کی کمائی سے زکوٰۃ دی جا سکتی ہے؟؟ زور سے بولو''

لوگ پکارے ''نہیں نہیں نہیں''

پھر سوال اٹھایا گیا۔ ''کیا جسم فروشی کی کمائی سے اللہ کا گھر تعمیر کیا جا سکتا ہے؟''

ہجوم زور سے چلایا ''استغفر اللہ۔ استغفر اللہ......''

دوسرے گروہ نے اور زور سے اچھالا ''لاحول ولا...... قوۃ۔ لاحول ولا قوۃ''

آوازیں گڈمڈ ہونے لگیں۔

''یہ اللہ کے گھر کی توہین ہے''

''یہ بدی کا چوراہا ہے''

''یہ جہنم کا ایندھن ہے''

''یہ غلاظت کا پھیلاؤ ہے''

''یہ ادا فروشی کی تبلیغ ہے''

''یہ فتنہ ہے''

''دھوکا ہے''

''اللہ کے عذاب کی دعوت ہے''

''دوزخ کا الاؤ ہے'' ...... پتہ نہیں یہ کون لوگ تھے۔ کون کس سے مخاطب تھا...... یہ سب کیا تھا...... کیوں تھا...... ظہرہ کے بدن میں سنسنی پھیلی اور روح تک اتر گئی، اس کے

کانوں میں پگھلا ہوا سیسہ اتر رہا تھا۔ پہلے اس کا بدن کانپا...... پھر وہ سر سے پاؤں تک لرزنے لگی۔ اس کا سارا نشہ ساری سرشاری پانی میں گرے بتاشے کی طرح تحلیل ہو رہی تھی۔ ہاتھ پاؤں برف کی طرح ٹھنڈے اور منجمد ہو چکے تھے اور نگاہوں میں صرف تاریکی کا غبار تھا۔ آنکھیں پھاڑنے کے باوجود اسے کچھ دکھائی نہ دے رہا تھا کہ آواز آئی۔

''مومنو، اس فتنے کو یہیں ختم کر دو'' ظہرہ نے دیکھا کہ ڈنڈوں، لاٹھیوں اور کدالوں والے مسجد العظمت پر پل پڑے ہیں۔

''اس غلاظت کو نوچ پھینکو''

''اس عذاب کو روک دو''

''اس دوزخ کو بجھا دو''

''گندگی کو صاف کر دو''

''اگر جنت کمانا ہے اور عاقبت سنوارنا ہے تو جسم فروشی کی یاد کو جڑ سے اکھاڑ پھینکو......''

سب نے مل کر زور سے کہا ''اکھاڑ دو...... جلا دو...... بگاڑ دو......اڑا دو''

''نعرۂ تکبیر......''

نعرہ لگتے ہی ہجوم مسجد العظمت کی دیواروں، دروازوں، دالانوں اور منقش ستونوں پر یلغار کرنے لگا۔ ہر شخص زیادہ سے زیادہ ثواب کمانے کی فکر میں تھا۔ سب نے اپنی بساط کے مطابق کدالیں اور سلاخیں چلائیں۔ شیشے چکنا چور ہونے کی آوازوں نے چیخ بن کر نوحے کہے۔ فانوس ٹوٹنے کی جھنکاریں روتی سنائی دیں اور لوگ دیواروں پر چڑھ کر تماشائی بھی بنے...... تماشا بھی۔

پھر اندھا دھند لاٹھیاں، کدالیں، سلاخیں ہر انچ پر برسنے لگیں۔ بے قابو ہجوم زیادہ پرشور ہو گیا۔

مسجد العظمت کے سبز دروازے کا چاندی کا تالا توڑ دیا گیا تھا اور سب اندر داخل ہو گئے تھے۔ وہ ٹوٹتی دیواروں کے پتھر اٹھا کر ہر طرف پھینکنے لگے۔ ستونوں پر شیشہ کاری بہ طور خاص توڑی جا رہی تھی۔ کرچیاں پھیلتی جا رہی تھیں۔ مسجد کے صحن سے ظہرہ کے دل تک...... کان پڑی آواز سنائی نہ دے رہی تھی۔

پہلے دروازوں کی آرائشی نقش گری پر اینٹیں برسائی گئیں پھر مسجد کا سب سے بڑا مرکزی فانوس سیڑھی لگا کر چکنا چور کیا گیا اور اس کی ٹوٹتی پھیلتی کرچیوں کو بکھرتا دیکھ دیکھ سب کے چہرے لال ہو رہے تھے مگر یہ سب ظہرہ کی آنکھوں کے سامنے ہو رہا تھا۔ اس کا دل پھٹ رہا تھا...... شریانوں میں گرم ریت سرکنے لگی تھی اور آنکھوں سے لہو ٹپکنے کو تھا۔ گھومتے دماغ اور کانپتے کلیجے کے ساتھ وہ بہت سارے جہنموں کے درمیان معلق پگھل رہی تھی...... شاید یہی حاویہ دوزخ تھی۔ جو بے حد معتوب لوگوں کے لیے خاص بنائی گئی ہے۔ اس نے خود کو حاویہ کے درمیان محسوس کر لیا تھا...... اس نے احمد خاں کو سیل پر کال کی...... جواب نہ ملا۔ وہ اکیلی اس منظر کا سامنا کیسے کر سکتی تھی۔ اس نے چاروں طرف نگاہ دوڑا کر احمد خاں کو تلاش کیا مگر اس کے بجائے ہجوم کے درمیان اس نے عطار کو دیکھا۔ جس کے چہرے کا اطمینان، ظہرہ کے لیے حد درجہ المناک تھا کہ اس نے نگاہیں سمیٹ کر اپنے آپ کو دیکھا۔

یہ لمحے اس کے لیے غضب ناک ہی نہیں ناقابلِ برداشت تھے۔ وہ صحرا کی تپتی ریت پر ننگے پاؤں کھڑی تھی...... اور تا حد نگاہ یہ صحرا آگ اگل رہا تھا دور دور تک سایہ تھا...... نہ کوئی پناہ تھی۔

احمد خاں کہاں گم ہو گیا تھا...... اس نے گاڑی کا شیشہ کھول کر لمبا سانس لیا، آنکھیں پھاڑ پھاڑ کر مسجد العظمت کے سبز دروازے کی طرف دیکھا اور احمد خاں کو پھر سے تلاش کرنا چاہا۔ مگر ہجوم سیلابی ریلے کی طرح ہر طرف پھیل رہا تھا...... اور پھاوڑے چل رہے تھے۔ خوبصورت منقش در و دیوار بدوضع کیے جا رہے تھے اور سنہرے پن سے جگمگاتی جالیاں

لہولہان۔ پھر منبر گرایا گیا اور اس کے ٹکڑے کیے گئے۔ اس پر ہی اکتفانہ کی گئی تھی۔ بہت سے لوگ مل کر طوفان بن گئے تھے۔ اس طوفان نے رنگین ستون اکھاڑ ڈالا اور اسے وضو کے لیے تیار کیے گئے حوض میں پھینک دیا۔ جہاں پہلے سے مختلف رنگ گھل رہے تھے۔ مٹی، سیمنٹ، ریت اور ڈسٹمپر کے بچے کھچے ڈبے، حوض کے پانی میں گھل رہے تھے اور سارے رنگوں نے مل کر ایک روپ دھار لیا تھا اور وہ روپ تھا نفرت کا روپ، جبر کا روپ، انتہا پسندی کا روپ...... بہیمیت کا روپ، ظلم اور شدت پسندی کا روپ...... اور اس بات کا روپ کہ انسان جب درندہ بننے پہ آتا ہے تو وہ کس قدر سفاک ہوتا ہے۔

ایک زیادہ پر جوش نوجوان نے سب سے الگ ہمت کی اور درس گھر کو آگ لگا دی۔ پہلے سارا ماحول دھویں سے بھر گیا...... پھر آگ بھڑک اٹھی اور شعلے آسمان کی طرف یوں لپکنے لگے جیسے کدروتیں ناچ رہی ہوں۔

ظہرہ مشتاق نے کھلی آنکھوں اور بھرے دل پہ ہاتھ رکھ کر سب کچھ دیکھا اور زبان کو دانتوں تلے دبا کر رکھا۔ ضبط کی اس صلیب کو کندھے پر اٹھائے اسے محسوس ہوا جیسے اس کو سولی پر لٹکا کر نیچے الاؤ بھڑکا دیا گیا ہو۔

اذیت کی آخری منزل تک پہنچ کر اُس نے لمبا سانس لیا۔ اس کا جی چاہا کہ وہ نکل کر بھاگ جائے۔ مگر جیسے ہی اُس نے قدم اٹھانے کی کوشش کی پاؤں من من کا ہو گیا۔ اس نے گاڑی کا دروازہ کھولنے کے لیے ہینڈل گھمایا تو اس کا بدن پتھر کا ہو گیا۔ اس نے پورا زور لگا کر آنکھوں کو کھولنا چاہا تو راکھ اڑ کر کٹورہ آنکھوں میں بھر گئی اور سویوں سے پورا جسم اٹ گیا۔

احمد خاں تھانہ چابی...... تب اس نے خالقِ جہاں کو یاد کیا...... اس سے بے آواز فریاد کی کہ فریاد کی کوئی لے ہی نہ تھی۔ اسی فریاد نے اس میں پہلی مرتبہ ہمت کا انگارہ دہکایا تو اس نے گاڑی سے نکل کر لوگوں سے درخواست کرنے کی کوشش کے بارے میں سوچا۔

گاڑی کا دروازہ کس جرأت سے اسنے کھول لیا تھا۔قدم بھی جیسے نیسے اٹھا کر باہر رکھ لیا تھا اور چاہتی تھی ایک لمبی چیخ سے ہجوم کو منجمد کر دے۔کہ ساٹھ ستر لٹھ بردار لوگوں کا جتھہ مسجد سے نکل کر سیدھا اُس کی طرف بگٹٹ بھاگنے لگا جیسے انہیں کوئی خاص ہدایت ملی ہو۔اسی ہدایت کے مطابق وہ اِدھر اُدھر کسی شے کو تلاش کر رہے تھے...... پھر ایک شخص نے ظہرہ کی بی ایم ڈبلیو کی طرف اشارہ کیا......اور سب تیزی سے گاڑی کی طرف بڑھے۔خطرہ بھانپ کر ظہرہ دوبارہ گاڑی میں بیٹھ گئی اور لاک لگا لیا تھا ہجوم برابر نعرے لگاتا اس کی طرف رواں تھا۔

''اڑا دو...... مٹا دو...... جلا دو'' کی آوازیں روشن دن کو کالا کر رہی تھیں وہ پاگل پن کی حد تک چلانے لگے تھے اور اسی شور شرابے سمیت وہ ظہرہ کی گاڑی کی طرف بڑھنے لگے۔

''فتنہ جڑ سے اکھاڑ دو''

''بدی کو مٹا دو''

''جلا دو...... مٹا دو...... جلا دو...... مٹا دو''

ایک نے گاڑی پہ پتھر مارا......ایک چھناکے کے ساتھ شیشہ ٹوٹا مگر کرچیوں کے درمیان دراڑیں پھنسی رہ گئیں دوسرے نے لاٹھی سے اسکی چھت میں ڈنٹ ڈال دیے اور باقی سب کے سب اس پر چڑھ دوڑے، اینٹ، پتھر، ڈنڈا، لاٹھی سب ہی گاڑی پر برس رہے تھے اور ظہرہ اندر اپنے رب کو یاد کر رہی تھی۔

ہر چند ظہرہ کی گاڑی کے شیشے بند اور دروازے لاک تھے مگر ظہرہ کو موت ایک قدم سے دکھائی دینے لگی تھی اور موت کے دروازے پر جب بھی کوئی مظلوم اپنے رب کو یاد کرتا ہے تو وہ اس کی شہہ رگ سے قریب ہو کر اس کی فریاد سنتا ہے۔وہ اس کے آنسو خشک ہونے کا انتظار نہیں کرتا...... کہ وہ کریم اور رحیم ہے۔اور موت کو اپنے سے اتنا قریب دیکھ کر پہلے اس نے آنکھیں بند کر لی تھیں اور مولائے کل سے کہا تھا ''اے میرے رب...... تجھ سے انصاف نہیں۔تیرا فضل مانگتی ہوں۔'' مگر ہجوم کی چیخم دھاڑ بلند ہوتی جا رہی تھی۔وہی لگے

بندھے نعرے، ویسا ہی پاگل پن اور بے لگام جوش۔ اور انسانی اجسام سے بہنے والا درندگی کا کالا سیاہ لاوا۔

''جلا دو...... جلا دو......''

''فتنہ مکا دو......''

''پھونک دو...... مٹا دو''

''عذاب کی جڑ کاٹ دو''

لیڈ کرنے والے نے فخر سے ماچس کی تیلی جلائی...... دو مرتبہ......! جی ہاں دو مرتبہ جلا کر جلتی تیلی کو گاڑی پر پھینکا مگر گاڑی پر مسلسل برسنے والی اینٹوں نے دیوار بن کر چنگاری کو مسل دیا اور گاڑی کو آگ نہ پکڑنے دی۔

''ٹھنک، کرنک، ٹھس، شٹرنگ، چھنک......'' اینٹوں کے ٹکڑے اور پتھر تسلسل سے برس کر کیا کیا آوازیں پیدا کر رہے تھے۔ ساری اینٹیں، ساری کرچیاں ظہرہ مشتاق کے دل پر جا کر لگتی تھیں...... مگر اس نے گاڑی سے باہر نکلنے کی کوشش نہیں کی۔ جب پتوار ساتھ نہ دے تو آدمی کشتی کو طوفانی بہاؤ کے سہارے چھوڑ دیتا ہے، ظہرہ نے بھی خود کو خدا کے حضور پیش کر دیا تھا۔ جس کا وعدہ ہے کہ عزت، ذلت، زندگی، موت اور رزق اس نے بطور خاص اپنے ہاتھ میں رکھا ہے...... ان سب میں اُسی کا فیصلہ افضل اور حتمی ہے۔ ظہرہ نے آنکھیں بند کر کے ربّ کو دل سے یاد کیا۔ اس نے اپنی ذات، اپنا مقدر اور اپنا انجام اس مالک کے سپرد کر دیا جو نیتوں کا بھید جانتا ہے اور دلوں کا چور بھی۔ اس نے اپنے چہرے کو سفید چادر میں چھپا کر اپنے اندر جھانکنے کی کوشش کی۔ اسے اس بات کی پروا نہیں تھی کہ ہجوم بے ہنگم ہو کر گاڑی سے اس لیے لپٹ رہا ہے کہ ہر تماشائی ہر بلوائی اسے دیکھنے کا آرزومند بھی ہے۔ وہ آنکھیں پھاڑ پھاڑ کر بی ایم ڈبلیو کے سانولے شیشوں میں سے اندر جھانک رہے تھے۔ آوازے کستے جا رہے تھے۔ چہروں پر سیاہی ملی مٹی بچھ رہی تھی اور ہونٹوں سے

کف اڑ رہا تھا...... ایک نے آگے بڑھ کر زور سے کہا۔

"کنجری"

سب چیخنے لگے۔ "کنجری...... کنجری...... کنجری......" ہر چند وہ گاڑی کو جلانا بھول کر اس کا چہرہ، لباس اور بدن دیکھنا چاہ رہے تھے مگر اندر سفید چادر میں لپٹی ایک بے بس عورت کے ہیولے کے سوا کچھ نہ تھا...... جب گلا پھاڑنے والے ہف گئے تو ہجوم دو ٹکڑوں میں دائیں بائیں ہو کر کھڑا ہو گیا، درمیان میں حضرت عطار اپنے سبز عمامے کے ساتھ نمودار ہوا اور ایک چبوترے کی طرف بڑھ گیا۔ اسی اثناء میں احمد خاں لیر و لیر قمیض کے ساتھ دوڑتا ہوا آن پہنچا۔ اس نے ہجوم میں سے راستہ بناتے ہوئے حضرت عطار کو پکارا...... آواز دی...... مگر عطار نے مڑ کر بھی نہ دیکھا۔

احمد خاں نے گاڑی پر پتھر پھینکنے والوں کو دونوں بازو پھیلا کر روکنا چاہا حتیٰ کہ ہاتھ جوڑ کر ان کی سماجت بھی کی مگر جواب میں عجب آوازیں ابھرنے لگیں۔

"یہ خبیث ہے"

"کارندہ ہے"

"دلال ہے"

"ماردو"

"پکڑلو"

"اڑادو"...... انہیں گڈمڈ آوازوں کے درمیان کتنی ہی لاٹھیاں گاڑی سے ہٹ کر احمد خاں پر برس گئیں۔ وہ ہاتھوں کی پناہ میں کب تک لاٹھیوں کا مقابلہ کرتا۔ بالآخر گرا، تب اس کے سر سے لہو کا فوارہ اچھل گیا۔ اور چھ فٹ کا کڑیل احمد خاں تین ہی منٹ میں ہوش کھو بیٹھا۔ لوگ اسے ختم کرنا چاہتے تھے۔ مگر زخمی احمد خاں بے ہوش ہونے سے پہلے تک اٹھنے کی کوشش کرتا رہا۔ اس نے جب بھی اٹھنے کی کوشش کی اس کی کلائی کانپ

گئی۔ اور پھر اس کا سر زمین پہ دھرا رہ گیا۔...... آنکھیں بند ہو گئیں...... اور لہولہان بدن شدت سے کانپتا ہوا بے سدھ ہو گیا۔ لوگ اس کے بے جان جسم کو بھی نفرت سے ٹھوکریں مارتے ہوئے گزرنے لگے۔

کسی نے مسجد العظمت کی طرف اشارہ کیا تو کارندوں کو یاد آ گیا کہ مسجد کے دروازے، کھڑکیاں اور دیواریں گرا دینے کو مزید پھاوڑے اور کدالیں چاہئیں۔۔ لہٰذا ہجوم کا آدھا حصہ کدالیں اٹھانے کو تیسری سمت بھاگ گیا۔ جب پھاوڑے اور کدالیں لا کر لوگوں میں تقسیم کی جا رہی تھیں۔ آدھا ہجوم گاڑی کو آگ لگانے کے لیے گھاس پھونس اکٹھی کر لایا تھا اور باقاعدہ منصوبہ بنا کر وہ گاڑی کو آگ دکھانا چاہ رہے تھے کہ ایمبولینس کے ہوٹر نے شور مچا دیا...... ہر چند کہ اس ہوٹر کی تیز آواز نے ماچس جلا جلا کر گھاس کو آگ لگانے والوں کا ہاتھ نہ روکا تھا۔ وہ بہرے اور سفاک ہو رہے تھے۔ ہوٹر قریب سے قریب تر ہو رہا تھا۔ آگ لگانے والوں کو یہ جان کر افسوس ہوا کہ ہوٹر ایمبولینس کا نہیں، پولیس کی پٹرولنگ گاڑی کا تھا...... تب بھی آگ لگانے والے ذرا نہیں ڈرے۔ وہ اِدھر اُدھر بھاگے نہ اوٹ میں ہوئے۔ وہ ڈھٹائی سے ہاتھ میں تیل کی بوتلیں اور گھاس لیے اپنی جگہ پر جم گئے۔

پولیس کمانڈوز کو فسادِ خلق کی اطلاع تھی۔ وہ سب سے پہلے ظہرہ مشتاق کی گاڑی کے پاس پہنچی اور اپنی تسلی کے لیے سامنے کھڑے ایک بھاری بھر کم شخص سے پوچھا۔ ''اندر کیا ہے''

''گندگی ہے''

'گناہ ہے'' آوازیں الجھ رہی تھیں۔

''ملیچھ ہے''۔ ''مار دو...... قتل کر دو...... جلا دو''

سارے ہجوم کا فیصلہ ایک، زبان ایک، لہجہ ایک تھا۔ نفرت کا الاؤ بھی ایک جیسا تھا۔ مگر پولیس نے کہا۔

''سب ہٹ جاؤ...... قانون کے مطابق ہوگا جو بھی ہو''

انسپکٹر نے دروازے پر دستک دی...... پھر کھولا اور سفید چادر میں سرنگوں ظہرہ مشتاق کو یوں باہر نکالا جیسے وہ کفن میں لپٹی لاش ہو۔

''زیرِ حفاظت'' کہہ کر انسپکٹر نے ظہرہ کو اپنی بکتر بند نما گاڑی میں سوار کرا لیا تھا۔ اور گاڑی سٹارٹ ہو کر ہجوم کے درمیان رینگی اور پھر زن سے ہوا ہو گئی۔

ابھی پولیس کی گاڑی نے مسجد کے سامنے والا موڑ بھی نہیں کاٹا کہ بی ایم ڈبلیو پر جمائے گئے گھاس کو آگ لگا دی گئی، دو منٹ میں شعلے آسمان تک جانے لگے۔

احمد خاں کی لاش ہجوم کی بھگدڑ میں کچلی جا چکی تھی اور کوئی بھی آنکھ لاش کی بے حرمتی پر نم تھی...... نہ انسانی خون کی ارزانی پر۔ لوگوں کو یاد آیا کہ جمعہ کی نماز کا بہت سا وقت نکل چکا ہے۔ وہ سب اپنے ڈیروں کی طرف بکھرنے لگے اور دنوں کی تربیت سے لگایا گیا میدان کارزار منٹوں میں منتشر ہو گیا۔

ہجوم کے ایک کونے سے بابا عطّار نمودار ہوئے تو اس وقت تک بی ایم ڈبلیو راکھ ہو چکی تھی اور احمد خاں کی بے حرمت لاش ٹکڑے ٹکڑے۔

بابا عطّار گاڑی کے پاس آیا اور اس میں سے اڑتی چنگاریوں کو دیر تک تکتا رہا...... اسی گاڑی میں اس نے کئی مرتبہ سفر کیا تھا۔

یہ گاڑی اُس کے لیے عزت کا سبب رہی تھی۔ اسی گاڑی میں بیٹھ کر اُس نے بدن دریدہ عورتوں کے لیے دعا کی تھی اور انہیں دنیا اور آخرت سے سرخرو ہونے کے سارے اعمال سمجھائے تھے اور یہی وہ مرکز تھا جہاں اکثر انہوں نے ایسی عورتوں کو اپنی تبلیغ سے سیدھا راستہ دکھانے کے جتن کیے تھے...... مگر اس وقت بابا عطّار کے چہرے پر ایسی سرشاری اور ایسا اطمینان تھا جو انا کے فاتحانہ موڑ پر نصیب تو ہوتا ہے مگر موت کی آخری ہچکی، ریزہ ریزہ اور ریزہ ریزہ انا کی کرچیوں کو چنتے ہوئے ہر ہر مسام کو دہکاتی بھی چلی جاتی ہے۔ فائر

بریگیڈ کے آنے تک بی ایم ڈبلیو اس حد تک خاکستر ہو چکی تھی کہ وہاں سیاہ رنگ کھنڈر ڈھانچے کے سوا کچھ نہ تھا، بالکل عطار کی خواہش کی طرح، جس نے اُس کے اندر تک، راکھ ہی راکھ بکھیر دی تھی۔

بابا عطّار نے نوجوانوں کو آواز دیکر بلایا اور احمد خاں کی چیتھڑے لاش کی طرف اشارہ کرتے ہوئے بولا۔ "اسے جلد اٹھا دو...... نماز کا وقت نکلا جارہا ہے"

پولیس فورس دوبارہ آ گئی تھی...... اور شام سے پہلے پہلے اس نے مسجد کے سارے ہی ٹوٹے پھوٹے دروازوں کو تالے لگا کر سیل کر دیا تھا اور ان تالوں پر اپنی پکی مہر لگا کر گویا معاملہ دفن کر دیا تھا۔

انسپکٹر نے ایک سپاہی کو جلی گاڑی کی راکھ پر نگاہ رکھنے کا حکم سنایا تھا جو جلی گاڑی کی راکھ کے پاس پہرے پر کھڑا ہو چکا تھا

گاڑی کی راکھ میں سے کبھی کبھی البتہ چنگاریاں جھلملاتی چلی جاتی تھیں، راکھ تھی کہ ٹھنڈی نہ ہو رہی تھی۔

بڑے پائپ کے پانی نے راکھ کو کیچڑ میں بدلنا شروع کر دیا تھا۔ جب ساری راکھ کیچڑ نما ملغوبے میں بدل چکی تو اسے صاف کرانے کے احکامات موصول ہو گئے تھے۔

تب ساری پولیس فورس مطمئن ہو کر واپس چلی گئی۔

ع پڑیے گر بیمار تو کوئی نہ ہو بیمار دار

سن 2022ء کا نئے چاند کی پہلی جمعرات کی شام...... ''کنجری کا پُل'' آر پار کرنے والوں کا ہجوم آج بھی بھر پور ہے، لوگ اِدھر سے اُدھر اور اُدھر سے اِدھر بھاگ دوڑ رہے ہیں...... ہر شخص سفر میں ہے۔ نوچندی جمعرات کی شام آج بھی، اکیسویں صدی کا ایک بڑا حصہ گزر جانے کے باوجود لوگوں سے آباد گزرتی ہے۔ ہر شخص یا ہر دوسرا شخص اپنے خوابوں اور آرزوؤں کو جھولی میں چھپا کر یا کنواریاں دوپٹوں کے پلو میں باندھ کر مستقل مزاجی سے مزاروں پر حاضری دینے، اس شام کو اپنے لیے سعادت سمجھ کر گھروں سے نکلتی اور منتیں مانتی ہیں...... کچھ کا سفر مساجد تک ہوتا ہے کہ وہ اُسے ہی اللہ کا گھر سمجھتے ہیں۔

شام اترنے کے ساتھ ہی بوڑھے، بچے، دوشیزائیں اور عمر رسیدہ، محرومیت اور دکھوں میں ڈوبی کمزور عورتیں، رکشوں، تانگوں اور کوئی کوئی کسی موٹر میں بھی اس پل سے گزرتی ہے۔ اسی لیے جوں جوں اندھیرا پھیلتا ہے ''کنجری کا پُل'' اپنی رونقوں سے لبالب ہو کر چھلکنے لگتا ہے...... کھوے سے کھوا چھلنا اسی کو کہتے ہیں۔ سب جلدی میں ہیں...... زیادہ لوگ پیدل اپنی دھن میں گردن جھکائے ناک کی سیدھ چلنا چاہتے ہیں۔ کوئی لال شاہ کے مزار پر پہنچنا چاہتا ہے، کسی کو شاہ حسین کے مزار کی آرزو ہے، حضرت میاں میر کا مزار، بی بی پاک دامناں کا مزار، بابا شاہ جمال، شاہ شمس قادری، حضرت موج دریا، شاہ عنایت اور سب

سے بڑھ کر حضرت عثمان بن علی ہجویری کے مزار پر جانے کے لیے...... اپنے چاروں اور پھیلی آبادیوں کے مکینوں کو ''کنجری کا پُل'' پار کرنا ضروری ہے۔

لوگ بھاگتے دوڑتے، ایک دوسرے کو پیچھے چھوڑتے، ٹکراتے، الجھتے، اس ترتیب سے تیز چل رہے ہیں، جیسے تخت لاہور کو ایک گھنٹے میں خالی کر دینے کا حکم ہوا ہو۔ کوئی کسی کی طرف آنکھ اٹھا کر نہیں دیکھتا۔ لوگوں نے اس سن تک آتے آتے دوسروں کے بارے میں جاننے اور ان کے کاموں میں مداخلت نہ کرنے کا وتیرہ اپنا لیا ہے کہ ایک ہلچل مچی ہونے کے باوجود ہر کوئی سہولت سے گزر رہا ہے۔

یہ کون لوگ ہیں...... انہیں کدھر جانا ہے...... کہاں سے آ رہے ہیں۔ اس پر کوئی نہیں سوچتا ہر کسی کی منزل اس کے قدموں سے لپٹی ہے۔ شہر لاہور...... تقریباً ہر روز یہ مناظر دیکھتا ہے جو نوچندی جمعرات کی شام اپنے عروج پر ہوتے ہیں۔

لوگوں کو البتہ یہ احساس تک نہیں کہ وہ سو برس پرانے کسی کنجری کے بنائے ہوئے پُل سے گزر رہے ہیں۔ وہ کنجری...... جسے تاریخ فراموش نہیں کر سکتی کہ کنجری کا یہ پُل ہر رنگ ہر نسل اور ہر مذہب کے لوگوں کے لیے دن رات اپنے بازو پھیلائے رکھتا ہے اور کُھلے دل سے انہیں اپنے پیاروں سے ملواتا ہے اور خواہشوں کی تکمیل کے لیے مزاروں تک بھی پہنچاتا ہے اور عارضی جدائی کا بھی ذریعہ ہے گویا یہی وہ مرکزی دہانہ ہے جس کے بغیر یہ شہر نامکمل ہے۔

دور...... بہت دور...... کنجری کے پُل سے ساڑھے چار کلومیٹر دور ''بوڑھ والے چوک'' کے اڈے پر تین لاہوری نسل کے تانگے آج بھی اپنی باقیات سمیٹے سواریوں کے منتظر ہیں۔ ان کا آخری پھیرا تیاری میں ہے۔ آخری پھیرا بوڑھ والے چوک سے ''کنجری کا پُل'' تک ہوتا ہے۔ البتہ کوئی ایسی سواری بھی مل جاتی ہے جو انہیں پُل کے پار تک لے جاتی ہے جسے وہ سالم سواری کہتے ہیں۔

بھرے سگرٹ کے دو دو کش لگانے کے بعد وہ پھر چیخنے لگتے ہیں۔ سب اپنی سواریوں کے لیے چشم براہ ہیں اور انہیں ترغیب دینے والی آوازوں سے بلا رہے ہیں۔

''چلو بھئی چلو...... کنجری دے پُل تے...... کنجری دے پُل تے...... کنجری دے پُل، پُل کنجری، پُل کنجری، پُل کنجری۔''

''سلطان پورہ، بغوان پورہ، وسن پورہ ہر پاسے جا رہیا جے''

''کلی سواری...... کلی سواری...... کلی سواری''

دو، اگلے تانگے جلد ہی سواریوں سے بھر گئے ہیں ہر ایک میں آج بھی آٹھ آٹھ لوگ لٹک کر بیٹھے تھے...... وہ نکل گئے تو اعظم کوچوان کھڑا رہ گیا وہ بہت صابر بوڑھا ہے۔ اسے معلوم ہے کہ آخری سواریوں میں سالم سواری کا مل جانا یقینی ہوتا ہے اور یہی ہوا بھی ۔ایک عورت سالم سواری بن کر بیٹھ گئی۔ اعظم کوچوان سے اس نے کرایہ پوچھا نہ بھاؤ تاؤ کیا۔ تب ہی تو اعظم بے حد مطمئن ہے اُس نے چابک لہرا کر گھوڑے کو ہانکا ہے اور گھوڑا قدم قدم چلنے لگا ہے۔ ہجوم کے درمیان تانگہ چلانے میں کچھ دور تک اعظم کو دشواری ہوا کرتی ہے...... اسی لیے وہ گھوڑے کو دُلکی پر بھی نہیں چلاتا ہے...... آج بھی قدم قدم خود چل کر تانگہ ہجوم سے گزار رہا ہے، کھلی سڑک آجانے پر اس کی رفتار بھی تیز ہو جائے گی اور وہ تانگے میں سوار بھی ہو جائے گا۔ کنجری کا پل سے پہلے راستہ زیادہ ہموار اور کھلا ہے لہٰذا ٹھیک چالیس منٹ بعد اس کا تانگہ ''کنجری کا پُل'' پار کر رہا ہے...... پُل پار کر لینے کے بعد عورت کی ہدایت پر اس نے اپنی رفتار کم کر دی اور بڑ کے اس تاریخی درخت کے نیچے پہنچ کر رک گیا جس کے نیچے پہلے سے ایک تانگہ رکا کھڑا تھا اور جس کا کوچوان اپنے کسی مزے کی پینگ میں تھا۔ یہ تاریخی بڑ مشہور تو ''تانگوں والا اڈا'' ہے مگر تانگوں پر گرم سرد موسموں کے باعث...... ان کی روایت تقریباً دم توڑ چکی ہے۔ نہ اڈا جمتا ہے...... نہ چنڈو خانہ دوبارہ آباد ہوتا ہے۔ نہ یہاں کوئی بھنگ ملی سردائی بیچنے کو بیٹھا ہے۔ سردائی بیچنے والا بکا پہلوان برسوں

پہلے یہاں سے جا چکا ہے۔ گونگا کبابیا...... کھوکھا چھوڑ کر سڑک والی گلی میں دکان لے چکا ہے اور ''بابا سائیکلوں والا'' کا مشہور اور مصروف اڈا آج ماضی کی ایک یادگار کے طور پر اپنے آثار بچائے بیٹھا ہے، بڑ کے درخت کی شاخوں پر آج بھی پرانے ٹائر لٹک رہے ہیں اور فلم کی زندگی کے دنوں کا ایک بورڈ بھی ابھی تک موجود ہے جس پر بنی مدھو بالا کی تصویر کو بارشوں نے بے رنگ کر رکھا ہے۔

اس اڈے پر رک کر سامنے دیکھیں تو تھوڑی دور سے ہی ''مسجد العظمت'' کے نام کا پتھر...... اُس کے کھنڈر چہرے پر آج بھی دکھائی دے جاتا ہے البتہ اس پر سے مسجد کا لفظ مٹ چکا ہے البتہ العظمت کا لفظ دکھائی ہی نہیں دیتا پڑھا بھی جا سکتا ہے۔

اس مسجد کا کھنڈر، بے رنگ دیواروں اور ٹوٹے پھوٹے دروازوں کے سہارے ابھی تک یوں کھڑا ہے جیسے کسی لہولہان زخم خوردہ انسان نے بیساکھیوں کا آسرا لے رکھا ہو۔ صدر دروازے پر ابھی تک تالہ پڑا ہے اُس پر لگی سیل اور مُہر زمانے کے سرد گرم موسموں سے معدوم ہو چکی ہیں اور اگر زنگ خوردہ تالہ موجود بھی ہے تو اُس کا رنگ بتانا مشکل ہے کہ اس پر لگا زنگ اپنا اصل شیڈ کھو چکا ہے...... کوئی نہیں کہہ سکتا کہ یہ سیاہی مائل ہے یا مٹی رنگ۔ اس کا بدشکل اور بے پہچان ہونا ہی اس کی سیل ہے...... اور یہی اسکا انکار۔

عورت، بڑ کے نیچے اعظم کوچوان کے تانگے سے اتر کر آہستہ آہستہ چلتی ہوئی، بے نور کھمبے کے نیچے رکتی ہے۔ سانس برابر کرتے ہوئے دور خلاؤں میں تکتی ہے...... وہ معدوم منظروں کو دیکھنا چاہ رہی ہے یا دور اڑتی ہوئی چیل کو...... محسوس یوں ہوتا ہے ملگجی اندھیرے میں اس کی بینائی بہت دور تک نہیں پہنچ رہی۔ اس کی نگاہیں خلاؤں کی طرف اٹھتی اور پھر سمٹ آتی ہیں حتیٰ کہ شام کا پہلا ستارا نمودار ہو کر شام کے زمین پر اترنے کا اعلان کرتا ہے۔

عورت نے سانس ہموار ہو جانے کے بعد قدم قدم چلنا شروع کر دیا ہے۔ اس

کے ہاتھ میں سہارے کے لیے چھڑی بھی ہے۔ جسے اس نے اپنی چادر سے نکال کر زمین پر ٹیکنا شروع کر دیا ہے۔ پرانی چھڑی کا شمار نوادرات میں ہو سکتا ہے جس پر کالا چڑا منڈھا ہے اور دستے میں سفید موتی اور زمرد جڑے ہیں۔

اس سہارے کے باوجود وہ دس پندرہ قدم کے بعد رُک کر تھوڑا سا ہانپ لیتی ہے۔ اور اپنے پھولے ہوئے سانس کو ہموار کرتی ہے۔

سامنے مسجد العظمت کی دیوار دور تک چلی جاتی ہے جس کے داہنے حصے پر ٹائروں کو پنکچر لگانے والے کی دکان ہے۔ جس پر بڑا سا بورڈ لٹک رہا ہے۔ ''شیدا اچھا پنکچر ہاؤس''۔ اس بورڈ کے ساتھ ساتھ مسجد کی دیوار پر پرانے کٹے پھٹے ٹائر لٹکے ہیں۔ مگر پنکچر لگوانے والا ایک بھی گاہک موجود نہیں۔ دکان کے اندر صرف ایک زرد بلب لٹک رہا ہے اور روشنی اس کے اپنے وجود تک ہے۔

یہاں کا ہر دوسرا باسی جانتا ہے کہ یہاں پنکچر کم لگتے ہیں، گانجا اور چرس زیادہ چلتی ہے۔ پرانے گاہکوں کے لیے اندر بیٹھنے اور دل پشوری کرنے کا انتظام بھی ہے۔ جوان کے تحفظ کی ضمانت بھی ہے۔

شیدا، اس وقت اپنے بڑے تخت پوش پر بیٹھا مالشیے سے اپنی پنڈلیاں مالش کروا رہا ہے۔ دوسرے امور اس کے ''چھوٹے'' سرانجام دے رہے ہیں۔ ''شیدا اچھا پنکچر ہاؤس'' کے بالکل ساتھ بلے نائی کا اڈا ہے۔ وہ حجامت نہیں، پکی پکائی دیگوں کا کاروبار کرتا ہے مگر اس نے بورڈ پر لکھوا رکھا ہے ''شادی کے لیے رشتے بھی کرائے جاتے ہیں''

دونوں کا کاروبار آسانی اور آسودگی سے چل رہا ہے۔ للہذا دونوں کا خیال ہے کہ مسجد کے چاروں طرف کباڑیا مارکیٹ کی دکانیں بنا دی جانی چاہئیں اور بیکار پڑے وسیع صحن کو پارکنگ کے لیے ٹھیکے پر دے دینا چاہیے۔ بلا نائی تو یہ بھی کہتا ہے کہ وضو والے حوض کے اندر بہترین چائے خانہ کھولا جا سکتا ہے۔ مگر کبھی کارپوریشن اور کبھی وقف املاک کا محکمہ

آڑے آ کر ان کی تجاویز پر عمل نہیں ہونے دیتا۔ البتہ ٹائروں اور دیگوں کے کاروبار کے لیے مقرر منتقلی محفوظ طریقے سے انہیں پہنچادی جاتی ہے۔

کسی نے کبھی یہ نہیں کہا کہ یہاں عبادت بھی ہوسکتی ہے......شاید ایسا سوچا بھی نہ ہو، اگر بلے نائی اور شیدے کو پوچھا جائے تو شدّت سے اس کی مخالفت کرتے ہیں اور ان کے پاس بھی جواز یہی ہے کہ ''یہ کنجری کی کمائی سے بنی ہے''

وہ عورت، جو ہر نوچندی جمعرات کو یہاں زیارت کے لیے آتی ہے، برسوں سے یہ سب دیکھ رہی ہے......سن رہی ہے۔ مگر اس نے کبھی تبصرہ نہیں کیا۔ اس نے زبان کھولنے اور کچھ کہنے کی ضرورت ہی محسوس نہیں کی۔ اس وقت وہ اپنے وجود کو مشکل سے سنبھال کر مسجد کے صدر دروازے تک آ پہنچی ہے اور اس کی سنگ سفید کی بنی تین سیڑھیاں چڑھ کر چبوترے پر بیٹھ گئی ہے۔ بیٹھتے ہی اسے اپنا سانس پھولتا محسوس ہوا ہے۔ اس نے ایک نہیں کئی لمبے سانس لے لیے ہیں۔ اسے ڈاکٹر نے ایسے موقعوں پر یہی ہدایت کر رکھی ہے۔ اسے ہائی بلڈ پریشر بھی بتا رکھا ہے اور یہ بھی سمجھا دیا ہے کہ اس کے دل کی تین شریانیں اتنی تنگ ہو چکی ہیں کہ انہیں بند ہی سمجھنا چاہیے۔ ہوسپٹل کے کارڈیالوجی کے ماہر ڈاکٹر خالق داد نے اس کا مکمل معائنہ کرکے، دومنٹ میں فیصلہ سنا دیا تھا۔ ''چالیس ہزار سے ڈھائی لاکھ کا خرچا ہے بی بی......مگر تمہیں جلدی فیصلہ کرنا ہوگا......انجیو گرافی سے بائی پاس آپریشن تک......اور کچھ میڈیسن......آپریشن کے بعد کھانے پینے اور آرام کا شیڈول میں دوں گا......اللہ کرم کردے گا......''

اس عورت کو گذشتہ جمعرات کو ڈاکٹر خالق داد کا کہا ہوا ایک ایک لفظ یاد ہے۔ وہ ہر دوسرے پیشنٹ سے یہی کہتا تھا......اور یہ جملہ اس عورت نے بھی اتنی بار سنا ہے کہ اسے ازبر ہو چکا ہے، اسے یاد آیا، کتنی تیزی سے لوگ آپریشن کے لیے بکنگ کارڈ بنوا رہے تھے......کیشیئر کا دراز لاکھوں کی کرنسی سے مشکل سے بند ہوتا تھا۔ مگر اس عورت کے پاس

آپریشن کے لیے کچھ تھا ہی نہیں......وہ نامراد ہی لوٹ آئی تھی۔

ہر نامرادی پر وہ اپنے ربّ سے سرگوشی کرنے کے لیے مسجد العظمت کی سیڑھیوں پہ آ بیٹھتی ہے......اور نوچندی جمعرات کی شام کو خصوصی طور پر۔ یہاں آ کر اس کا بلڈ پریشر نارمل ہونے لگتا ہے اور دل کی کیفیتوں میں بھی ناہمواری ختم ہو جاتی ہے۔ کچھ سکون، کچھ آسودگی، جس میں تھوڑا املال بھی شامل ہوتا ہے۔

عورت نے دروازے کی طرف نگاہ کی ہے۔ اندھیرے کے باوجود زنگ آلود سیاہ تالہ طنز واستہزا کی تصویر بنا اسے گھور رہا ہے وہ چاروں طرف نگاہ دوڑاتی ہے اور پھر آنکھیں بند کر لیتی ہے۔ جیسے یہاں کا ہر منظر آنکھوں میں مقید کر کے مقفل کرنا چاہتی ہو۔

گرد و غبار سے اٹی مسجد العظمت میں شام گہری ہوتی چلی جا رہی ہے۔ ایک بڑی کھڑکی کے پٹ نہ ہونے کی وجہ سے اندر کا سارا منظر صاف دکھائی دے رہا ہے۔ ٹوٹے فانوس اور ٹیڑھے دروازوں اور ان کی باقیات، اندھیرے کے باوجود صاف دیکھی جا سکتی ہیں، پنکھوں کی نالیاں چھت میں جگہ جگہ فٹ ہیں......مگر پنکھے اتار دیے گئے ہیں۔

محراب کے اندر قیمتی پتھر سے سجائی گئی دیواریں اور فرش سے بھی پتھر اکھڑ چکے ہیں......یا شاید اکھاڑ لیے گئے ہیں۔ حوض میں گرایا جانے والا منقش ستون، حوض خشک ہو جانے پر ایک لاش کی طرح لیٹا ہے۔ چوب کاری سے بنائی گئی محرابوں میں لگے رنگین شیشے اکھاڑ کر پرانے کپڑے ٹھوس دیے گئے ہیں اور گنبد کا کلس، جس پر سونے کی مہنگی ترین چادر منڈھوائی گئی تھی، ضرورت مندوں نے زیورات بنوانے میں استعمال کر لی ہے۔ اب گنبد ٹنڈ منڈیوں دکھائی دے رہا ہے جیسے رومی ٹوپی، بغیر پُھندنے کے پہنا دی گئی ہو۔ اس منظر سے اکتا کر وہ عورت لحظہ بھر رکتی ہے......اور اپنے پیچھے مڑ کر دیکھنے لگتی ہے۔ جہاں گندے نالے پر بنے پُل پر سے وہ کچھ دیر پہلے گزر کر آئی تھی۔

ابھی تک اس ’’کنجری کا پُل‘‘ پر سے سینکڑوں کی تعداد میں لوگ گزر رہے ہیں۔

موٹروں کی روشن بتیاں ان کے سائے لمبے کر کے دکھاتی ہیں۔ ایک اندازے کے مطابق روزانہ پچاس ہزار لوگ اور اس سے آدھی موٹریں، سائیکلیں، تانگے اور موٹر سائیکلیں اس پر سے برابر گزرتے ہیں، مگر کسی کے ذہن میں کوئی دکھ ہے نہ ملال، رنجش یا پچھتاوا۔

سارا ہجوم یہ جانتے ہوئے بھی کہ یہ کنجری کا پُل ہے۔ ہر کوئی اس پر سے سکون سے گزر جاتا ہے۔ یہ پُل، خلق خدا کے آرام کے لیے...... ان کی ضرورت کیلئے، ان کی فلاح کے لیے ایک بنیادی استعارہ ہے، مگر لوگوں کی مشکلات کم کرنے والی اور اپنے ایمان کے اس پہلو کو سب سے مضبوط ثابت کرنے والی...... نیک دل عورت کو لوگ آج بھی کنجری ہی کہتے ہیں۔

مسجد کے بڑے دروازے کی سیڑھیوں پر بیٹھے بیٹھے اس عورت کو کتنی دیر ہو چکی ہے...... کسی نے اسے پہچاننے کی کوشش کی، نہ اس کی طرف دیکھا۔ اس نے لمبا سانس لے کر دوبارہ تالے کی طرف دیکھا ہے۔

کسی مردہ ضمیر کی طرح سیاہ تالہ...... اس کالی دنیا کی کالکوں میں اضافہ بنا ہے...... وہ عورت اپنے تھیلے سے موم بتیاں نکالتی ہے اور پھر ماچس۔

پہلے ماچس جلا کر موم بتی کی دُم کو گرم کر کے پگھلاتی ہے، پھر اسے سیڑھیوں میں پہلے سے جمے موم بتیوں کے کھرنڈوں پر جماتی ہے اور پھر ہر جگہ موم بتیاں جماتی چلی جاتی ہے...... جب ساری موم بتیاں جم جاتی ہیں تو ہر موم بتی کو روشن کرتی چلی جاتی ہے۔ ساری موم بتیاں ایک روشن لکیر کی طرح کہکشاں بننے لگتی ہیں...... تب، عورت کے چہرے پر ایک نویلی لَو دمکنے لگتی ہے۔ مسکراہٹ سے اس لَو میں اضافہ ہو جاتا ہے...... وہ دروازے کی سب سے نچلی سیڑھی پر بیٹھ کر دیوار سے ٹیک لگا لیتی ہے اور خود کو بحال کرنے کی کوشش میں آنکھیں بند کر کے اپنے رب سے ہولے ہولے سرگوشیوں میں کچھ کہتی ہے...... جو شاید اس کا دل ہی سن سکتا ہے۔

ہر نوچندی جمعرات کی شام، اس کے لیے خود کو بحال کرنے کی شام ہوتی ہے۔

جب تک موم بتیاں جل کر کھرنڈ نہیں ہو جاتیں...... وہ دیوار سے ٹیک لگائے آسمان کو اِسی طرح تکا کرتی ہے اور گیان حاصل کرتی ہے۔ شاید یہ اسکا خاموش مکالمہ ہے جو وہ اپنے خالق...... اس دنیا..... اس کائنات کے خالق سے کرتی ہے...... یقیناً..... ایسا ہو گا...... کہ خالق اس کی شہہ رگ سے زیادہ قریب ہے...... اور یہ وعدہ بھی اُسی کا ہے۔ کہ وہ پکارنے والے کی شہہ رگ سے بھی اس کے قریب ہوتا ہے۔

گھنی دیر بعد اس عورت کے لبوں پر اپنے آپ ایک آہ پھسل جاتی ہے۔ اُس کی نگاہیں دیر تک آسمان کے اُن ستاروں پر جمی رہتی ہیں۔ جو تاریکی بڑھنے پر زیادہ روشن ہوئے جاتے ہیں۔

پھر جھلملاتی موم بتیوں کی لَویں پکار پکار کر کہتی سنائی دیتی ہیں کہ جہاں تاریکی بڑھے گی...... وہیں روشن ستارے جگمگائیں گے...... وہیں چاند طلوع ہوگا...... اور پھر...... وہیں سے سورج بھی طلوع ہوگا۔

اس عورت کی آنکھوں میں ابھی تک امید کی لَو یوں جاگ رہی ہے..... جیسے آنکھوں میں ستارے بھرے ہوں۔ آنکھوں کی پتلیوں میں ہیروں جیسی کنیاں جیتی ہیں۔ اور تھکی زندگی اپنے چاروں اور سسکاریاں پروئے عالم سکرات کو تکتی ہے..... ہمیشہ کی طرح...... جہاں اس کائنات کا خالق، بیٹھا دیکھ رہا ہے۔ سن رہا ہے...... مسکرا رہا ہے۔ کہ وہ بے نیاز ہے...... بے پرواہے..... مگر علیم و خبیر ہے کہ اُسے کائنات کے ذرّے ذرّے کی خبر ہے۔

اور یہ عورت ..... جسے آپ، میں، ہم سب ظہرہ مشتاق کے نام سے جانتے ہیں...... سر بہ سجود جھکی ہے ..... محض ایک گنہگار اور قابلِ سنگسار!

''یونس جاوید ایک سچا، جری، حقیقت پسند اور صداقت نگار ادیب ہے۔''

احمد ندیم قاسمی

''مجھے خوشی ہے کہ ہمارے بعد آنے والے ادیبوں میں چند ایسے ڈراما نگار پیدا ہوئے جنہوں نے تمثیل کی دنیا میں وہ خلا پُر کیے ہیں جو ہم سے ہماری پوری کوشش کے باوصف پُر نہ کیے جا سکے تھے۔ ان ڈراما نگاروں میں یونس جاوید کا بہت اونچا مقام ہے اور ان کے ساتھ اردو ڈرامے کی بہت سی امیدیں وابستہ ہیں۔''

اشفاق احمد

''یونس جاوید کے ڈراموں میں سماجی برائیوں کا بیان ڈرامے ہی کی زبان میں ہوتا ہے اور یہی بات ان کے ڈرامے کو آج کے ڈراموں میں فوقیت بخشتی ہے۔''

انتظار حسین

''مجھے یونس جاوید کی اس نگاہ نے متاثر کیا ہے جو انسانی سرشت میں بنیادی نیکیوں کو پامال ہونے سے بچاتی ہے۔''

جیلانی کامران

''ایک عجیب حسنِ اتفاق ہے کہ لاہور ٹی وی سنٹر کی ڈراما سیریز ڈراما ۸۱ء (اور اس کے بعد کئی سال تک اس کے تسلسل میں ڈراما ۸۲ء، ۸۷ء) کا آغاز جس ڈرامے ''کانچ کا پل'' سے ہوا اس کے مصنف یونس جاوید تھے۔ میں نے جب یہ کھیل دیکھا تو میرے لیے یہ نام اجنبی تھا۔ اس لیے میں سمجھا کہ یہ کوئی نہایت ہی کہنہ مشق اور بزرگ قسم کے ڈراما نگار ہیں جنہوں نے اپنی عمر عزیز کسی ایسے ملک میں اور ایسے ماحول میں گزاری ہے جہاں ڈرامے کا فن صدیوں کی مسلسل اعلیٰ روایت کا مظہر ہے......

یونس جاوید کا کارنامہ محض یہ نہیں کہ انہوں نے ہمارے بدلتے ہوئے معاشرے کے تضادات کے صحیح پس منظر اور مہیجات کی نشاندہی کی ہے بلکہ جس وجہ سے ان کو ہمارے ڈرامے اور فکشن کی تاریخ میں ایک مستقل مقام حاصل ہوگا وہ یہ ہے کہ انہوں نے نہایت خوش اسلوبی اور مہارت سے ہمارے معاشرے کے بنیادی المیہ عناصر کو ان میں متشکل کیا ہے۔''

محمد صفدر میر

23 اگست 1987ء

''میرے نزدیک ٹی وی ڈراما تخلیقی سرگرمی ہے اور خصوصاً یونس جاوید جیسے بلند پایہ ڈراما نگاروں نے تو اس صنف کو اعتبار بخشا ہے۔''

عطاء الحق قاسمی

دسمبر 1985ء

''یونس جاوید نے اپنے عہد کے حوالے سے سوشل ریلیزم کو ازسرِ نو دریافت کیا ہے۔''

ڈاکٹر انیس ناگی

مارچ 1986ء

''حقیقت اور علامت کا ایسا امتزاج جو بامعنی بھی ہے اور منفرد بھی''۔

جاوید شاہین

''یونس جاوید کی خوبی یہ ہے کہ اس نے ٹی وی ڈرامے سے بے پایاں شہرت حاصل کی، متعدد ایوارڈز بھی حاصل کیے لیکن اپنی بنیادی صنف ''افسانے'' کو نظر انداز نہیں کیا اور حد یہ ہے کہ وہ خاکہ نگاری کی طرف آیا تو اس میں بھی افسانے کے فن میں اپنی سوجھ بوجھ سے زیادہ فائدہ اٹھایا۔ افسانے میں اس کے کردار بے چہرہ نہیں، لیکن ان کے خدوخال تراشنے میں یونس جاوید نے افسانے کی داخلی ضرورت کے مطابق متخیلہ سے بھی کام لیا ہے اور انہیں آراستہ کرنے میں اپنی فنی چابکدستی کا ثبوت بھی دیا ہے۔''

ڈاکٹر انور سدید

الحمرا، جنوری 2011ء

''یونس جاوید ان ڈراما نگاروں میں سرفہرست ہیں جن کی وساطت سے ثابت ہوا ہے کہ معیار اور مقبولیت ایک دوسرے کی ضد نہیں بلکہ لازم وملزوم ہیں۔''

منو بھائی

1985ء

''یونس جاوید نے ممتاز مفتی کے اس فلسفے کو جڑ سے اکھاڑ کر پھینک دیا ہے کہ ٹی وی ڈراما، افسانہ نگاری کے راستے میں رکاوٹ ہے۔ یونس جاوید کے تھری ڈائمنشن افسانے (ربا سچیا رب قدیر) کو دیکھ کر لگتا ہے جدید افسانہ نگار پر یہ لازم ہے کہ صفحۂ قرطاس پر اس کے

کردار ڈرامے کے کرداروں کی طرح اس قدر متحرک اور زندہ ہوں کہ قاری ان کو دیکھ بھی سکے اور چھو بھی سکے، وہ ہنسیں تو قاری ہنسے اور روئیں تو قاری سسکارے۔ ایسی ہی کیفیت میں مبتلا ہو گئی تھی میں۔ افسانے کے پہلے دو صفحے پڑھتے ہی ریل کے اس عوامی ہجوم کے درمیان بٹھا دیا تھا مجھے یونس جاوید نے، جہاں اس کی کہانی کے اہم کرداروں پر سے پردہ اٹھتا ہے اور وہ پورے ڈبے کو مجبور کرتا ہے کہ وہ اپنی اپنی حسیات کے تمام کیمرے، کرداروں کے دھور اندر 'زوم اِن' کریں...... یونس جاوید کے حساس قلم کے سامنے ہونے والے انسانی المیے پر ہجوم کی لاتعلقی، بے رخی، سنگدلی اور سنسنی خیزی کی جو تصویر کھینچی ہے وہ آج کی پاکستانی قوم کی منہ بولتی تصویر ہے۔ ہم بتوں کی پوجا کرنے والی وہ قوم بن چکے ہیں جو آٹھ سالہ بچی کو گینگ ریپ ہوتے دیکھ کر منہ پھیر لیتے ہیں...... انسان کی جبلّی، جنسی اشتہا یا ضرورت کو یونس جاوید اتنی ہی اہمیت دیتا ہے جتنی وہ انسان کی دوسری روزمرہ ضروریات یا امنگوں کو دیتا ہے...... حاجرہ ایک گسے ہوئے سڈول بدن کی اٹھائیس سالہ نوجوان عورت ہے جس کا پیٹ اور بدن دونوں ہی طویل عرصے سے فاقہ زدہ ہیں۔ نائیکہ کے ڈیرے پر پیٹ بھر کھانا کھانے کے بعد جب پینسٹھ سالہ بدنما دلال اس کے ہرے بھرے بدن پر ٹوٹ کر گرتا ہے تو وہ دہک جاتی ہے۔

یونس جاوید کی یہ کہانی مجھے منٹو کی مشہور زمانہ کہانی ''ہتک'' سے آگے نکلتی ہوئی دکھائی دیتی ہے۔ کیونکہ ''ہتک'' کا فوکس بدن بیچ عورت کی ذلت اور تنہائی کی ایک ہی پرت پر ہے لیکن ''رباسچیا'' کے خالق نے چابکدستی اور ہنر مندی سے عورت پر عورت کے ہاتھوں ڈھائے جانے والے مظالم کی جو تصویر کشی کی ہے، وہ قاری کو جھنجھوڑ کر رکھ دیتی ہے......''

پروین عاطف

الحمرا، اکتوبر 2010ء